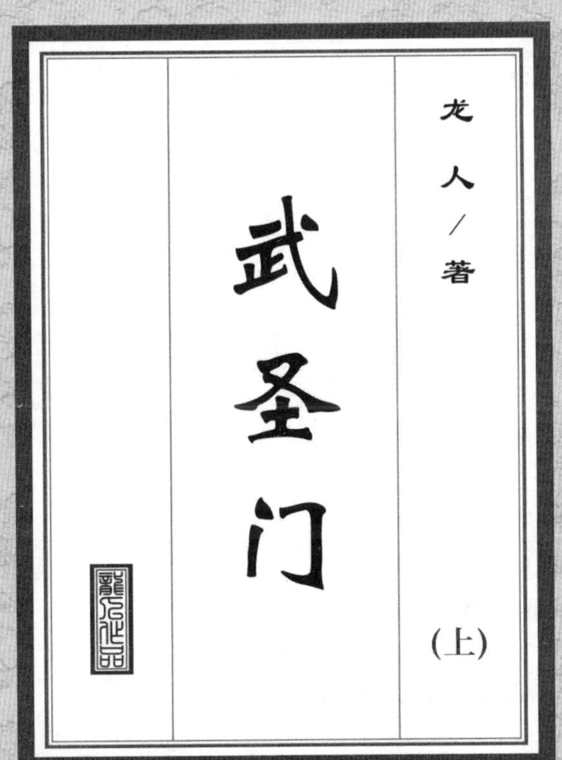

二十一世纪出版社集团
21st Century Publishing Group
全国百佳出版社

图书在版编目（CIP）数据

武圣门 : 全 2 册 / 龙人著 . -- 南昌 : 二十一世纪出版社集团 , 2017.12

ISBN 978-7-5568-3245-3

Ⅰ . ①武… Ⅱ . ①龙… Ⅲ . ①长篇小说 – 中国 – 当代 Ⅳ . ① I247.5

中国版本图书馆 CIP 数据核字 (2017) 第 289682 号

武圣门 : 全2册　　龙　人 著

责任编辑	敖登格日乐
出版发行	二十一世纪出版社集团 （江西省南昌市子安路75号　330025） www.21cccc.com　cc21@163.net
出 版 人	张秋林
经　　销	新华书店
印　　刷	北京市兴怀印刷厂
版　　次	2018年5月第1版　2018年5月第1次印刷
开　　本	710mm × 1000mm　1/16
印　　张	36
字　　数	309千
书　　号	ISBN 978-7-5568-3245-3
定　　价	128.00元（全2册）

赣版权登字—04—2017—898

目　录

第一章　魔门武圣

大别山西部，地属神农架支脉交接处，有一处叫“鬼见愁”的地方。此峰因奇峰绝壑，怪石嶙峋，连恶鬼都望山愁叹，所以得名“鬼见愁”。

“鬼见愁”的主峰摩天岭，万仞绝壁，顶天立地。更蔚为奇观的是摩天岭的崖石成殷殷血红之色，在阳光的照射下放出万丈红光。山上寸草不生，宛如一把染血之剑埋插云霄，所以被视为神峰。

因此人们在惊叹造物主鬼斧神工之余，很少有人涉足此处，别说是人，就是飞鸟也会绕道而行。

但这并不表示摩天岭从没有人光顾过。

摩天岭向东的绝壁略有斜度，这时，正有两个人飞身而上。

几乎是在一同时间两人到达摩天岭崖顶，然后身子一个大翻飞，飘然落到崖上。

崖上有五丈见方的一个小平台。

这时，旭日东升，光芒万丈，两人落在平台上，同时拔出了刀和剑，刀与剑刹时发出龙吟凤鸣之声。

刀厚数寸，在朝阳映射下，发出血红光芒，剑却薄如蝉翼，软如柔丝。

两人傲然而立，互相凝视对方，处于一触即发的全身戒备状态。

面向东方的汉子，衣着华贵，身材伟岸魁梧，浓眉大眼，约四十多岁，颇有王者之风范，这就是威震江湖的姜家堡堡主“神州刀尊”姜刀风。

和姜刀风相对而立的是一个约三十来岁、身材短小精悍的汉子，眼里射出暴戾乖张的眼神，衣着打扮和姜刀风相比土气多了，他就是名动武林黑道的枭雄“中原剑魔”刘孝迈。

“神州刀尊”和“中原剑魔”在十年前就是江湖上红得发紫的人物，只不过是身份不同，一个是侠，一个是魔。

后来两人都隐退江湖，不是厌倦了江湖的风雨，而是因高处不胜寒的寂寥。

两人虽然一个以刀成名，一个以剑称霸，但从未谋面。

彼此倾慕已久，但从未一较长短，这在两位武林泰斗的心里都觉得是一件憾事。

于是就有这场十年之约的刀剑决战。

两人之所以选择摩天岭，是因为两人不想让江湖上的好事之徒为此大做文章。

两人久久地凝视对方，突然，同时身子一晃，刀剑齐出。

姜刀风的血光宝刀当胸平削，刘孝迈青冥剑疾刺姜刀风的咽喉。

但见刘孝迈衣袖微摆，这一剑刺的快极，且妙到毫巅，姜刀风如果不缩身，立即便会穿喉。

但在此时，刘孝迈只觉的左颊微微一痛，跟着手上的长剑一弓，向左荡开。

原来姜刀风出手之快，实在不可思议，在这电光石火的一刹时间，已回刀掠过刘孝迈的脸庞，跟着又挡开了这致命的一剑。

刘孝迈长剑倒转，圈着姜刀风刷刷刷刷连刺四剑，都是指向对方的要害。

姜刀风左一拨，右一拨，上一拨，下一拨，将刘孝迈的四剑挡开。

刘孝迈和姜刀风各施展浑身绝技缠斗在一起，姜刀风的血刀气象森严，似千军万马奔驰而来，长剑大戟，黄沙千里；而刘孝迈的软剑轻灵乖巧，如晴日双燕飞舞柳间，高低左右，回转如意。

再折了三十余招，刘孝迈突然右手长剑一举一架，左掌猛击而过，这一掌笼罩了对方的上身三十六处要穴，姜刀风若是闪避，立即便受剑伤。

只见姜刀风脸上紫气大盛，也伸出左掌，与刘孝迈击来的一掌相对，“砰”的一声响，双掌相交，刘孝迈身子飘开，而姜刀风却端立不动。

显然，姜刀风的内家修为稍胜刘孝迈，刘孝迈被逼退崖边。

姜刀风岂能失去这一制敌先机，当下舞动血刀，向刘孝迈兜头砍去，刘孝迈仗剑封住，数招过后，“砰”的一声，又是双掌相交。

刘孝迈软剑转圈，向姜刀风的腰间削去，姜刀风竖斜挡开，左手加运内劲，向他背心直击而下。这一拳居高临下，势道奇劲，刘孝迈反转左掌一托，“砰”的一声轻响，接了这一拳，又往后退了一步。

这时，刘孝迈的左脚已踏到崖边。

姜刀风乘他一脚踩空，胆寒心惊之际，血光宝刀红光一闪，直削刘孝迈的咽喉。

陡然看到刘孝迈左脚悬空，血刀上飘，从刘孝迈的头顶横削过去。

这一横削纯粹是强力改变自己的招数，一时之间，姜刀风胸口门户大开。

刘孝迈只觉寒风掠过颈颊，不由得惊叫一声。

就在这生死悬于一线之时，忽见姜刀风仁慈之心放了自己一马，心里窃喜，立即单腿点地，身子前探，跟着长剑一指，点中了他的胸口。

姜刀风身子一软，血刀脱手斜飞，左足一滑，仰跌在地。

刘孝迈依然是“金鸡独立”之式，软剑带着寒光下指，刺向姜刀风的“肩井穴”。

虽然刘孝迈乃黑道枭雄，但姜刀风豪气冲天的侠义行径，还是使他心服得很。论实力，其实他早就死在姜刀风的血刀之下。可姜刀风对他惺惺相惜，没取了他性命，反而让自己一击而中。

所以他下剑没有锐劲。

突然间“啪”的一声响，刘孝迈手中的软剑荡向一边，几乎脱手而飞。

原来姜中风被他点中胸口，仰跌在地时，手上刚好抓住两块石子，先用一颗石子震歪刘孝迈手里的长剑。

跟着另一块石子急掷，刘孝迈仓促之间，虎口发麻，就已吃了一惊，又见一枚石子迎面而来，更是防不胜防。

那枚石子就撞到刘孝迈的胸口，“砰”的一声，跟着就“喀嚓”一响，胸口的肋骨顿时被撞断一根，一张口，鲜血一喷，身形向崖边倒去。

“姜大哥！我刘孝迈死得心服口服！”

说着人便已向崖下坠落。

仰躺在地下的姜刀风大惊，身子向前扑去。

在这千钧一发之际，姜刀风一下子抓住刘孝迈的双足。

但刘孝迈下坠的力道太强，姜刀风一下子被拖到悬崖边，双脚用力一勾。

突然，一阵钻心之痛，姜刀风只觉得自己的右脚已被跌到崖边的血刀齐足踝切断，身子一震，差点和刘孝迈一齐掉下去。

姜刀风牙关紧咬，用一只足倒挂金钩，稳住了自己，贯注自己全身内力，将刘孝迈抛到崖上，跟着劲道一失，自己也就向万丈深渊跌了下去。

刘教迈落在崖上，没想到自己居然能绝处逢生，惊鸿一瞥之间，见姜刀风已落了下去！

刘孝迈人已在崖边站稳，右手暴长，一把抓住姜刀风，身子后倒，将姜刀风从头顶掼摔而去。

姜刀风摔落在地，断足鲜血淋漓，一阵撕心裂肺钻心的疼痛，使他惨呼一声。

刘孝迈见姜刀风为了救自己，不顾自己的生死，以致断了一足，这是何等的大丈夫气概，更是心服口服，赶忙从怀里掏出金创药，给姜刀风止血，纳头便拜，说道：“姜大哥，我输了！”

姜刀风哈哈一笑道：“刘老弟，你没输，你已经战胜了自己，就是最大的胜利。”

刘孝迈坚持道：“姜大哥，不管怎么说，我刘孝迈不论是在武功，还是在人格人品上，已是输了，我……”

“刘老弟，话不能这么讲，只是每个人做人的原则不一样罢了，其实我也为你的勇于面对世俗，我行我素的作风心折得很！”

刘孝迈惭愧道：“姜大哥，不管怎么说，你现在为我而失去了一条腿，我刘孝迈虽然臭名昭著，不讲情理，但这一生就是敬佩真正舍己为人之人。反正我也是一个逐水浮萍的人，这条命是你给的。我这一生就唯你姜大哥马首是瞻，愿做姜家堡的一名仆人，以报答姜大哥对我的再造之恩。”

姜刀风没想到刘孝迈会这么说，愕然说道：“刘老弟，这……你这不是折杀……我吗?”

刘孝迈坚毅道：“姜大哥，我刘孝迈一生没别的，就是说过的话从不收回。如果你不答应我，你就……”

说着跪在地上，双手呈上宝剑，仰着脖子道：“不然，你就用这把剑杀了我!”

姜刀风颇受感动，道：“刘老弟，我可以答应你，但我有一个条件……你必须答应我!”

刘孝迈道：“姜大哥，反正我刘孝迈心意已决，你有什么条件，我会答应的!”

姜刀风道：“既然刘老弟你也有归隐之意，我们就结为兄弟，从此你就住在姜家堡，我们可以在一起经常切磋武功的。”

刘孝迈惊喜道：“姜大哥，你不怕我刘孝迈玷污了你一世的侠名，我……我……”

姜刀风面容一肃，道：“刘老弟，你把我姜刀风看做了什么人?”

刘孝迈喜叫道：“大哥!”

这时，摩天岭上阳光照耀，两人紧紧拥抱在一起，竟是欣喜万分。

刘孝迈豪情一生道：“大哥，可惜现在没有美酒，不然，我俩喝个地动山摇，一醉方休。”

姜刀风好像年轻了十岁，激情道：“对，今天是我姜刀风最快意的一天，走，我俩回到家里痛饮三百杯。”

人一激动，忘了自己的断足，一迈脚，惊痛一声，又跌坐在地笑道：“好！既然不让我走，兄弟，我俩就在这里坐到天黑再回去。”

两人余意未尽，又坐在崖上恣意纵情畅谈一番，直到暮色四合，大地一片苍茫，落日熔金之时，刘孝迈才背起姜刀风下了摩天岭。

摩天岭绝壁千仞，就是一个轻功绝顶的人也难以飘然而下，更何况刘孝迈还负着一个人。

幸好姜刀风的血刀削铁如泥，刘孝风每下落一段，就用宝刀在崖石上一戳，稳住身形，再下落一段。

别看这一落一戳，没有惊世骇俗的内力和胆识，是绝不能做到这一点的。

刘孝迈下得摩天岭，已气喘吁吁，全身是汗。

姜刀风虽然甚感不好意思，但自己又不能走，也就由刘孝迈背着。

刘孝迈背着姜刀风几个起落，人已上了“鬼见愁”的一条羊肠小道，下面是一个谷形的盆地。

突然，刘孝迈身子一颤，背着姜刀风伏在地上。

姜刀风知道这一情形之下，刘兄弟肯定是看到了特别意外的东西。

顺着他的目光看去，盆形的谷地之中赫然坐满了人。

姜刀风略一算计，至少有五十人，这些人都身穿黑衣，脸上罩着面罩，认不清真实的面目，黑压压的一片，样子甚是诡秘，一片寂静无声。

两人伏在地上，屏声敛气，大气都不敢出。

那些黑衣蒙面排列有序地跪在地上，在他们前面一丈之距停着一乘黑色的轿子，轿子的四角站着四个黑衣劲装蒙面人。

那乘轿子被黑色的幄幕遮得严严实实。

这些是什么人？为什么聚在这人迹罕见的地方？

饶是姜刀风和刘孝迈纵横江湖数十年，可谓经风识雨，见过大风大浪，但眼前的情形却是见所未见，闻所未闻。

因为相隔太远，耳边只听到轿中人断断续续地说道：“武林盟主……少林……全……姜刀风……杀……”

姜刀风正在凝神细听，忽然听到那人居然叫出自己的名字，人一惊，身子一动，一块石头滚落下去。

盆地中的黑衣人一齐往这边一看，轿中人说道：“有两人，不能留一个活口！”

跟着两颗钢珠从黑轿里暴射而出。

刘孝迈和姜刀风大吃一惊，那轿中人居然能从两人的一惊声息，判断出有两人，这份莫测高深的内力真使人匪夷所思。

而更使两人大惊的是，这两颗钢珠带着尖锐的破空呼啸之声，向两人所藏的方位激射而来，一上一下。

两人所处的位置至少离谷地有十丈之距，轿中人能分辨出两人的气息，甚至连两人的方位都听得出来，这惊世骇俗的神功，大出两人的意料。

但轿中的人说话声，两人似曾听过，可此时不容刘孝迈多想，赶快背着姜刀风飞纵向一边。

刚一起身，下面的钢珠“呼”的一声击在刚才所伏的崖石上。

“砰”的一声，火星四溅，岩石被打下了一个缺口。

刘孝迈惊骇之余，哪敢怠慢，背负着姜刀风绝命而去。

后面的黑衣蒙面人疾扑而追。

本来刘孝迈是黑道成名的枭雄，一身霸道的功力，此时背着姜刀风急纵狂奔，已是慌不择路了。

刘孝迈一气急奔，转了两个山坳。“鬼见愁”的山道已是凶险万分，两人凭感觉知道后面的追敌是生平从未见过的高手，一个个都是身怀绝顶武功。是否能摆脱追敌，两人的心里是一点把握也没有。

姜刀风趴在刘孝迈的背上，只觉得自己耳边呼呼生风，一方面惊骇这黑道枭雄的霸道功夫，另一方面心里多少也有点不踏实。

因为刘孝迈和他是处于水火不相容的地位，只不过两人互为欣赏，才偶然地走到一起。

刘孝迈只要摔下他这个不能疾奔的包袱，个人脱险是不存在问题的。

但姜刀风相信刘孝迈不是那样的人!

可自己这样连累他，心里更是感到过意不去。

后面的黑衣神秘人紧咬着两人不放，相隔不过两丈之遥。

显然，他和刘孝迈不经意地看到一个秘密，这肯定是一个天大的秘密。

在这一点上，他和刘孝迈两个老江湖是绝对感觉得到。

作为一个秘密，是不容得让外人知道的，更何况是武林中的秘密!

这时，已是黑幕低垂，四周一片漆黑，只有模糊暗淡的星光。

突然，刘孝迈停下了脚步。

姜刀风一看，不由倒抽一口冷气!

眼前一条窄窄的石梁，过向一个万仞深谷，所见到的石梁不过六尺宽，再过去黑黝黝的，不知尽头。

姜刀风一生不知经历了多少凶险，把生死看得很淡，可今天他的心情跟往日一点都不一样。

一来是自己刚结识一个兄弟，两人如此志趣相投，有这样的朋友，一生何求，可自己把人家给连累了……

二来是自己刚出门时，夫人告诉他已身怀有孕。

姜刀风已是快五十岁的人，所谓三十岁无后生，听了这个消息，已是欣喜若狂，暗想不管夫人生下的是儿是女，一切都无所谓，最重要的是自己晚年得子。

原来姜刀风是想在家里陪夫人马赛花，哪里也不去。但大丈夫一诺千金，和黑道枭雄刘孝迈十年前相约比武，可不能这样而毁了自己一生的侠名。

为此姜刀风安排好家里的一切，毅然赴约，没想到……

姜刀风一想到那还未出世的孩子，而自己和刘兄弟又身处绝境，不由有一种英雄末路的感觉！

就在两人一愣之间，刘孝迈听到凌厉的破空之声，情急之中赶忙身子往地下一伏，却听到后面的姜刀风大叫一声“啊哟”已是中了暗器。

刘孝迈大惊，急声问道：

“大哥，你受了伤吗？”

姜刀风说道：

“兄弟……我……我不成了，你……你……快走吧！”

刘孝迈大声道：

“大哥，你怎么说出这话来，我二人既然结拜了兄弟，理当就同生共死，刘孝迈无能，但决不舍你而独生！”

这番话说的斩钉截铁，一股凛然之气，听得姜刀风心里热烘烘的，也大声说道：

“好！兄弟，我姜刀风一生最得意的，莫过于结交你这个兄弟，你放下我，我俩杀开一条血路！”

就是在这略一停顿，黑衣蒙面人已追了上来。

一名莽大汉手舞狼牙棒冲了上来，一声大吼，声震山谷，七八十斤重的狼牙棒往刘孝迈头上砸来。

刘孝迈急说道：

“大哥！你不要多想，你安心地趴在我的背上！”

说着头一低，狼牙棒带着呼呼的风声从头顶掠过。

刘孝迈的软剑疾刺他的下盘，那莽大汉用力极猛，无法收转挡架，当即上跃闪避。

刘孝迈左手一掌拍出，一阵霸道的内力击在那莽大汉的胸前，莽大汉立足不稳，向后摔去，身子一侧，登时跌下深渊。

那莽大汉惨凄的惊吼之声，一直从深谷中传上来，众人无不听得毛骨悚然。

黑衣蒙面人都骇然怔住了。

僵持了一会儿，山谷中的山风吹来，刘孝迈乱发横吹，手里拿着青冥宝剑，背着姜刀风昂然独立，没有一丝怯意，在黑夜中如一尊石雕，宛如天神。

突然，黑衣蒙面人有一个苍老的声音说道：

“对面可是‘中原剑魔’刘老弟！”

刘孝迈一凛，冷冷地说道：

“你们是什么人？我刘孝迈一生杀人无数，仇家颇多，如果是为仇而追杀我们，就尽管冲着我刘孝迈而来！”

对面的老者嘿嘿冷笑道：

“我们怎么会和刘老弟有过节儿呢，你可是我们这条道上的大英雄，不过老夫不明之处是刘老弟怎么会和我们的死敌姜刀风混在一块呢？”

刘孝成傲然答道：“我和姜大哥已是结拜弟兄！你还没回答我的问题呢？”

对面的黑衣蒙面人传来一阵哂笑声，那苍老的声音道：“嘿嘿，真是滑天下之大稽，刘老弟竟和姜刀风结拜兄弟，我知道刘老弟你这是权宜之计，凭刘老弟的计谋和武功，怎么会结交姜刀风这样的人呢！我们‘武圣门’的盟主可在四处网络英才，特别是对刘老弟这样武功绝顶的英雄，更是求贤若渴，可惜刘老弟神龙不见首，我们难以找到你，这也就成了我们盟主的一件憾事。”

刘孝迈说道：“‘武圣门’？你们盟主是谁？”

那苍老的声音道：“这就用不着刘老弟操心了，只要你一入我们‘武圣门’盟主就会亲自接见你，这可是刘老弟无上光荣的事。”

姜刀风凝神倾听两人的谈话，饶是他见多识广，对江湖上的各门各派无一不了如指掌，可对面那苍老的声音，却不能听出说话的人是谁！

自己也从没有听说过江湖上有个“武圣门”的帮派，从他们诡秘的行径可以看出，这伙人绝不是什么正道侠义人物。

刘孝迈说道：“依你之见，我刘孝迈该怎么做呢？”

那苍老的声音呵呵一笑道：“所谓识时务者为俊杰，只要刘老弟能将你背上的魔头姜刀风摔下悬崖，归顺我‘武圣门’，我们盟主绝不会亏待你的！”

姜刀风听得身上出了冷汗。

刘孝迈大吼一声道：

“放你娘的狗屁！你们是什么东西？老子不懂什么白道黑道，这门那派的，但我刘孝迈为人义字当先，有老子一口气在，你们杂毛休想动我大哥一根头发！”

这番话说的义正辞严，那苍老的声音干咳一声道：

“好！说得好！刘孝迈，你狗坐轿不服人抬，自己都自身难保，还讲义气，盟主已有令，两人不留活口，给我杀！”

“杀”字一落，已有两人并肩齐上，看不清两人的面容，一瘦一胖，瘦子手拿三节棍，胖的持一柄月牙铲。

瘦子的三节棍，一上一下，戳往刘孝迈的面门与小腹，胖子的月牙铲往他左胸横扫。

姜刀风趴在刘孝迈的背上，见两人出招，挟以浑厚的内力，大具威势，更为惊奇的是瘦子所使的是少林的三节棍法中的一招“棍挑双座”，而胖子所使的一招是少林棍法改成“力扫莲台”的一招。

“这两人可是少林门的人?”姜刀风不由心里大感纳闷。

刘孝迈软剑挥去，他手上的软剑可是武林至宝的宝物——青冥剑，吹毛即断，削铁如泥，青光一闪，瘦子的三节棍变成了一节棍，胖子的月牙铲变成了一截烧火棍拿在手里。

两人一怔，刘孝迈哪里还容得他缓气，大喝一声，人已跃起，长剑横削。

只见一蓬血雨飞溅，胖子和瘦子的人头带着惊叫声，飞落崖下。

那苍老的声音喋喋怪笑道：

“刘老弟真不愧‘中原剑魔’，十年间，剑法又精进不少哇!”

刘孝迈背着姜刀风身子一侧，对大敌当前的局面浑然不理，仰头望着天上的几颗残星，淡淡地说道：

“大哥，你看是不是要变天了?”

姜刀风正在想，这群黑衣蒙面人都自称是“武圣门”的人，刚才谷地那黑色软轿的人，显然是他们的盟主。

所谓行家一出手，便知有没有，从那轿中人掷钢珠的暗器手法来看，武功已达到出神入化之境，想自己和刘孝迈合力，也未必是他的敌手。

这个神秘的人物是谁?

正在他苦思冥想之际，听到刘孝迈的话，心里一愣，倒觉得刘老弟比自己大度坦然多了。

他知道自己心有牵挂!

低头俯看刘孝迈的眼睛如天际的星星，里面没有一丝人世间的情感，已心如止水，超然物外。

姜刀风大受感染，微笑道：

“似乎是要下雨了!”

说着两人悠然观天!

天空像倒扣的黑锅，黑云将点点星光都淹没了，已是伸手不见五指，只能看到黑影憧憧!

突然间刘孝迈一声大喝，身子径直欺入黑影之中，青冥宝剑如深渊蛟龙，疾向前面四人横削过去。

这一下奇袭来得突兀之至！

黑衣蒙面人只见两人淡淡的说话，没想到说来便来了。

前面的四人仓促之中长剑下竖，挡在腰间，站在最前面的黑衣蒙面人长剑凌空刺出，指向刘孝迈的咽喉。

只听见“啪”的一声响，三柄挡着的长剑一齐被削断。

刘孝迈头一侧，避过右边的一剑，最右端的黑衣蒙面人剑势如风，跨了一步，追刺了一剑。

姜刀风大奇，这黑衣蒙面人的剑法可是正宗的武当剑法！

这些人都是名门正派的绝顶高手？

但此时已不容多想，他趴在刘孝迈的背上，黑衣蒙面人只顾攻击刘孝迈，却把趴在敌手背上的姜刀风给忽略了。

姜刀风居高临下，观看来人武当剑法的出剑方位，真是一目了然。他腾出右手，血光宝刀疾刺来人的左胁。

那黑衣蒙面人如果是单打独斗，这一剑追刺的方位可谓天衣无缝，纵使不能刺伤刘孝迈，但足可以将他逼得后退一步，后退一步，就是崖边。

他心里正窃喜，谁知劲风掠在，“噗”的一声，胁下已然中刀。

姜刀风的血光宝刀略成弯月状，属于短兵刃，加上是静坐而刺，所以只刺入对方的肌肤。

那黑衣蒙面人手臂下压，竟然不顾痛楚，强行将姜刀风的血刀夹住。

刘孝迈立即反应过来，身子一送，姜刀风的血刀，完全插入了那人的胁下，姜刀风血刀倒卷，那人的臂齐肩而断。

旁边三个手拿断剑的的黑衣蒙面人连忙抢攻而上。

刘孝迈不退反进，长剑从中路直挑，三人那见过这般的亡命打法，齐往后退。

刘孝迈连忙一个转身，从那石梁上飞越而过。

这石梁宽不过五六尺，但是联系两个绝壁中的通道，刘孝迈如一溜青烟，径直过去，单掌一挥，“轰”的一声，石梁已被震断，落入崖下，伴随有两人的惨叫，从石梁上传入谷底，霎时间便无声无息。

想必是两个手持短剑的黑衣蒙面人见刘孝迈逃走，赶快紧追过来，谁知一踏上石梁，石梁就被刘孝迈震断。

刘孝迈刚一稳住身形，姜刀风只听见后面呼呼传来暗器破空的凄厉的声响，连忙扭转身子，反手一抄，跟着一抖，所接的暗器倒飞而出。

传来几声凄厉的惨叫！

刘孝迈飞越石梁，纯粹是逼出来的赌一把！因为这石梁就是在大白天横越，都得小心翼翼，更何况是在漆黑之夜。

可不管怎么说，还是过来了，刘孝迈和姜刀风精神大振，两人不由哈哈大笑。

刘孝迈一声长啸，向东急掠而去，身后暗器落地之声不绝于耳。

回到姜家堡已是子夜时分，天已下起蒙蒙细雨。

两人浑身湿漉漉的，身上血水直淌。

马赛花见一个陌生人背着自己的丈夫，想必就是和丈夫邀斗的黑道枭雄刘孝迈，已是鲜血淋漓。

以为丈夫已遭毒手，不由得急火攻心，从床头抽出长剑，一招“力劈华山”向刘孝迈砍去。

刘孝迈只要一转身，就可以躲过这一剑。

但背上的姜刀风就会被一劈两半，只好猫腰纵身后跃。

姜刀风一声惊呼：“夫人，不可！”

但马赛花的长剑已出手，在刘孝迈的脸上划了一道口子。

马赛花此时已理智大失，那里还听得进丈夫的话，跟着后手一记“狂风快剑”，疾刺刘孝迈的四处大穴。

姜刀风大急，身子一探，伸手拿主了马赛花的合谷穴，马赛花长剑落地，跟着姜刀风和刘孝迈也翻滚在地。

后来，姜刀风知道刘孝迈不忍伤了夫人，情形危机，就拼命一跃，这一冲，就将刘孝迈带着往前一仆。

马赛花见丈夫完好，连忙扶起姜刀风，姜刀风忙把事情的前因后果和妻子说了一遍，马赛花大窘说道：“刘兄弟，我一时……”

刘孝迈说道：“嫂子，我不会怪你的！快，你必须马上准备，我们应尽早离开姜家堡，不然，就来不及了！”

姜刀风说道："夫人，赶快去将家人遣散，我们马上动身!"

马赛花从两人的神色之间，意识到了形势凶险，也不多问，连忙去将十多名家丁侍女叫了起来，一人分得一份银子，各自解散。

姜刀风想到妻子再过几个月就要临盆了，非得带一名侍女不可，就捎上了一个年纪稍大的侍女，四人乘着浓浓夜色，冒着蒙蒙细雨，远走他乡……

一天后的黑夜，十几个黑衣蒙面人飞扑"姜家堡"，赫然发现"姜家堡"是一座空堡，一怒之下，纵火烧了"姜家堡"。

一夜之间，在江湖上名声显赫的"姜家堡"就化为灰烬!

可姜刀风和刘孝迈心里清楚，危险随时都会出现。

所以两人就隐居在大荒山中，深居简出，忘情于山水之间，已完全脱离了江湖。

由姜刀风做主，将妻子身边的侍女潘竹[illegible]说给义弟刘孝迈。

就在这年冬天，姜刀风的儿子姜古庄就在大荒山呱呱坠地。

第二年冬天，一个雪花飘舞的日子，刘孝迈的女儿刘雪柔也生了下来。

两人晚年得子，无比欣喜，将往日压在心头的阴影一扫而空，在这深山幽谷中尽享天伦之乐。

姜古庄和刘雪柔情如兄妹，两小无猜。但姜古庄生性拙讷，而刘雪柔自小就刁钻古怪，常常捉弄姜古庄，为此没少挨过刘孝迈的打。

姜刀风和刘孝迈将浑身的绝技都悉心传给姜古庄和雪柔。

雪柔心机甚好，一点就通，任何繁杂的招式她一看就会，可就是根基不扎实，投机取巧，华而不实。

同样的招式，姜古庄要学上好半天，才一丝不苟地学会。虽然进展较慢，但一招一式颇具章法。

转眼已十年过去。

八月中秋，娟婵千里，桂花飘香，两家人围坐在桂花树旁，其乐融融。

马赛花拉过刘雪柔和姜古庄，笑道：“柔儿，你长大就嫁给我儿古庄算了！”

刘雪柔疑惑道：“我和庄哥哥天天在一起，不就是已嫁给他了吗？”

稚语童音惹得四个大人哈哈大笑。

马赛花笑罢道：“柔儿，既然你答应，我就送你一样东西！”

说着从怀里掏出两块玉佩，说道：“这是我从娘家带过来的龙凤佩，这块龙玉佩就给庄儿，这块凤佩就送给你。”

刘雪柔将凤佩戴到脖子上，很进欣喜，说道：“庄哥哥，你要能赢得了我，我就嫁给你。”

姜古庄说道：“不用比了，每次都是我输！”

刘孝迈说道：“庄儿，你就放胆和她比，我相信你！”

刘雪柔见不得爹爹说这样的话，小嘴一嘟，一招“雨过天晴”手中的木剑平胸向姜古庄刺去。

姜古庄连忙挥着木刀挡开。

为了便于两个小孩对练拆招，姜刀风特意为两人削了木剑和木刀。

两人的木剑和木刀一搭上，马上就比斗起来。

刘雪柔剑花飞转为形，招式层出不穷，滔滔不绝，十剑之中就有九剑是攻势。

而姜古庄一招一式都气势恢宏，大多是守式。

两个小孩打得丝丝入扣，极是赏心悦目，四个大人坐在一边凝神观斗。

这时刘雪柔出剑越来越快，姜古庄只守不攻，刀法中防守得滴水不漏，出招沉稳，颇有大家风范。

两人平时不知拆了多少遍，几乎达到上招未使，便知下一招的套路，所以木刀和木剑相交甚密，“啪啪”之声不绝入耳，这一接上手，顷刻之间便拆了十来招。

突然刘雪柔木剑一圈，自上而下，斜斜撩出一剑，势劲力疾，姿势美妙至极。

姜古庄知道这一剑之下，接着就会一个转拆，斜削而上，所以木刀往上一拔，跟着就下压去挡刘雪柔的一招。

可刘雪柔反其道而行之，木剑一顿，向前直刺过去。

这一改变使姜古庄不明所以，手忙脚乱，恍惚之间，刘雪柔的木剑已刺到他胸前，左手急向外拍去，正好拍在木剑之上，刘雪柔掌捏不住，木剑脱身而飞，直射上天。

刘雪柔气苦，怔在那里，神色苦涩。

姜古庄一出掌便后悔得不得了，见雪柔满脸沮丧，更是手足无措，一瞥之间，见被自己打飞的木剑向下射落，连忙一拉雪柔说道：

“柔妹，小心！”

哪知雪柔一挣他的手，反而退了一步，说道：“臭古庄，坏古庄，谁要你好心，我不理你了。”

说完，身子一纵，向山下跑去。

四个大人哈哈大笑，姜古庄大是懊悔，站在那里促局不安。

姜刀风说道：“庄儿，还不去将你媳妇追回来！”

便在此时，山谷的四周传来几声凄厉尖锐的口哨声。

姜刀风和刘孝迈不由大惊，赶忙各自拔出血刀和青冥剑。

刘孝迈一把将姜古庄拉到怀里，全身戒备，眼里精光大盛，游目四顾。

姜刀风刚叫一声：“不好！”身边只听见“嗖嗖嗖”的衣带风声，道场上已站了一圈黑衣蒙面人，将五人合围在桂花树下。

只听正前方一人说道：“姜大侠，刘兄弟，你俩让咱们好找，整整找了十年，没想到你们却躲在这里享清福！哈哈……”

那口气已是狂妄之极。

姜刀风依稀记得说话之人是那日围在软轿周围的四人之一。

为了躲避这伙人的追杀，他和义弟逃到这深山野林过着与世隔绝的生活，没想到该来的终究还是来了。

这十年前，他和刘孝迈虽然极少谈到这件事，但彼此都是心照不宣，并不是害怕，而是怕自己的家小因此受到伤害。

对这所谓的“武圣门”两人更是感到神秘莫测，从那晚轿中人所说的一句话，他和刘孝迈几乎同时想到一个人，这就是江湖上“回天圣手”上官慈的声音。

因为“回天圣手”上官慈的声音最是独特，带着极重的女人腔，使人过耳不忘。

但这一想法马上就被自己否定，因为“回天圣手”上官慈不会一丁点武功，是江湖上众所周知的事，并且上官慈医学风范为世人所敬仰，不知将多少武林中人从死亡中拉回来，他那起死回生之术已是江湖一绝，一生悬壶济世，从不言价，是被人人推崇，有口皆碑的大善人，更何况两人已都受过他的恩惠。

所以尽管轿中所谓盟主的声音与上官慈极像，但两人是绝不会相信他会是上官慈。

那么会是谁呢?

姜刀风想到了江湖上的邪派至尊欧阳石，武林人称他为“绝命魔尊”。

欧阳石之所以被称为“绝命魔尊”，一说是他手段残忍，更重要的一点是欧阳石被公认为武林第一人，一身惊世骇俗的功力已是前无古人、后无来者，以“龙行八式”和“六合神指”独步天下。

更为难得的是，欧阳石不仅武功卓绝，纵横江湖多年，从未碰到敌手，而且对奇门异术、八卦乐器无一不精，可以说是个空前绝后的全才人物。

一生只收了两个孤儿做徒弟，据说还是慕容世家双胞胎姐妹，一个是江湖上令人闻风丧胆的“夺命神尼”慕容心怡，尽得欧阳石的武学真传。

后来，江湖传说，慕容心怡做了一件令欧阳石极其气愤的事，将程逸雪囚禁在一个不为人知的地方，从此江湖上就再也看不到程逸雪这个女魔头。

另一个是叫“奇门乐圣”的女尼，慕容绯绯，这个慕容绯绯一心钻研奇门异术和乐理，从不涉足江湖，所以几乎没有人知道她的事迹。

姜刀风的这一想法，马上得到义弟刘孝迈的否定。

刘孝迈认为，尽管那轿中人的武功已臻绝境，但与传说中的欧阳石还不能相提并论。

更为重要的是“绝命魔尊”虽是邪派至尊人物，出手狠毒，但并不乱杀无辜。只是他行动不按常理出牌，铁石心肠，不合世俗，所以世人对他就谈魔色变。

而且欧阳石这个人物，在武林中是谁也没见过，只闻其名而未见其人，人们对他的猜测都是从他的徒弟程逸雪身上得知的，不知是不是还在人世，如果她还在世，那将有二百来岁了。

总之，关于“绝命魔尊”欧阳石的确是江湖上的一个谜！

从“武圣门”网罗的这些高手，大都是名门正派的顶尖人物，显然是一个筹划已久，极其神秘的组织，在其神秘的背后，肯定有不可告人的目的。

要不然，怎么掘地三尺，追杀姜刀风和刘孝迈这两个无意中得知秘密之人！

这时场内传出姜刀风清亮的声音说道：

“在场各位朋友，尽管你们都不以真实面目示人，但我知道你们都是名门正派的成名人物，这可不是侠义人物的行径！”

那人哈哈大笑，朗声说道：

“姜刀风，你窥探别个帮派的秘密，这难道也是侠义行径？”

刘孝迈闻言怒道：

“什么秘密，纯粹是个阴谋，我们看到了又怎么样！”

那人“嘿”了一声，厉声道：

“中原剑魔不愧为黑道枭雄，有胆识，你说我们会怎么样，告诉你，‘武圣门’的人是从未失过手的！”

话一说完，十来个蒙面人叱喝一声，一齐掩杀而上。

剑光闪烁，人影乱晃。

如果是姜刀风和刘孝迈两人，面对这些强敌，虽然不能说全身而退，但脱险并不存在很大的问题。

可现在的局势是两人要照顾两个妻子和姜古庄，这情景可就万分凶险。

姜刀风庆幸刘雪柔逃离了，在这个时候可千万别回来。

姜古庄睁着惊恐的眼睛，看着面前所突然发生的这一切。

马赛花长发散披，左手持剑，显然右手已为蒙面人所伤。

那蒙面人手持一根短枪，枪法矫矢灵性，马赛花连使三招，才挡住了蒙面人的攻势，但她的剑法有限，只见那人短枪一起，枪上红缨抖开，耀眼生辉，“噗”的一声，马赛花右肩中枪。

为了怕丈夫分心，马赛花叫都没叫一声，急刺两剑，逼得敌人后退一步。

四人之中，潘竹筠的武功最弱，只听得一声惨叫，潘竹筠已倒在血泊之中，那蒙面人一挥鬼头刀砍向她的小腹，已将她开肠剖肚。

姜刀风和刘孝迈目龇尽裂，没想到敌人手段这么残忍。

围着姜刀风和刘孝迈各有五个蒙面人。

刘孝迈护着姜古庄，力斗五个蒙面人，已是倾力而为，不敢稍有疏忽。不然，小古庄就会让敌人杀死。目睹妻子的惨死，心志一乱，背心中了一记链子锤，大吼一声，连攻三剑，削掉使链子锤人的手臂。

这时，右边一个使锏的蒙面人，一记拐子锏从左侧攻到。

刘孝迈大惊，左手一带，将小古庄带到右边，眼角余光一扫，更是冷汗直流。

原来左手边的蒙面大汉双手使判官笔向他点来，他这样不是把小古庄往人家笔上送去吗?

大急之下，刘孝迈将小古庄提起，叫道：

“庄儿，杀他!”

姜古庄被刘孝迈带着凌空飞起，一招“乳燕投林”手中的木刀向那人砍去。

手持判官笔的人只觉得眼前一黑，扑倒在地。

原来小古庄的木刀刚好砍在他的双眼之上，一举击中。

姜刀风虎吼一声，血刀带着腥风，横砍直削，身子跃起，凌空一击杀向那个使头刀的人。那使鬼头刀的刚一起身，姜刀风的血刀已迎面劈来，可想退身已迟，只见鲜血狂喷，人头落地。

突然，听到一个蒙面人高声喊道：

"姜刀风，我亲你老婆了！"

姜刀风脑中电光一闪，这人的声音好熟悉。

姜刀风心里清楚，今晚来的十二个蒙面人都不是一个门派，几乎汇集了当今九大门派的武功，无一不是内家好手，以自己和刘弟在江湖上见闻之博，竟是一个也认不出来。

谁有这么通天的本事，将这些高手聚在一起，姜刀风和刘孝迈摸不着半点头脑。

但刚才发话的人，姜刀风是有印象的，因为他曾教训了那人，那蒙面人就是江湖上鼎鼎有名的"采花大盗"费翔。

那次姜刀风和妻子一起回娘家，路上正碰到费翔奸淫一个少女，姜刀风将那少女从他魔爪下救出来，并割了他一只耳朵，以示教训。

眼睛一瞥，费翔已点了妻子的几处穴道，双手捏着妻子的肩膀，将脸往妻子脸上凑去！

姜刀风猛吸一口气，凌空倒跃，挥刀向费翔劈去，刀气逼体，费翔连忙放了马赛花，回身举刀挡格。

岂知姜刀风的血刀无坚不摧，"咔嚓"一声，刀被砍断，费翔的头也被一劈两半，鲜血四溅，摔倒在地。

姜刀风一招得手，"嗤"的一刀，反插入后面敌人的左腿，但另外四人又急攻而上，形势刻不容缓。

姜刀风运起全身的内力神功，一柄血刀红光大盛，左手血刀横削，右手反掌，打中一人的胸口，以无上罡劲直逼体内，那人惨叫一声手持的鬼头刀也被震落在地。

不过那蒙面人勇猛绝伦，竟不畏死，一个就地十八滚，张开双臂抱住姜刀风的右腿。本来姜刀风的左腿已断，全靠右腿得力，姜刀风下盘失重，就算他武功再强，人已无法站定，向前扑倒，顷刻之间链子锤、双锏、单刀同时对准他头脸胸喉等要害砸下。

刹时，一世豪侠"神州刀尊"姜刀风脑浆迸裂，一片血肉模糊。

马赛花面如土色，因为她在被费翔推开之时，已中他的淫毒，眼见丈夫惨死，便不想身落敌手，于是拾起地上的血刀，自刎而死。

姜古庄见父母双双惨死，猛力挣脱刘孝迈的双手，大叫道：

“爹！娘!”

伏在马赛花身上嚎啕大哭。

站在一旁的黑衣蒙面大汉，一声怒吼，挥掌向小古庄的面门拍去。

小古庄鲜血狂喷，倒飞出去，摔倒在地，再也爬不起来，了无声息，不知是死是活!

刘孝迈因事出突变，伤心过度，一时未能反应过来，再见小古庄生死不明，顿时心如刀割，双眼血红，一声绝叫，纵身抢先，直欺那人怀里，左手向他当胸一拳。

那人想不到刘孝迈如此神勇，不顾性命，被他这一欺近，招架已来不及了，胸膛一挺，“哼”的一声，便接了这一拳，向后跌坐。

刘孝迈不待敌人反应，右手长剑“刷刷刷唰”四下急攻，逼开敌人，左手一抄，将小古庄和血刀卷起，身子腾空，分腿在两边的黑衣蒙面汉的额头一蹬，然后双腿一并，一声清啸，拔地而起，一鹤冲天，如离弦疾箭，向山下急射而去。

这几个动作一气呵成，兔起鹘落，简直是迅雷不及掩耳。

等黑衣蒙面人反应过来，刘孝迈抱着小古庄已冲到山腰之间!

第二章　魔圣难分

月光如水，流泻在山川和田野之上，刘孝迈怀抱着小古庄，一路急纵狂奔。

也不知过了多久，刘孝迈自己是心力憔悴，昏倒在地。但一个信念在支撑着他，“不能死，不能死，刘孝迈你要挺住!”

刘孝迈伸手一探小古庄的鼻息，尽管气若游丝，但还没气绝，刘孝迈心中升起了新的希望。

但转瞬之间，这希望又让他沉入了无底深渊。

因为小古庄的脸已是血肉模糊，并且口歪鼻斜，刘孝迈急忙解开他的衣服，一看，胸口果然有一个像烙铁烙过的红印。

刘古庄不由脸色大变，神情凄苦，老泪横流。

天啊！你为什么瞎了眼。

原来，小古庄已中了武林中最惨毒的“摧心掌”。

只要是中了“摧心掌”，虽然不能马上毙命，但已是生不如死，最多不能活过七年。

刘孝迈木然坐在小古庄的身边，看着小古庄痛苦的神情，已是气若游丝，顿感自己手脚冰凉，犹如万箭穿心。

小古庄胸前的玉龙佩在月光下发出晶莹的柔光，刘孝迈紧紧地凝视着这块玉佩，大哥，嫂子还有妻子的音容笑貌宛如就在眼前，一刻之间都不存在了。

刘孝迈仰天狂笑!

他又想起了自己的女儿——刘雪柔，不知她是不是还活在世上?

不，我刘若迈只要有一口气在，决不能让大哥断后，一定要救活古庄！

打定主意，刘孝迈突然用剑在自己脸上横竖乱割，顿时鲜血淋漓，红肉外翻，眨眼已是面目全非了。

刘孝迈没哼一声，毅然地抱起小古庄，消失在迷蒙的夜色中。

从此江湖上多了一个神情萎缩、满脸刀痕的十分丑陋的老人，后面跟着一个十多岁的男孩。

两人相依为命，沿街乞讨。

又是一年中秋到来，转眼已是七年。

这年的中秋那天，天空中乌云密布，风雨交加，神州大地一片风雨飘摇，狂风夹着暴雨，穿过山林，掠过原野，像是要洗刷掉人间的罪恶、江湖的血腥。

入夜时分，没有月亮，天地一片苍茫，到处都沉浸在一片狂风暴雨之中。

世界充满了风雨，仿佛变成一个黑暗的世界！

但在华山绝顶紫金阁内，此刻却巨烛高烧，灯火通明。

原来，每隔十年，江湖九大门派都要举行一次武林大会，每隔十年的武林盛会由九大门派的掌门人轮流主持，可谓是武林中的一大盛事。

于是四方豪杰纷纷而来，到会的均是独霸一方的武林首脑人物！

在华山绝顶举办的这次武林大会，更是不同凡响，因为近几年来，中原武林笼罩在一片血雨腥风之中，许多正义之士都莫名其妙的惨遭横祸。

华山派掌门人孙铸高踞上位，正襟危坐，在他身后站着华山十二剑客，一字排开，颇具威严。

前面两排各形长桌，分别坐着少林、武当、峨嵋、崆峒、青城、昆仑、嵩山、泰山、恒山九大门派的掌门人，余下的都是三教九流，各路豪杰。

侠客们个个目光炯炯，神情肃穆，如一尊石雕，俱皆寂然无声。

只听见烛火毕剥之声。

孙铸穿着皂色长袍，容貌清瘦，两道目光冷电般地扫视了眼殿上的群雄，然后说道：

“我们华山派主持这次武林大会，正逢江湖多事之秋，近段时间江湖惨案不断，想必在座各位已知悉，我想……”

话还未说完，忽听到一声尖锐的破空啸声，遥遥传了过来。

那啸声尖锐刺耳，虽然外面狂风暴雨，雷电交加，但啸声十分清晰。

大厅的群雄都微微一怔，有的还手按兵刃站了起来。

孙铸双眉紧锁，显然外面的哨卡发现了闯关的人，所以用啸声传讯报警。

自古华山一条道，九阳关是上华山绝顶的惟一通道。

一时之间，大厅中的气氛紧张起来。因为大家不知闯关人是敌是友？更不知是不是江湖上实力极强的“武圣门”的人！

正在大家疑惑之间，啸声在大厅外传来，仿佛就在群豪的耳边。

接着就是几声惨叫，兵刃相交的声音，吆喝打斗之声，说明闯关之人已到了大厅之外。

群豪不禁都悚然动容，虽不能断定是“武圣门”的人，最起码得知是敌，而不是友！

而且大家都可以判断来的是两人，而不是一人！

并且从啸声一越千里，刚还在半山腰。恍惚到大厅外，这种过关斩将的速度来看，来人的武功已是惊世骇俗。

这种无视主人的身份，硬闯重关的做法在江湖来说，不但极不礼貌，而且有挑衅的意思！

华山掌门人孙铸勃然变色，举手一挥，背后一字排开的华山剑客，立刻身形如电，鱼贯飞纵而去。

两名先出的华山剑客，刚一出厅门，身子马上被一股罡风一撞，倒射而入，摔在地下，“呛啷”两声，长剑散落。

风雨扑面，厅门大开，两个身穿青衣，浑身湿透的人，如飞鸟一般，落在大厅中央。

群豪齐声惊呼，一齐拿起兵刃，将两位不速之客围在中心，单等华山掌门人一声令下，都扑上去，万刃分尸。

是哪个莽夫，这般熊心豹胆，竟硬闯藏龙卧虎之地。任你是三头六臂，功力高也不能这般心里没数。

既然能被邀请参加武林大会，哪个不是一等一的高手。

群豪都虎视眈眈地盯着这两个冒天下之大不韪的怪客。

同时，群豪又是一阵齐声惊呼，因为他们面前的两个可以说是天下最奇丑无比的人。

那瘦小老头除了一双鹰隼的眼睛，脸上已没有一块完整的好肉，头发蓬乱，似乎经过许多风雨沧桑，全身血迹斑斑，他手提长剑傲然而立，浑身透着一股精干精明之气，对群豪的惊诧置若罔闻，眼神关切地盯着对面的少年。

对面的少年虎背熊腰，孔武有力，但他的脸孔更是惨不忍睹，鼻斜口歪，不少地方开始溃烂，脓血模糊，面目全非，不少高手看出这少年隐隐有受了内伤的迹象。

群豪见来的两人没有蒙面，也没穿夜行衣，不由都松了一口气。

突然，有人惊叫道：

"'中原剑魔'刘孝迈!"

"血刀，'神州刀尊'!"

惊叫的是位须发皆白的老头，这老者尽管不认得人，但识得那柄青冥剑和血光刀!

群豪大哗，马上都全身戒备起来，怪不得武功这么厉害，原来是黑道枭雄刘孝迈。

凡是上了年纪的人都知道，当年叱咤风云的人物刘孝迈武功霸道，出手死人，一向我行我素，不入流俗，是一个让江湖中人谈之色变的枭雄!

可在二十年前，就销声匿迹了。一时之间众说纷纷，有的说是被正道人物合力歼杀，有的说是一生杀孽太重，而幡然感悟，遁入空门!

传得最凶的一种是说他与"神州刀尊"姜刀风比斗时同归于尽。这种说法，也是最可信赖的一种，因为也在同一时间，姜家堡也整个莫名其妙地消失，"神州刀尊"姜大侠也跟着无影无踪。

没想到，二十年后会突然出现在华山绝顶。

虽然面目全非，但大家还是从来人的身材和眼神找到过去的刘孝迈。

不错！这老头就是黑道枭雄“中原剑魔”刘孝迈！

一个黑道枭雄，居然敢冒险出现在名门正派高手云集的武林大会上，简直不可思议。

刘孝迈带着姜古庄隐姓埋名，忍辱负重，历经千辛万险，好不容易才盼到了这一天，世间的一切喜怒哀乐，已在他心中激不起一丝波澜。

刘孝迈淡淡地说道：

“庄儿，还不参见各位前辈！”

姜古庄身子微微一揖，说道：

“晚辈姜古庄，参见各位前辈！”

华山派掌门人孙铸冷哼一声，在他主持的武林大会上发生这等事情，确实令他丢脸，喝道：“不用了，刘孝迈，你是越活人越狂啊！”

刘孝迈闻言，毫不动怒，依然是淡淡地说道：

“恕我冒昧，我刘孝迈是个粗人，没有请柬，只好硬闯，今日我来是有件事相求在座各位！”

群豪又是一阵哗然，不知刘孝迈这个大魔头葫芦里卖的是什么药。

自古黑白两道，水火不容，你刘孝迈有事相求，不是叫老鼠入猫寓——自寻死路。

孙铸冷笑道：

“自古以来，正邪不两立，谁不知你刘孝迈‘中原剑魔’乃黑道枭雄，有什么事用得着求我们正道人物，不知是我们不够格，还是你不够格！”

刘孝迈说道：

“肯定是我刘孝迈不够格，不过，我是代义兄姜刀风相求大家的！”

群豪听了面面相觑。

威震天下的“神州刀尊”姜大侠，竟然是这个十恶不赦的大魔头的义兄！

无一人应答，大厅里一片寂静。

刘孝迈接着说：

“我姜大哥一生义薄云天，磊落坦荡，是我刘孝迈一生最敬重的人！”

姜刀风的侠名在江湖上早就名闻遐迩，但经这一代巨魔之口说出，竟更显现其豪气干云。

孙铸说道：

“不错，姜大侠的侠义行径为我们武林中人所标榜，不知这和你有什么干系！”

刘孝迈突然提高声音朗声道：

“可是姜大哥一家都惨遭‘武圣门’的毒手，连他惟一的后人，也中了敌人的‘摧心掌’！”

说着，刘孝迈拉过姜古庄，撕开前胸，群豪之间，不乏见闻博广的高手，此刻均是一声惊叫。

倒不是因为刘孝迈身边所站的丑陋少年是姜刀风的儿子——姜古庄，而是那少年的胸口已有一个巴掌大的血印。

识货的人都知道，这就是中了“摧心掌”的印迹。

“摧心掌”是武林中一种极其厉害的惨毒功夫，所习之人，内功非达到通玄境界不可。放眼武林，没有几人能使得出来，再说正道人物也不屑为之。

群豪惊道：“武圣门？”

孙铸半信半疑地问道：“你是说，这中‘摧心掌’的少年是姜大侠的儿子？”

刘孝迈答道：“不错！”

群豪注视姜古庄手上的血刀，再看他眉宇之间的确有一股凛然正气。

这时，少林寺掌门人悟性大师双手合十，站了起来：

“阿弥陀佛，刘施主，姜大侠一家的不幸我们深表痛意，为使大家同仇敌忾，力斗群魔，也是本届武林大会的中心，但不知刘施主要我们怎样帮你！”

孙铸沉吟了一会儿，怒道：

“姜公子，你父亲历来是万人敬仰的大侠，我们一定会主持武林正义，代你追究此事！但你不能一时糊涂，听从奸人的唆使！”

说着向刘孝迈狠狠地盯了一眼。

姜古庄情绪激动，急说道：

“前辈，刘叔叔同我父亲一样，也是顶天立地的汉子，我父亲一生最敬重的人就是刘叔叔，你……”

刘孝迈制止了姜古庄的话，说道：

“庄儿，不要说了，这一切并不重要！”

姜古庄无奈地望着刘孝迈，不再说话。

悟性大师白眉深锁，轻声说道：

“对，一个人一生做一件好事，也不能说他就很完美；一生做了一件坏事，也不能说他就很恶毒。所谓人无完人，金无足赤，刘施主，快将你此行的目的说出来吧！”

刘孝迈说道：

“我硬闯武林大会，乃不得已而为之，望大家海涵！”

说完抱拳四揖。

江湖上从没听说“中原剑魔”有认错的时候，大家已看出他言辞甚是诚恳，显然是肺腑之言。

大厅一片肃静。

但还是有人对刘孝迈不信任，一个黑道魔头，诡计多端，难保不会耍什么花样，于是冷眼旁观。

但大多数人不但相信，还解除了戒备。

顿了顿，刘孝迈扫视了群豪一眼，说道：

“我刘孝迈这次来主要有两个目的：第一是要求九大掌门看在姜大哥的面上，出手救救古庄；第二，我要告诉在座各位，‘武圣门’中也有各门派的顶尖好手在内！”

刘孝迈的话音刚落，就有人叫道：

“放屁！我们都是名门正派，哪个不是侠义人物，怎会与‘武圣门’混为一谈，你这不叫混淆是非吗？”

刘孝迈平静地说道：

“这一点，我只是随便说说，大家信也罢不信也罢，我相信终究会有一个说法！”

武当派掌门冲虚道长眉头紧锁，缓缓说道：

“刘施主，你所说的可有证据?”

刘孝迈答道：

“这是我和姜大哥亲身经历，绝非虚言！”

大厅里群雄各想着心思，表情复杂不一，无一人开口。

微一沉吟，冲虚道长说道：

“刘施主，你所说的第二件事，事关重大，我们先放在一起，你所说的第一件事，是要我们九大掌门合力施救姜小施主，不知怎样个施救法?”

刘孝迈说道：

“大家都知道，‘摧心掌’是一门极为霸道的内家功力，如果被‘摧心掌’击中，最多不过活到七年，庄儿刚好是中掌七年，我想时日不多……”

“我刘孝迈无德无能，虽然寻访了天下名医，但仍不能化解，后来不得不冒险求助‘一代圣手’上官慈，上官慈听说是姜大哥的儿子，才肯放我进去，可已无回天之力，但他却告诉我只有一个方法能救庄儿。”

顿了顿，刘孝迈神情激动地说道：

“这就要聚九大门派掌门人的功力，将庄儿体内的‘摧心掌’之毒逼出来！”

一阵骚动，众人相互对望了一眼，议论纷纷。

悟性大师神功内敛，语调平静地说道：

“刘施主，照你所说的，一定能有效吗！”

刘孝迈说道：

“‘回天圣手’上官慈所说，我想应该是可行的，但只怕会对大家的功力有所影响！”

悟性大师说道：

“我佛慈悲，救人一命胜造七级佛屠。刘施主，我想这样也有一定的道理，只要能救得了姜小施主，我们的内力大耗也是值得的！”

刘孝迈大喜，纳头便拜：

“多谢悟性大师，只要大家能援手救得了庄儿，然后将我刘孝迈碎尸万段，我也毫无怨言！”

群豪看到刘孝这一代巨魔真情流露，欣喜而泣，无不耸然动容。

突然，东道主华山派掌门人孙铸站起声来说道：

“慢，我有几个问题得请刘孝迈回答！”

说着冷冷地凝视着刘孝迈，语言充满火药味。

刘孝迈说道：

“孙掌门，你请问，只要我刘孝迈能回答的，一定知无不言，言无不尽。”

孙铸说道：

“刘孝迈，我问你，‘神州刀尊’凭一口血光宝刀，纵横江湖三十余年，行侠仗义，不屑于结交任何帮派，江湖中人无不敬仰。你说姜大侠全家惨遭‘武圣门’毒手，我们姑且不怀疑你和姜大侠交往的真实性，单问你为什么逃得出来！”

孙铸在江湖上人称“绵里针”，意思说他心机深沉，为人谨慎，说出的这番话马上引起群豪响应，眼光“刷”的一下，一齐注视着刘孝迈。

若在以往，刘孝迈早就勃然大怒，他一生最恨人家怀疑他的诚意，但今天为了小古庄，他必须竭力忍住，因为只有这一线希望。他暗对自己说：“刘孝迈，你切不可冲动，为了姜大哥，今天就是吃屎你也得吃下去！”

想到这里，刘孝迈正视着孙铸说道：

“并不是我武功了得，当时，完全是一个救出庄儿的信念支持我逃脱虎口的。”

孙铸冷笑道：

“那倒是我孙某看错你了，想不到江湖上大名鼎鼎的刘孝迈也如此义气，真是佩服。”

在一旁昂然则立、一副傲然不屈之色的姜古庄，剑眉一紧，叫道：

“你别对我刘叔叔冷嘲热讽，我看你就不是什么好东西，哼！大不了我不要你们帮助，有什么了不起。刘叔，我们走！”

刘孝迈双目圆睁，已是怒极，虎吼道：

“庄儿，不得无礼！”

姜古庄仰着脖子说道：

“刘叔，是他们……敌视你，平时，你总是告诉庄儿，士可杀而不可辱！”

刘孝迈缓了口气，叹道：

“庄儿，你脾气太倔犟了，他们没辱我，只是对我成见太深了，你就不要多嘴了！”

在座的群豪将两人的对话听得清清楚楚，虎父无犬子，想那姜古庄，一个十六七岁的年岁，如此傲骨，倒也难得，只是……

群豪不敢正视他的面孔。

孙铸忽然哈哈大笑道：

“好！好！演得好！好一出双簧戏，刘孝迈，你老实说，你这次到华山来，究竟有什么阴谋？你瞒得过别人，休想瞒得过我。”

刘孝迈没想到孙铸会有此一说，惊疑道：

“孙掌门这话怎么讲，我刘孝迈一生是罪孽深重，但我说过，只要大家能援手救了庄儿，我刘孝迈愿意以死谢罪，我刘孝迈喜欢打开窗户说亮话，当面锣，对面鼓，孙掌门说我刘某有什么阴谋，不妨当着大家的面说出来！”

孙铸冷笑道：

“好！刘孝迈爽快，我孙铸怀疑你是‘武圣门’派来的人！”

孙铸这样一说，群豪哗然，惊恐的注视着刘孝迈。

姜古庄大叫道：

“臭老头，你不要血口喷人！”

刘孝迈喝道：

“庄儿，不得无礼！看来孙掌门对我成见已深，孙掌门，有什么高见就直说出来吧！”

孙铸说道：

“刘孝迈，你说姜大侠的儿子中了‘摧心掌’？”

刘孝迈昂然答道：

“不错，在座的不乏众多武林泰斗，应该看出这一点。”

孙铸哈哈大笑道：

“问题就出在这里，中了‘摧心掌’最多活不过七年，为什么不迟不早，拖延到武林大会时，你是不是想以我们为他疗伤大耗功力，然后与‘武圣门’的人来个里应外合，将我们正道人士被一网打尽！”

刘孝迈听了，目瞪口呆，张口结舌，说不出话来。

此言一出，大厅上的群豪传出一片轻声低呼，显然众人都被孙铸的话震住了，这真的是一条绝妙毒计。

刘孝迈双眼血红，望着悟性大师道：

“大师，依你之见呢？”

悟性大师双目低垂，双手合十，唱诺道：

“阿弥陀佛，刘施主，孙掌门说的也不是没道理，这时正值武林多事之秋，我们不得不从长计议！”

刘孝迈急道：

“这么说，你们不答应救庄儿？”

悟性大师说道：

“刘施主，佛讲因果，我们帮不了你！”

刘孝迈闻言，心灰意冷，彻底绝望了！

他想到为救庄儿性命，带着庄儿沿街乞讨，辗转整个中原，风里来，雨里去，从来没叫一声累。甚至不顾性命，远赴西域，求见“西域雄鹰堡”的堡主任秀敏，跨大江南北探访“绝命魔尊”欧阳石和他惟一的武功传人“夺命神尼”的足迹。

西域雄鹰堡主任秀敏被刘孝迈的精神所感动，但已无良策。

欧阳石和程逸雪更是一个渺茫的希望，压根儿没有人知道他俩的行踪，不过，有不少人告诉刘孝迈，说“夺命神尼”程逸雪的黑白二雕，经常在华山一带出没。

眼看庄儿的生命大限一天一天临近，刘孝迈只得远赴山蜀水，求助“回天圣手”上官慈。

尽管他知道上官慈不会见他的，因为自从上官慈的孙女儿上官痴被人掳走，就发誓不再行医救人，但这一次还是破例为刘孝迈提了这么一条建议。

这也是能救庄儿惟一希望。

没想到这惟一的希望也破灭了。

刘孝迈不由流下两行清泪，人一下子像苍老了许多，一拉姜古庄的手悲愤地说道：

“庄儿，这就是正道武林，我们走！”

孙铸大喝一声道：

“刘孝迈，你也太下看扁天下英雄了吧，说来就来，说走就走，只怕没那么便宜吧！”

刘孝迈傲然笑道：

“孙大掌门人既不想救人，还要对我贤侄俩怎样！”

孙铸脸色发青，喝道：

“给我拿下！”

手一挥，背后的十二名剑客飞纵而出，“刷刷刷”亮出长剑，将刘孝迈和姜古庄围在中心。

刘孝迈仰天狂笑，一拉姜古庄的手说道：

“庄儿，怕不怕？”

姜古庄豪气一生，大声道：

“不怕！”

刘孝迈说道：

“好！有种，今天我俩就见识见识一下所谓的名门正派！”

说着将手中的青冥剑当胸横起，和姜古庄背靠弟背，凝视注视着十二剑客。

忽然——

一阵极为猛烈的狂风从厅外猛扑而来，顿时门窗“格格”作响。

群豪大为惶恐，纷纷操起兵刃，站起身来。

终于“咔嚓”一声暴响，厅门的粗门闩断为两截。

凄风苦雨，夹杂着刘孝迈满含绝望悲愤的狂笑，群豪无不骇然！

人家都寂立不动，谛听风雨声。

华山派掌门人大喝一声，身子暴起向厅外疾扑而出。

但在他身形刚一跌倒厅门口，一声砰然大震，孙铸的身躯被一股强大的反力倒卷而回，同时，一阵粗暴的狂笑传了进来。

群豪大惊，只见孙铸面色苍白如纸，虽被十二剑客中的两名剑客左右扶住，未致跌倒，但却张口喷出一股血箭，显然受伤不轻。

其余八大门派的掌门人，身形电转，略一示意，八人同时出掌向外推出。

八大门派的掌门人第一次联手，一齐发出的掌力，如翻江倒海，何等威猛！门外传来一声惨叫。

八条身影借着威势，扑了出去。

接着厅外传来吆喝打斗之声。

有人惊叫道：

"'武圣门'的魔头找上门来了！"

顿时，四路群豪，十二剑客都撇下刘孝迈和姜古庄急扑厅外，参加群斗。

大厅的烛火一起熄灭，一时默然无光。

姜古庄见杀父仇人已到，不由得血脉贲张，说道：

"叔！我们去杀敌！"

刘孝迈一拉他的手道：

"不，庄儿，留得青山在，不怕没柴烧，更何况，此时误会已深，不管我们怎么做，他也不会相信我们的。走，我带你去一个地方！"

自从父母惨死，在姜古庄的心目中，刘孝迈就是他的父亲，他亲身感受到刘孝迈为他付出的实在太多了。

整个紫金阁人声鼎沸，一片扰攘，刘孝成带着姜古庄穿过紫金阁的后门，沿着一条羊肠小道，来到一个崖前。

四周一片寂静，说明已远离紫金阁。

姜古庄大惑不解，问道：

"叔，你这……"

刘孝迈若有所思地说道：

"庄儿，这就是华山的思过崖，这里有你一个惟一的希望，也是最后一个希望，我必须试一试！”

姜古庄惘然地看了看四周，他心里清楚，刘叔临阵而逃，将他带到这里，绝不是贪生怕死，肯定有他的目的。

四周一片漆黑。“除了肆虐的狂风、倾盆大雨和万丈悬崖峭壁。”姜古庄心想，“这不毛之地，哪还有什么希望！”

刘孝迈伸后一指，说道：

“庄儿，你看，那里有一条瀑布，你看见吗？”

姜古庄顺着他指的方向看去，黑夜中果然有一条瀑布，从万丈石崖下飞流直下，如一条银链。

说罢，也不容姜古庄答复，携着他的肩头几个起落，向瀑布那边奔去。

姜古庄困惑不解，说道：

“叔，你带我到哪里去？”

刘孝迈道：

“到了！”

转过一道山坳，姜古庄听到轰天巨响，眼前赫然出现一道如练倒挂的瀑布。

瀑布击在下面的深潭，发出的响声如九天惊雷，震耳欲聋；击在崖石上，水花四溅，委实壮观。

在瀑下的一个深潭，一片漆黑，深不见底。更令姜古庄惊奇的是：这深潭没有水外溢，瀑布昼夜不停地流下来，好像永远不能装满它。

姜古庄望着这人间奇观，一时倒有些莫名所以。

刘孝迈神色凝重地说道：

“庄儿，按算你现在只有四五天的活命时间，我原以为九大门派会看你爹的为人上，施手救你，没想到……唉！”

突然，刘孝迈跪倒在地，仰脸向上，分不清脸上是泪水还是雨水，声音悲怆地说道：

“姜大哥，我对不起你，不能为庄儿……”

姜古庄一抹脸上的雨水，说道：

"叔，能活几天就算几天，古庄一直陪着你，我不要他们救我，叔，你不要为我的事太伤心。"

刘孝迈站起身说道：

"不，庄儿，你知道吗？你是我们的希望，所有的血海深仇都交给你了，你不会死的，你一定不会死的，你答应叔，你一定要好好地活下去！"

刘孝迈神情激动，一把抓住姜古庄的双肩，双眼发出骇人的光芒，逼视着姜古庄。

姜古庄只感到双肩一阵吃痛，木然地点点头。

刘孝迈没在乎姜古庄的反应，自顾自地喃喃说道：

"黑白二雕经常出没华山，我踏遍了华山的千山万壑，细想，只有这碧水潭才是惟一的希望。特别是最近，我越来越有这种感觉，她一定在这碧水潭底。"

姜古庄困惑道：

"叔，你说谁在这个潭底？"

刘孝迈答道：

"'夺命神尼'程逸雪！"

说着，眼睛闪现出一道神往的光彩，思绪似乎飘到过去，又道：

"如果'绝命魔尊'已不在人世，那么他的惟一武功传人'夺命神尼'就是迄今内功最高的人。江湖人传说，程逸雪背叛了师父，被其师'绝命魔尊'欧阳石囚禁在一个秘处，如果我所料不错的话，一定是被囚禁在碧水潭的潭底。"

姜古庄依然不明所以，问道：

"即使这就是囚禁'夺命神尼'的地方，又与我有什么关系？"

刘孝迈急切地说道：

"怎么会没关系呢？你可知道，单是一个'夺命神尼'的功力就比那些什么臭九大门派掌门高，她肯定会救你的！"

姜古庄这才明白，原来刘叔是要借"夺命神尼"的绝世神功内力为自己除去"摧心掌"之毒，不由的苦笑道：

"叔，这只不过是江湖上的一个传说，我们去杀敌吧，反正也活不长了，杀一个少一个。”

刘孝迈沉声说道：

“庄儿，君子报仇，十年不晚。尽管这是江湖上的一个传说，但任何事情都有其一定的因由，不会空穴来风的。我们宁可信其有，不可信其无，尽管希望只有万分之一的可能，但对你来说，却能换来一生的希望！”

姜古庄笑道：

“叔，这个赌注倒值得！”

刘孝迈神情悲肃道：

“庄儿，你假如能侥幸不死，一定要为你惨死的爹娘报仇，还有你那下落不明的柔妹……”

一提到刘雪柔，姜古庄心里一亮，那个天真活泼，刁钻机灵的柔妹，一颦一笑，尽浮脑海。

那个青梅竹马，两小无猜的妹妹不知现在身在何处？

其实他和刘叔一起走遍千山万水，也是处处在留意柔儿，甚至有好几次还认错了人，不知柔儿是生是死。

想到柔儿，姜古庄一阵惆怅。七年了，漫长的七年，换来的却是自己的生命的终结，父母的血海深仇都不能报。

忽然，姜古庄心头一抹电光闪过，对！为什么不赌一把，反正总是死，何况刘叔做事一向都很精明，他这样做一定下了很大的决心，才作出这样重大的决定。

这样一想，姜古庄觉得人轻松多了，说道：

“刘叔，生死由命，富贵在天，我听你的！不过，你先接受义子姜古庄的跪拜！”

说着姜古庄双膝跪地，叩了三个响头，哽咽道：

“刘叔，请恕庄儿不孝，无力报答你对姜家的大恩大德！”

两人在碧水潭前抱头痛哭。

刘孝迈拉起姜古庄，为他擦去泪水，说道：

“孩子，你去吧，天无绝人之路！”

姜古庄一拉刘孝迈的手，说道：

“叔！你多保重！”

说完，“扑通”一声，跳进了碧水潭。

刘孝迈望着姜古庄毅然跳了下去。说实在的，他的心里也一点底也没有，他的心也就跟着往下一沉。

良久，良久……

刘孝迈站在碧水潭边，一任风吹雨打，如一尊石雕，在风雨中屹然不动。

突然，他一声长啸，向华山绝顶扑去，他要和“武圣门”的魔头同归于尽。

姜古庄跳下碧水潭，身子不停地旋转下落，一直往潭水深处沉下。

潭水是温热的，身上暖烘烘的，仿佛不是在下地狱，而是升入天堂。

姜古庄心境平和，索性半闭眼睛，闭气不动，一任潭水冲激、摇荡。

此时，他想到了许多，刘叔、父亲、母亲、刘婶、柔儿……还有刘叔牵着自己的手走街串巷，翻山过岭，淌河涉水，那艰辛的岁月哟，充满了血泪的苦楚。

正在他胡思乱想之际，他感到自己已经停止了下落。

伸手一摸，发现自己坐在软软的苔藓上，睁开眼睛，水中黑咕窿咚，什么也看不见。

幸好，还能感到自己的存在。

“唉，姜古庄，你能死在华山的碧水潭中也算天待你不薄，每年都有皇帝来这里祭天的。”想到这里，他竟顺着苔藓向前滑去。

原来，潭底是个斜陡之坡，遍生苔藓，滑不溜手，一经滑动，就收势不住，只好任自己向前滑去！

温水轻扶脸颊，甚是惬意。

慢慢地，姜古庄越来越觉得惊讶，想那碧水潭的潭口不过比井口略大，没想到潭底却如此宽阔，至少已滑出二十余丈，仍然在不停地下滑。

凭感觉，潭底越来越宽阔，终于，速度慢慢地慢下来，似是彻底底恢复了平静。

更使他吃惊的是，慢慢地，他的头已现出水面，再往前滑出一段，连自己的胸部都露出来。

姜古庄大奇，憋了这么长的气，张开嘴大口地呼气、吸气，像要把空气吃个饱。

没有走到死亡的边缘，也没有对生命的强烈感受，姜古庄突然对生命有强烈的愿望。

有了这种愿望，他就不再被动！

姜古庄站起身来，向前走了几步，双脚踏在陆地上。

仰头四顾，周身漆黑如夜，并且听不到一点风籁之声，好像处在地心中一般，世界顷刻之间都死了。

他思索着，这潭水都流到哪儿去了，怎么突然间都消失了呢？

他想到和刘叔一起一到“西域雄鹰堡”去，西天戈壁，万里黄沙，大漠千里，也有许多河流都莫名其妙地消失了。

刘叔告诉他，这叫沙漠暗河，水都流到地下暗河去了。

难道这水也流到地下暗河去了。

难道这漆黑的潭底真的会有什么奇迹不成，姜古庄想起刘叔那庄重的神情，人竟然有一种莫然的冲动。

他慢慢地摸索着，望前走去，双足交替试探着地面，一步一步地往前行去。

也不知行了多远，他发觉地面越来越干燥和硬结，并且崎岖不平，还碰到许多石块，跟陆地没有什么区别。

又走了一段，一股腐臭之气隐隐飘入鼻孔。

姜古庄有些奇怪，俯身在地下摸索，捡起像枯枝样的东西，仔细地摸索。

“天啊！”他大叫一声，赶忙扔掉。

凭感觉，他捡起的是一根死人的骨头，这骨头非常细小，似乎是许多婴儿的枯骨。

姜古庄听到自己心胸“怦怦”乱跳。

静了一会儿，姜古庄心想：别的我怕，死有什么好怕的。

想到这里，姜古庄又迈步坦然前行，他细数自己的脚步，一步、两步、三步……

蓦然，他发现前面有一缕幽幽的蓝光泻了过来。

姜古庄停下脚步，注视着那幽光，一动也不动，敛气屏声。

他以为是什么独眼怪兽的眼睛。

看了好久，那蓝光一动也没动，姜古庄心想：管他是什么东西，即使是独眼怪兽，总比自己孤独的死在这里好。

在他三丈开外的地方，隐约可见两扇合闭的石门，在石门上端镶着一颗珍珠般的东西，发出一片幽幽的蓝光，石洞门口，白雾缭绕，忽隐忽现。

一切都显得阴森恐怖，仿佛走进了地狱鬼府一般！

姜古庄似乎有一个世纪没看到亮光，这幽幽的蓝光，如漆黑夜空中的闪电，让他感到兴奋和欣喜，然后长长地舒一口气，原来不是什么独目怪兽，让自己虚惊一场。

门！

有门肯定就有房子，有房子就肯定有人住，姜古庄心里一阵狂喜。

这房子里会是谁呢？

难道就是刘叔所说的“夺命神尼”的囚禁地。

管他是谁，只要是人就行了。

姜古庄大叫道：

“有人吗？”

在黑夜中，声音产生轰鸣，传得远远的。

姜古庄大跨步，走到石门前，用手尽力去推那石门，但任凭如何用力，那石门依然紧闭，动也不动。

他颓然地停下手，用脚去乱踢，高声叫道：

“里面是谁啊？姜古庄来了！”

“谁在里面呀？你爷爷姜古庄来了，还不开门！”

正在他手舞足蹈，喊得声嘶力竭的时候，突然红影一闪，一个红衣少女从石门的顶上飘然而下。

“啪”的一声响，脸上吃痛，眨眼间，被红衣少女结结实实地打了一巴掌。

这红衣少女的手法太快捷了，姜古庄看都没看清，只觉得脸上火辣辣地。

他愕然地看着红衣少女，停下了喊叫怒骂。

红衣少女最多不过十六七岁，瑶鼻柳眉，明眸皓齿，美艳绝伦，就是皮肤太过于白皙，神色中满是诧异地盯着姜古庄打量。

姜古庄知道自己面目全非，丑陋不堪，惨不忍睹，赶快用手捂着自己的脸，问道：

“你就是‘夺命神尼’程逸雪吧？”

那红衣少女似乎没在意他的丑陋，说道：

“咦，你怎么知道我师父的名字？你是谁？是怎么跑到这进而来的，你干吗在这大喊大叫？你不怕我师父杀了你……”

红衣少女自从被“夺命神尼”掳到这里，除了师父之外，再没见过别人，所以姜古庄的突然来到，仿佛一个天外来客，叫她怎么不惊诧莫名，俏脸涨得通红，连珠炮似的，一口气问了好几个问题。

姜古庄大声叫道：

“你……”

“你”字刚出口，那红衣少女赶忙用柔嫩的白手堵住了他的嘴巴，压低声音，轻声说道：

“嘘！你想找死呀，这么大声音，叫我师父听见……”

说着用手在自己颈上比划一下，伸了一下舌头，做了一个刀起头落的动作。

姜古庄不由笑了起来。

谁知那姑娘怔怔地望着自己，说道：

“你笑的真好看！”

姜古庄大窘，这不是存心损我吗？想自己这般丑陋的面孔，人见人怕。以前和刘叔在街上乞讨的时候，也看到不少漂亮的姑娘，一见到他，就像见了瘟神一般，惟恐避之不及，今天居然破天荒的听到有人称赞他笑的好看，何况还出自一个绝色美女之口。

于是不好意思地低下头！不去看那红衣少女。

红衣少女嘻嘻一笑，轻声道：

“对不起，刚才没打痛你吧？我是怕师父听到了！”

说着伸手在姜古庄的脸上抚摸。

那如葱根白嫩的手指摩挲在脸上，马上有一种清凉的感觉。

姜古无任由她抚摸，抬起头，不由得泪流满面。

姜古庄想起了他那幸福的童年，春日融融的山巅，野花遍地，他和柔儿在山间嬉戏，柔儿也曾这样抚摸过他的脸。可这一切，都在一夜之间灰飞烟灭。从此以后，死神的脚步一直紧跟着他，真没有什么使他快乐起来的理由。

那红衣少女见他突然哭了，忙道：

“怎么你也会哭？”

那口气似乎对他的哭大吃一惊。

姜古庄骤然一听这话，也是啼笑皆非，这才明白，这少女对外面的事情一点也不懂，不由得童心大起，一抹眼泪，说道：

“好，我不哭了，我笑给你看！”

说着一咧嘴，“嘿嘿嘿”笑了起来。

红衣少女跟着也是欣喜而笑，露出两个小酒窝，声音甜美无比地说道：

“你还没回答我的问题呢？”

姜古庄感觉到自己从来没有这么被人重视，觉得此时的自己完全自由了，在红衣少女面前无拘无束，不必去提防什么，也不用怕别人的嘲笑，脸上挂着泪花，笑道：

“你问我那么多叫我怎么回答！”

红衣少女一直沉浸在喜悦之中，腮如桃花，眉飞色舞，喜笑颜开，看着姜古庄喜不自胜，伸手挽起他的右臂，说道：

“走，跟我一起到房里去，我俩再慢慢说！”

说着，小心翼翼地推开石门。

姜古庄跟在后面，不由大吃一惊，心想：我功力虽不说是已臻绝顶，但得父亲和刘叔的真传，想来自是不弱。刚才吃奶的力都用上了，这石门却纹丝不动。可这姑娘谈笑之间随手就推开了，毫不吃力，这是多么惊人的内力。

容不得他多想，红衣少女已将他拉了进来，随手又将石门关上，附他的耳边，咬耳说道：

“小哥哥，千万不要发出一丁点、一丁点响动，啊！”

姜古庄只觉得樱唇凑在耳边，吹气如兰，少女的幽香沁人心脾，不由得心动神摇，顺从地说道：

“听你的！”

跟着，就像作贼一样，跟在红衣少女的后面蹑手蹑脚地往前走去。

走进石门，里面竟是一个小石城。

姜古庄感慨不已，心想：如果在碧水潭上谁还会想到潭下有这么一个神奇的地方，真是大自然的造物之奇。

转了几个弯，少女停下脚步，回头对姜古庄甜笑道：

“到了。”

说着，推门而入。

门一打开，柔柔的亮光泻满一地。

姜古庄不由精神大振，人也好像鲜活不少。

暗无天日的日子真是度日如年。

红衣少女将姜古庄领进房里，关上房门，欢呼雀跃起，像做了一件令她极其高兴的事。

姜古庄坐在床上，感觉到自己被一种馨香包围着，不由得打量这间房子。

房子不大，但收拾得极为整洁，桌面平整如镜，一尘不染。

墙壁上镶着一颗颗夜明珠，熠熠发光，小房子被暖暖的亮光涨得满满的。

姜古庄一数，至少有二十颗，心想：“这任何一颗，可都是价值连城的宝物哇！皇宫内院也没有这等气派，用夜明珠照明！在这里才真正感觉到钱财如粪土。”

桌上摆着鲜花，一簇一簇，大红大紫，都是一些姜古庄叫不上名的，还有一个大琉璃缸，里面养着许多稀奇古怪的鱼。

姜古庄使劲地吸了吸，暗赞："这花香真好闻！"

突然，听到上面传来"吱吱"的怪叫声，吓了一跳。

抬头看去，房顶的笼子里关有两只猴子，正对着他龇牙咧嘴，抓耳挠腮做着鬼脸。

红衣少女见他一惊一乍，东张西望，不由"扑哧"一笑，一双俏眼一直盯着他的脸看，脸上带着微笑，好像姜古庄一张丑脸，永远也看不够似的。

红衣少女挨着姜古庄坐着，挽着他的手，仰着头，笑看着姜古庄，说道：

"好了！我俩在这里可以自由自在地谈了。"

姜古庄笑道：

"谈什么，我肚子饿得要死！"

红衣少女一拍自己的脸说道：

"真该死，我这就去给你拿东西吃。"

说着纤腰一扭，就去开门，突然又走回来说道：

"小哥哥，我去给你拿东西，千万不要到处乱跑，我一会儿就回来啊！"

姜古庄用力点点头。

红衣少女这才依依不舍地溜了出去，房间只剩下姜古庄一个人。

姜古庄打量这间布满鲜花、上头还有两只猴子的小房子，心里感到一阵温暖。他换下湿衣服，找了一件花花绿绿的衣服穿在身上，感觉到身子也暖和起来。

这小房子的布局无一不显露主人无边的寂寞，一个花季少女困在这暗无天日的石窟里，哪有什么快乐而言？难怪见到自己一个丑八怪，这么高兴。

从少女的举止来看，应该是一个身怀绝世武功的人，可她的年龄也不过十六七岁，那她的师父的武功怕真如传说中一样恐怖。从她样子看，似乎很怕她师父，说明她师父的脾气性格一定很古怪，会不会为自己疗伤呢？

唉，反正既来之，则安之，走一步说一步。

假如她师父一怒之下，杀了自己，那刘叔叔的一番心血不就白费了。可自己终究是要死的人，与其等“摧心掌”毒发而死，那生不如死的感觉，倒不如让“夺命神尼”一掌劈死，来得干脆。

可我大仇未报啊！刘叔叔这几年的含辛茹苦又是为了什么？

不，只要有一线希望，我就得好好把握。

正在姜古庄一握拳头，告诫自己下定决心的时候，房门“吱呀”打开，红衣少女闪身进来。

看到姜古庄穿着自己的花衣服，不伦不类的样子，大笑起来。

姜古庄板着脸，说道：

“有什么好笑的，没见过？”

红衣少女更是笑得喘不过气来。

姜古庄闻到一股肉香味，不由得口水一流，叫道：

“有什么好吃的？别笑了，快给我吃点！”

红衣少女手上捧着一只烧得焦黄的野兔，油光淋淋的，一看就让人大吞口水，更何况姜古庄已饿得饥肠辘辘。

红衣少女笑道：

“我叫上官痴，你叫我痴儿好了。”

姜古庄连声叫道：

“痴儿，痴儿……”

上官痴似是极为开心，双手将烤兔递给姜古庄。

姜古庄双后一拉兔腿，狼吞虎咽，三下五除二就把一只野兔给吃了精光，一抹油嘴，说道：

“还有没有？”

上官痴笑道：

“看你的样子好像三天没吃饭一样，给！”

说着从怀里掏出两个水果，递给姜古庄，说道：

“好啦，你对我说点外面的事情好吗？”

姜古庄又吃了两个水果，这才有点饱，人感到很是惬意，伸了一个懒腰，说道：

“我很累，先睡一会儿再说。”

上官痴一掀被子，说道：

“那我俩一起睡。”

姜古庄大惊，连忙一缩身子，叫道：

“你不要碰我！”

上官痴满脸诧异道：

“你干吗这么凶？”

姜古庄吁了一气，连忙拱手道：

“这个……这个……”

可这事儿一时三刻也跟她说不清楚，“这个”半天也没说出个所以然，只得坐起身，和上官痴谈话。

上官痴大是兴奋，眼睛里大放神光，目不转睛地望着姜古庄，好像生怕错过了其中的一句话。

第三章　至尊之邪

姜古庄有了这么一个痴心的听众，也是觉得身份倍增，从没有人这么重视听他讲话，慢慢地也觉得兴趣盎然。

于是讲自己的出身，以往经历，连极为细小的欢乐和忧伤，都一五一十，如竹筒倒豆子般一点一滴说了出来。

原来，上官痴自从被抓到这碧水潭底，除了师父“夺命神尼”还从没听到第二个人讲话。

没想到外面的世界竟是那般精彩，怔怔地看着姜古庄说话，简直羡慕不已。

等姜古庄说完，怔怔地说道：

“庄哥哥，只要我能离开这里，我宁愿被什么‘摧心掌’打上。”

姜古庄听她这么一说，不由傻了。

一个人境遇不同，心境就不一样。许多人不在乎自己身边的幸福，而且追求一些不可及的东西。而痴儿却想用自己的生命去换取自由，其间的滋味，谁能真正体味！

姜古庄大为感慨，问道：

“痴儿，你是怎么到这里来的?”

上官痴脸上掠过一层阴影，神色黯淡起来，说道：

“我是被师父抓来的。”

姜古庄大是同情，愤愤地说道：

“你师父怎么这么狠毒?”

上官痴连忙摇摇头说道：

“不，其实我师父也挺可怜的，她是被我师祖囚禁在这深潭底下，已有三十多年了，不过，她马上就可以出去的!”

说着眼睛闪出希望的神采，喃喃说道：

“到那时，师父一定会将我带了出去的，师父最疼我。”

姜古庄被上官痴的神采所感动，心里也为她感到高兴，好奇问道：

“痴儿，你说你师父在这里囚禁了三十年了，为什么到现在才想到出去。”

上官痴悠悠地说道：

“其实我师父无时无刻不想出去，但你知道我师祖‘绝命魔尊’可是武功盖世的一代奇侠。”

姜古庄忍不住插道：

“可江湖人讲，欧阳前辈是邪派至尊人物，武功再高，也不能称得上是奇侠。”

上官痴小嘴一撅，道：

“这是我师父说的。虽说是师祖将她囚禁在这里，但师父一点也不恨师祖，还说她这是罪有应得。师祖是一代盖世奇侠，什么正派邪派、三皇五帝都比不上他老人家!”

姜古庄上官痴说得认真，也不好辩说，再说刘叔也是这么讲的，问道：

“你师祖怎样将你师父困在石洞里的?”

上官痴说道：

“是用八根铁链将我师父锁住的。”

姜古庄大吃一惊，骇然道：

“八根铁链？锁住的?”

上官痴说道：

“是啊。我师父说，那不是普通的铁链，如果是普通的铁链，想锁也锁不住我师父的。”

姜古庄奇道：

“那是什么铁链?”

上官痴说道：

“那是千年钢母所造的铁链，任何兵刃利器，都休想弄断它。”

姜古庄本想说你师祖这怎么这么坏，但看到上官痴对欧阳石的崇拜，也就算了，问道：

“既然那么厉害的铁链，你师父想个什么办法出去？”

上官痴说道：

“我师父在炼一种丹，等那神丹炼成后服下，就会功力激增，然后挣脱铁链。”

姜古庄心想：“夺命神尼”的武功得自“绝命魔尊”的真传，一身功力已是登峰造极，难道还要借助什么神丹来增强自己的功力？遂好奇地问道：

“什么神丹那么厉害？”

上官痴忽然面色一变，说道：

“唉，还是不说得好。总之，庄哥哥，我告诉你，我就是因为师父炼这种神丹，才被抓进这石洞里来的。”

姜古庄大奇道：

“你？……你怎么来炼丹？”

上官痴说道：

“那神丹叫‘千婴丹’，是要用一千个婴儿的心，炼制而成的。”

姜古庄差点惊叫起来，想到在自己进入石洞之前，所见的一根根细细的骨头，原来竟是婴儿的骨头，不由一阵作呕，怒道：

“你师父还是人吗？为了自己，竟不惜挖婴儿的心，这种丧尽天良的事她也能做得出来，别说囚禁她，就是千刀万剐也不过分！”

上官痴见他面孔狰狞，也甚是骇异，柔声说道：

“庄哥哥，我师父怪可怜的，她说这一千个婴儿的父母个个都是罪孽深重的人。我想，生我的父母，也应是一个十恶不赦的人，不然，师父也不会把我抓来。后她见我骨骼奇秀，才将我留下，这就是一千个婴儿中惟一幸存下来的我。师父对我可好呢，教我武功，像对自己亲生女儿一样待我……”

姜古庄怒道：

“你师父，你师父，她可怜，就可以滥杀无辜，为所欲为？一千个婴儿，就是一千个生命，你懂不懂！”

说着，神情激动地抓着上官痴的手吼叫道。

上官痴像一只受伤的兔子，惊恐地看着暴怒的姜古庄，竟嘤嘤地哭了起来，说道：

“也许你说的是对的，可……”

姜古庄看着上官痴楚楚可怜的样子，又于心不忍，何况又不是她杀了一千个婴儿，她本身也是一个受害者，我怎么能对她发火呢？

想到这里，姜古庄压制自己内心的狂涛，猛吸一口，说道：

“痴儿，你带我去，我要去杀了那人神共愤的魔头。”

上官痴一听，顿时吓得花容失色，忙说道：

“庄哥哥，你这不是拿生命开玩笑吗？你大仇未报，怎么可以……”

姜古庄大声说道：

“男子汉大大夫，何惧一死！”

上官痴戚戚地说道：

“可……你是不理解我师父的心境。再说你这次是来求我师父为你除毒的，只要求我师父，师父会为你除去‘摧心掌’的掌毒的！”

本来两人年纪相仿，加上上官痴从没与陌生人说过话，对世事一无所知，与姜古庄相见，已是万分欢喜。两人越谈越投缘，仿佛是多年未见的朋友，骤然遇面，促膝长谈，海阔天空，甚是高兴。

可一谈到“夺命神尼”时，气氛就变得紧张起来。

这时，天已微明，外面传来两声凄厉的鸟叫声。

上官痴脸色一变，急说道：

“庄哥哥，师父在叫我。你就在这里，千万别出去。等我找个机会告诉师父，然后再带你去见她。我一定会求她为你疗毒的。”

说着神情甚是急切，似是有急事在身，却又不放心姜古庄。

姜古庄说道：

“你去吧，我听你的！”

上官痴高兴地在他脸上亲了一口，然后就一步三回头，恋恋不舍地离开这个与自己倾心而谈、萍水相逢的伙伴，走到门口，回眸对姜古庄微微一笑，然后打开房门，闪身出去。

姜古庄思索着上官痴所说的话，越想越是气愤，哪有这样蛇蝎心肠的人！还将上官痴这样天真烂漫、纯真无邪的少女困在这暗无天日的地底下。

嗯，我便要去看看，看她到底是什么妖魔鬼怪。

想到这里，姜古庄马上起身，慢慢地推开石门，然后走了出去。

幸好，还能看到上官痴的红影子，那红影子在一个石洞的洞口一闪就不见了。

姜古庄马上跟上去，伏在石洞门口，向里面窥探。

外面天已大亮。虽然不见日光，但晨曦之下，万物呈现在眼皮底下。

姜古庄看着眼前陌生的一切，真有一种恍如隔世的感觉。

石洞里面的石壁上也镶着几颗亮灿灿的夜明珠，像龙宫一般华丽。

正中有一张石床，床上盘腿坐着一个鸡皮鹤发的老妇人。

两条细如麻杆、皮包骨头的大腿，膝盖上一边横穿两根细如筷粗的铁链；两边瘦骨嶙峋的肩甲骨上，也各穿两根。

八根铁链的两端深深嵌入床后的石壁之中。

姜古庄看得咋舌不已，这是多么痛楚的事啊！

可那老妇人一点也不感到痛楚，脸上根本没有表情，像个木乃伊，身子微微一动，就带着铁链哗哗直响，银光闪闪。

老妇人双眼放射出两道半蓝不绿的犀利光芒，像千年老魔的眼睛。从她橘皮的老脸看，至少有一两百岁，还有这等神光，看来武功真的已臻绝境。

这难道就是江湖上谈之色变、闻风丧胆的“夺命神尼”？

姜古庄又是好奇，又是恐惧，趴在地上，大气也不敢出。

老妇人正襟危坐，双掌平推，向着她面前一个巨大的鼎炉。鼎身罩着一层淡淡的薄雾，绕着她的身子慢慢旋转，似乎要把全身的功力运到鼎炉之内。

上官痴坐在炉鼎的另一边，同样以双掌抵在鼎炉之上，双目紧闭，全神贯注。

鼎炉之内升起袅袅白雾，丹香弥漫。

突然，忽感到自己的头顶掠过一阵飓风，吓了一跳。

眼前一黑，只见两只巨大的神雕，足有六尺以上，一黑一白，收翅停在老妇人面前，两个巨大的翅膀一收，双扇挟起一道飓风，威风凛凛地扭动着脖子。

姜古庄差点惊叫起来。

原来那黑雕的利爪下抓着两只兔子，白雕的利爪竟抓着一个鲜血淋漓的婴儿。

姜古庄心想：那野兔肯定是老妇人和上官痴用来进餐的，我昨晚正为这碧水潭下有野兔感到奇怪，原来是被黑白二雕抓来的。

刘叔说黑白二雕经常在华山出没，从而判定“夺命神尼”就在华山附近，是有一定道理的。

叫自己跳下碧水潭，是他经过深思熟虑才决定的。

正在姜古庄心智大乱之际，忽闻“夺命神尼”哈哈仰天狂笑，徐徐收回抵在鼎炉上的双手，然后用鸡爪般的手拍拍白雕的头，怪声说道：

“白雕，今天是你为我抓来第一千个婴儿，辛苦你了，哈哈哈……”

那老妇人的笑声，犹如铁器刮在锅上一般刺耳难听。

那白雕似乎听得懂主人在夸奖它，将羽毛一抖，怪叫两声，得意非凡。

老妇人取下雕爪下鲜血淋淋的婴儿，然后伸出鸡爪般的手，向婴儿的胸脯抓去，抓出血淋淋的心肝，随手摔掉婴儿的身体，将鼎炉盖吸了起来，把那心肝立刻丢入鼎炉之中，再若无其事的双手抵住鼎炉，像原先一样，闭目运气。

婴儿胸前的血洞汩汩外流，那心肝搏搏而动。

这一切看得姜古庄心惊肉跳，目龇尽裂，早就将上官痴的告诫抛到九霄云外，身子跃起一声大喝，血光宝刀红光大盛，奋力向老妇人横削过去，喝道：

“妖怪，我杀了你！”

姜古庄暴怒之下，出手奇快，几乎是全力而为，眼看老妇人就要人头落地。

但血刀的刀锋刚一触到老妇人的身边，便觉得撞到一堵无形的铜墙铁壁上，一股排山倒海的内力迎面反撞而来。

姜古庄的身子倒飞出去，撞在墙壁上，跌在地上，痛得他大叫一声，全身的骨骼像散了架一样。

那老妇人似乎是无暇顾及到姜古庄，双眼蓝光激射，鸡爪一般的枯手仍然抵在鼎炉之上。

不一会儿，双目蓝光黯淡，浑身像筛糠一样不停地抖索。

姜古庄没想到这瘦得不成样子的老妇人，内功竟如此了得，但此时他已豁出去了，大吼一声，第二次扑上。

血刀耀起一片红光，挟着劲风，向老妇人当头直劈下去，颇有开山裂石之势。

别看这一劈，跟着后面就有九势变化，这是“血刀九势”中最有威力的一式，叫“九劈五岳”。

当年不知多少成名的高手，都败在“神州刀尊”的这一招之下。

虽然姜古庄无论是在刀法运用，还是在内力方面，都不能和当年的姜刀风相比，但这一招是他全力而发，威力自是不小。

无奈之下，老妇人撤回护在鼎炉的右手，一拿一捏，两指夹住了血刀的刃。

姜古庄的血刀凝住不动，再也递不进半分，大骇之下，右手挥拳击向老妇人的面门。

老妇人右手一带，将姜古庄的右手血刀对着他的左掌。

姜古庄大惊，忙中缩拳。老妇人右手一弹，姜古庄的身子直飞而去，“砰”的一声，又撞在墙壁上，“哇”的吐出一口鲜血。

上官痴一声惊叫，赶忙跃了过去，扶起姜古庄，神情甚是关切，又满含着责备，深怪他不该如此鲁莽。

忽然，老妇人凄厉的一声惨叫，这惨叫声显然牵动了体内的真气，特别刺耳，震得整个石洞都有些颤动。

跟着又是“砰”的一声巨响，石片横飞，汤水四射，白雾弥漫。

原来是那鼎炉轰然炸开，上官痴惊叫一声，搂着姜古庄的头伏在地下。

老妇人目光恶狠狠地盯着姜古庄，咬牙切齿道：

“为了炼这‘千婴丹’已经费了我近二十年的时光，想不到却在大功即将告成时，被你毁于一旦。天啊！我的希望，惟一的希望，一千个婴儿，毁了！全毁了！……”

老妇人的叫声最后变成仰天悲鸣，听得人身上汗毛根根倒竖，那神态实是骇人之至。

姜古庄一抹嘴角的鲜血，不屑地大喝道：

“像你这等残害生灵的人，即使不毁，你也难逃天谴！”

老妇人冷笑，狞声道：

“好！好！好！……”

身体颤抖，人已是气极，“好”了半天，没说出话来！

突然闷哼一声，像是岔过气来说道：

“我要把你碎尸万段，生吞活剥，剥皮抽筋，千刀万剐……”

仿佛世界上所有的酷刑加起来，都难解她心头之恨。

姜古庄朗声说道：

“哈哈，我姜古庄一生之中，最喜欢的就是死，死神已跟我打了七年交道。”

老妇人咬牙道：

“好，老身成全你！”

说着，身子一探，枯枝一样的手臂暴张，鹞爪般的手指箕张，遥遥向着姜古庄一抓。

姜古庄感到一股强大的吸力，将自己拉飞起来，脚不点地的被拉到老妇人面前。

老妇人手一翻，掐住了姜古庄的咽喉。

姜古庄说不出一句话来，直翻白眼。

上官痴想拖住姜古庄，但还是慢了一步，惊叫道：

“师父……”

但喊了一声，却再也接不下去。

老妇人悲愤的眼神也转过去，冷哼道：

“贱人，谁是你师父，你……你居然勾引人来害我，哼！连你我也一块儿万刀碎割……”

顿了一下，接着说道：

“怪我当初瞎了眼睛，见你长得聪明乖巧，留下了你，把你养了十六年，你却……这般待我。”

上官痴怯怯地走上两步，双手轻轻地抚着老妇人的手，眸光中满是悲凄之色，颤声道：

“师父，你心里痛苦。我知道你疼痴儿，这十六年来您像对亲生女儿一样待我。今天你就是杀了我，我也不会恨你。可他……”

说着眼光满是怜乞地望着老妇人。

老妇人的神色略有缓和，说道：

“那你为什么勾引外人来暗算我？”

上官痴颤声道：

“师父，我没勾引他，是他……”

老妇人又勃然大怒，摔开上官痴的手，喝道：

“小贱人，你还狡辩，那他为什么穿上你的花衣服？这碧水潭除了你，还有谁知道，还有你对他……”

老妇人知道上官痴不懂男女世事，也就不说了。

上官痴说道：

“师父，你不相信痴儿？好吧，你先把庄哥哥放下，我把一切都告诉你！”

老妇人果然松开手。

姜古庄已是昏了过去。

上官痴把姜古庄的身世和前因后果简单说了一遍。

老妇人一言不发地听完上官痴的叙说，忽然冷笑起来，说道：

“小子，怪不得你想死！我便偏不成全你，我要让你活着，并且活得生不如死！”

上官痴也不知哪来的勇气，大声说道：

“师父，事情既然发生了，你就是杀了他折磨他，也是没用的呀！”

老妇人上身颤抖一下，长吁一声，声音好像一下子苍老许多，颓然说道：

“完了，师父这一生算是完了，再也没有生离此处之望，看来要在这里终老一生……”

上官痴已是泪流满面，恳切地说道：

“师父，不会的，你一定还有其他办法！”

老妇人忽然正了正身子，铁链被带动的哗哗乱响，黑白二雕不明所以地盯着三人，不知发生了什么事。

老妇人似乎在沉思冥想，目光上下打量着姜古庄，橘皮老脸忽然掠过一阵甚是复杂的表情，喃喃地说道：

“其他方法……其他方法……”

上官痴见师父目光上下打量姜古庄，以为要对庄哥哥下毒手，急忙说道：

“师父，是我害了你，你就杀了我吧！”

老妇人没理会上官痴的话，自顾自说道：

“对了！不能杀他！我不能杀了他……”

接着又沉思了一下，突然像着了魔，手舞足蹈地叫道：

“痴儿，我想好了。我不杀他，不，不杀他。我还要他好好地活下去，教他天下第一的武功！”

上官痴被师父古怪的神情骇住了，不知道师父为何这么做。

老妇人仿佛大彻大悟，绞尽脑汁，搜肠刮肚，突然之间想出什么好主意一般，兴奋地大叫道：

“痴儿，除了他，谁也救不了我们……除了他，我真的再难以生离此处了！”

上官痴迷惑不解道：

“师父，你……”

老妇人左手揽过上官痴，喃喃说道：

“痴儿，这是命中注定的，怪不得你……但他一定能救我出去的……”

上官痴似乎听懂了师父的意思，茫然地点了点头。

老妇人脸上露出亢奋的神色，伸手抵在姜古庄的胸口。

姜古庄只感到一股暖流进入丹田，像冬眠的动物，一下子清醒过来。

老妇人逼视他说道：

“小子，你是想死还是想活？”

姜古庄朗声说道：

“我早就将生死置之度外，死对我并不可怕。”

老妇人冷笑道：

“假如我能治好你身上的‘摧心掌’毒，你又会怎么想？”

姜古庄笑道：

“原来你老还掌握生死簿，失敬失敬，不过生死对我来讲已不那么重要了。”

老妇人冷笑道：

“难得你把生死看得这么淡，可你还身怀血海深仇，更何况武林动荡安危。你不顾个人生死，倒不失一条硬汉，但你不觉得你也太自私了！”

姜古庄没想到老魔头也能说出这番义正辞严的话，一时惭愧说不出话来。

老妇人接着说：

“你那姓刘的义父倒是真义士。小子，你可知我是谁？”

姜古庄口气缓和道：

“你不就是叫‘夺命神尼’程逸雪！”

老妇人笑道：

“对，我就是江湖上臭名昭著的程逸雪。只要我程逸雪想办的，就没有什么办不到的事！”

姜古庄心想：你在这石洞里困了几十年，不是处心积虑，时时想出去吗，结果还不是徒劳无功。连自己的事都办不到，还说什么别的事。

“夺命神尼”似乎看到姜古庄的心思，说道：

“当然，要不是你使我功亏一篑，我过不了几天就可以离开这里，现在多说无益，我要你帮我完成心愿！”

姜古庄奇道：

“我怎么帮你？我现在最多不过能活三天。”

“夺命神尼”哈哈大笑道：

“既然我要你帮，当然不会让你死的，别说你中了‘摧心掌’，就算你是一堆枯骨，我也能将你变成一个好好的人！”

顿了顿，“夺命神尼”又道：

“不过，你得发下毒誓，答应替我办两件事。”

姜古庄头脑中立刻记起惨死的爹娘，刘婶，还有生死不明的柔儿，以及刘叔带着自己受尽磨难的种种场面。

他心里升起一种强烈的求生欲望，说道：

“如果前辈要我答应的不是丧尽天良的事，我一定愿意去做，即使粉身碎骨，也万死不辞！”

“夺命神尼”冷冷一笑道：

“在你眼里，难道我真是那种残暴成性的人吗？”

姜古庄说道：

“不敢，可刚才……”

“夺命神尼”长长舒了一口气，说道：

“我不喜欢谈过去，有些事你现在是不明白的，其实世间最为歹毒的不是世人眼中的邪魔巨盗，而上那些戴着正义面具的伪君子。”

经过那么多磨难，遭受世态炎凉的姜古庄怎么不知道江湖险恶？思忖着“夺命神尼”的话，虽然有点偏激，但也是实情，说道：

“好吧，你要我答应你哪两件事？”

“夺命神尼”说道：

“第一，我要你离开这里之后，不准向任何人提到这碧水潭底的事，包括你那刘叔。”

姜古庄心想：“江湖上不知多少在到处寻访‘夺命神尼’，如果我一吐露出去，‘夺命神尼’武功再高，也会被人围歼而死。只要她能救得了我的性命，你不说我也不会做出过河拆桥的事。至于刘叔，只要我能完好地出洞，一切都明摆，还用我说。”

想到这里，姜古庄说道：

“这件事晚辈一定能办到。”

“夺命神尼”满意地点头道：

“嗯。第二，我被囚在这里已逾百年，本可以马上重返人间，‘千婴丹’被毁在你手，这是天意，我不怪你，如今若想离开此处，只有……”

姜古庄和上官痴紧张的大气也不敢出，见“夺命神尼”住口不说，更是捏出一把汗，心里忐忑不安。

“夺命神尼”从怀里掏出半块羊皮出来，表情严肃地说道：

“这是先师遗留下来的藏宝图，但我这里只有半块，另外半块听说流失江湖，不知落于何人之手。现在老身惟一的希望，只有全部寄托在你的身上。我的第二件事就是要你尽快把那半幅图找到，然后按图掘出先师的武功秘笈《万魔心经》，再送到我手。”

姜古庄吓了一跳。作为一个江湖中人，谁不知《万魔心经》是武林中一本至高无上的武学宝典，只要习得上面的任何一种武学，就可以天下无敌，纵横四海。江湖上没有谁不想据为己有，独得《万魔心经》，然后练成天下武功第一。

据说“武圣门”之所以四处出击，杀戮武林，也与这《万魔心经》有关。

人人都想得到的东西，你没有过人之处，无异是水中捞月。

再说，另外半张图流失江湖，可天下江湖何其大，我乃沧海一粟，去找半张羊皮，无异于大海捞针！

“夺命神尼”见姜古庄低头沉思，半天不答应，不由勃然大怒，面目狰狞道：

“你不愿意？”

说着伸手向姜古庄抓去。

上官痴本见情况出现转机，不由芳心窃喜，没想到师父又目露凶光，就叫道：

“师父！庄哥哥现有的武功，怎能完成你的要求！”

“夺命神尼”立即缩回手，拍了拍脑袋，笑了起来，笑道：

“我怎么这么糊涂！”

姜古庄心想：这“夺命神尼”被囚在地底下已逾百年，性情大变，喜怒无常，倒也是怪可怜的。

“夺命神尼”口气一缓说道：

“小子，你答不答应？”

姜古庄犹虑地答道：

“我说过只要不是丧尽天良的事，我会粉身碎骨，也在所不辞！不过……”

“夺命神尼”听了，橘皮老脸舒展，哈哈大笑道：

“什么不过、不过的，只要你答应，其他的一切事都好说。你现在给我立下毒誓！”

上官痴一边暗自担心，一边用期待的眼光看着他。

姜古庄依言跪在地上，对天发了一个毒誓。

“夺命神尼”满心欢喜，开心大笑，道：

“好！既然答应了我的事，我就不会亏待你的！”

说着伸手平抬，一股强大的暗流将他托得站了起来。

然后凌空一抓，从已裂开四分之一的鼎炉之中抓出一圈鸡蛋大小，鲜红鲜红的东西，说道：

“‘千婴神元’虽已被你毁了，但里面的真元还在。来，快服下它，可以刹间激增你三个甲子的功力！”

姜古庄吓了一大跳，一想到一千个婴儿的心肝精血，不由作呕，连连后退。

“夺命神尼”怒吼道：

“现在已由不得你了，你不服也得服！”

说着，伸手一探，就把姜古庄抓到面前。

姜古庄只觉得眼前幻起一片指风掌影，跟着喉结一麻，嘴巴被迫大张。

"夺命神尼"五指一送，那没炼成的"千婴神元"就滑进了肚子里。

这几个动作快捷得如电光火石一般，姜古庄还没明白怎么回事，就吞了下去。

那没炼成的"千婴神元"入肚之后，并无任何腥臭之感，反而有一股清爽甘甜。

但过了不久，姜古庄只觉肚子微微疼痛起来。

不一会儿，越来越痛，直痛得姜古庄呻吟起来，额头见汗。

"夺命神尼"端坐在石床上，俯首沉思，对姜古庄不理不睬，不闻不问，视而不见。

上官痴眼睛里大是关切之色，一时望望师父，一时看看姜古庄，不知如何是好，忽然叫道：

"庄哥哥，你坐下来，自行运气看看。"

姜古庄喟叹一声，只好趺坐下来，运功调息。

谁知刚一运气，突然觉得丹田之中如大海涨潮，热流激斗，宛如一股烈火直冲顶门，使他几乎昏了过去。

姜古庄大骇，连忙正襟危坐，盘起双腿，使丹田之气与本身的真元汇合。

只觉一股滚滚热流走遍周身七经八脉，行三十六关，直上十二重楼，周而复始，连续运行两周天，才稍稍压制丹田之内的巨浪狂涛，有一种气归经、血归脉之感。

但由于"千婴神元"阳气太重，强行压制只是暂时的。

所以过了一会儿，姜古庄又感到自己五脏六腑俱化成一片熊熊火焰，直闯任督二脉，也再也忍受不住，只好咬紧牙关，在地上不停地翻滚。

最后终于脑际"轰"的一声，失去知觉。

也不知过了多久，醒来时，发现自己已躺在石床上。

一运气，那股狂澜躁动的内气竟已归于丹田，使人感觉到百脉舒泰，真力充沛，双目微睁，神光一闪即逝。

他茫然睁开双眼，见"夺命神尼"仍然端坐在石床之上，上官痴俯在自己身旁一侧，含情脉脉地望着自己，微笑不语。

见他醒转，眼神流转，咯咯笑道：

“庄哥哥，你原来长得这般好看。”

姜古庄见她神色有异，连忙伸手摸自己的脸。

这一摸，大吃一惊，满脸不解，因为他摸到自己的脸，再不是凸凹不平溃烂的面孔，而是手感光滑白嫩的皮肤。

上官痴一声娇笑道：

“庄哥哥，你等等。”

说着，身子雀跃而去，脚法甚是轻快，显然心情特别欢畅。

不一会儿，上官痴手里拿着一面铜镜蹦蹦跳跳地回来。

用滑腻的纤掌，轻抚在姜古庄的面颊之上把他手轻轻扳开，满面欣喜，顺手将铜镜递给他。

姜古庄迟疑地向铜镜看去，简直不相信自己的眼睛。

铜镜中的少年眉清目秀，剑目星眸，面如朗月。

上官痴笑道：

“庄哥哥，怎么样，我没骗你吧，你说你长得美不美?”

姜古庄吃惊地看着镜中的自己，听到上官痴没有遮拦的称赞，不由得俊面一红，说道：

“这……这是怎么回事?”

上官痴笑道：

“在你昏睡的时候，我师父已替你治好了‘摧心掌’的毒了!”

姜古庄又惊又喜，翻身坐起，见“夺命神尼”像一下子苍老了许多，正端坐在石床上双目微闭，运气调息。

心想：怪不得那凶猛的内力与自身的真元汇合的那么快，原来“夺命神尼”在用盖世神功帮自己驱毒的过程中，同时也使自己真元合一，不由得大是感激。

姜古庄低头一看胸前，果然胸前的红印消失了，就像被人摘掉了生死符一般。

又过了一会儿，“夺命神尼”才收功，此时的眼光不再像开始那么犀利。显然是消耗内力太多，一时难以恢复过来。

一时之间，他不知说什么好。

忽然“夺命神尼”说道：

“小子！你的功力现在已达到登峰造极的地步，据老身所知，当今武林中没有谁能超得过你了！”

姜古庄心想：这也太玄了吧。不说别人，我刘叔的内力，只怕我再修上二十年也比不过他。

“夺命神尼”冷哼道：

“怎么，你不相信？你将丹田之气运到手掌，然后向对面的石壁击出。

姜古庄一时好奇，依言运气，只感到大海般气势磅礴的真力随意而行，待全部聚于掌力，猛地向对面石壁击出。

一阵海涛般的呼啸，带起一阵罡风，只听见“轰”的一声巨响，山崩地裂，石块横飞，那坚韧的石壁竟被凌空的掌力击了一个大洞。

姜古庄大张嘴巴，惊愕不已。

上官痴在一旁拍手欢声叫好。

“夺命神尼”平静地说道：

“虽然你内力已臻化境，但江湖上狼子野心之人，他们都处心积虑地想占有先师的秘笈，所以光凭你的内力是不够的，我还得教你‘龙行八式’的绝学，这样你基本上没有什么凶险，能顺利找到另外半块羊皮，完成我的心愿！”

“龙行八式”和“六合神指”是“绝命魔尊”欧阳石的秘学绝技，天下武林中人无不想学得一招半式，以期在江湖上扬名立万。

但普天之下惟有欧阳石和“夺命神尼”两人能使，欧阳石四海萍踪，不知是生是死，于是江湖上人们纷纷在寻找“夺命神尼”程逸雪的下落。

姜古庄无意能获此奇遇，并被“夺命神尼”要求学这绝秘武功，不由得也是大出意外，受宠若惊。

“夺命神尼”冷静地注视着姜古庄脸上的表情。

上官痴面若桃花，一直是笑容满面地看着面如冠玉的姜古庄，一颗少女的芳心为这张英俊面庞感到“怦怦”直跳，简直是有百看不厌的感觉。听得师父的话意，连忙在一旁说道：

“庄哥哥，你还不快叫师父!”

姜古庄正要依言下跪，忽然“夺命神尼”冷冷地说道：

“不。我一生只收痴儿一个弟子，虽然我传你‘龙行八式’，但不是以师徒的关系传给你，而是一种交易!”

姜古庄没想到“夺命神尼”直言不讳，说出自己真实的意图。不过，他喜欢这种真实。

难道“夺命神尼”怕自己受了她的恩惠，对她存在一种报恩的心理?

其实，“夺命神尼”的确是最怕别人觉得受了她的恩惠，上官痴是知道这一点的，黯然不语。

既然是一种交易，姜古庄就能泰然接受。

“夺命神尼”说道：

“‘龙行八式’和‘六合神指’是先师的毕生武学精华，但先师只传授我‘龙行八式’。‘六合神指’能断铁熔金，武功太霸道，所以就没教给我。后来我罪该万死，居然去偷学先师的武功秘笈‘万魔心经’，被师父发现后才将我囚禁于此。现在先师已经过世，那‘万魔心经’决不能落到江湖肖小的手里!”

姜古庄大惊道：

“欧阳前辈已经过世?”

江湖传说只说“绝命魔尊”已然归隐，甚至说的有鼻有眼的，害得刘叔带着他几乎奔波整个中原，没想到他已然过世。

“夺命神尼”点了点头，接着说道：

这‘龙行八式’虽然总共只有八式，但每一式都含有九种变化，每一种变化又衍生出九种招式……总之，随着敌人武功的高低，招式的变化而变化。每一式都能出其不意，攻其不备，克敌制胜。这八式几乎包含天下任何门派的武学精髓，所以一直被人称为武学的至高宝典。

姜占庄虽说不上天赋过人，悟性不高，但勤能补拙，十岁就已把父亲的血光刀法学会，后来跟着刘孝迈在江湖上历练，在江湖之中已不是庸手。上次和刘孝迈硬闯华山武林大会，连闯数关，功力自是不弱，已有深厚的武学根底。但“夺命神尼”性情大是急躁，一口气将“龙行八式”演练下来，接着就是“龙吟虎啸”、“龙飞凤舞”、“龙在九天”、“云龙布雨”、“龙腾九海”、“四龙聚顶”、“龙行天下”。再加上“龙行八式”是聚“绝命魔尊”的武学精华，玄而又玄，所以姜古庄只感到眼花缭乱，惊赞不已，一时之间哪能领会得出其中的无穷奥妙。

这博大精深，见所未见，似繁实简，似简实繁，变化万千的招式，竟使他目不暇接，更别说习练了。

“夺命神尼”大为不满，暴躁地吼道：

“像你这样笨的人，不要十年零八载学会才怪。哼！还说救我出去，等你学会后，我已老死在这里了……”

上官痴见师父大是气馁，忙上前撒娇，安慰道：

“师父，天下哪有你这么教的！你要知道一口吃不成一个胖子，慢慢来嘛。”

听了上官痴的话，“夺命神尼”桔皮老脸旋即又微笑起来，说道：

“嗯，对，连我也花了数十年的时光，才从恩师那里学来。好，我再教你。”

说着，将姜古庄叫到跟前，耐着性子，一招一式地教导他。

虽然还会不时地对他大发脾气，但姜古庄已然习惯了“夺命神尼”喜怒无常的性格，知道她是铁面慈心，只是脾气暴躁了一点罢了。

于是虚心习练，一天又一天。

洞中不见天日，不知时光如何流逝姜古庄也完全沉浸在那博大精深的武学之中，这一呆便是月余。

临行之时，夺命神尼却意外地让上官痴随姜古庄行出地宫闯荡江湖。

姜古庄极感意外却也极高兴，反而上官痴虽对外面的世界向往，可依然有此不舍。

上官痴领着姜古庄自一条地下暗道而出，这是夺命神尼所指明的外出唯一途经。

行出暗道，回首看这洞口，原来是在峭壁之下，洞口不过二尺方圆，且掩在茂密荒草之中，甚是隐蔽。

一阵瀑布轰鸣之声遥遥传来，想必碧水潭就在山的那一边。

姜古庄重回人世，长长的吸了一口气，一时之间不由大为感慨。

想刘叔的毅然之举，竟使自己获得这般奇遇，几日之间，不但将自己从死神那里拉了回来，而且内力武功一日千里，委实做梦也想不到的事。

可心头那轻松欣悦马上消失，心情忽又变得沉重，“夺命神尼”的要求，还有自己父母的血海深仇……

他知道摆在自己面前的道路曲折，布满棘荆的。

上官痴自幼被黑白二雕抓进古洞之内，十六年来从未离开古洞一步，根本不知道世上是个什么样子。

所以一出洞来，倒有点茫然无措，对着浩瀚的夜空，怔怔流下泪来。

姜古庄大惊道：

“痴儿，你怎么啦……”

上官痴抽噎道：

“庄哥哥，我……我好害怕……”

姜古庄笑道：

“有庄哥哥在，有什么好怕的！”

上官痴转头望着她，那双澄澈透亮的双眸就像天上的星星，说道：

“庄哥哥，你不会不要痴儿吧！”

姜古庄仿佛看到柔儿的眼睛，说道：

“不会的，庄哥哥一定会带上痴儿的！“”

上官痴转悲为喜，灿烂一笑。

两人站在原野上，看着夜空。

上官痴觉得样样都是新奇的，问这问那，姜古庄耐心地给她说，那弯弯的是月亮，北斗星，天狼星，牛郎织女星……

上官痴听得津津有味，不时地发出一阵银铃般的笑声。

正在谈笑之间，姜古庄忽然听到一阵轻微的脚步声。

姜古庄自从吞食了没炼成的“千婴神元”，内力已激增三甲子的功力，耳目更是灵敏无比，早发现有三人过来。

跟着上官痴也听到了，正在疑惑间，姜古庄一把拉住她，伏身隐入草丝之间，示意上官痴别出声。

不一会儿，三条人影疾奔而来。

三人都穿着蓝袍，年龄大概在三十多岁，手里各提着一把明晃晃的长剑。

三人奔近，停了下来，小心翼翼地探着步子，全神戒备，游目四顾。

姜古庄从衣服的装束，突然想起，这三人就是华山十二剑客中的三名，其中有个长着一对招风耳，他印象特别深刻。

"武圣门"袭击武林大会，不知道结果怎样？刘叔现在不知身在何处？是不是被他们暗算了？这三名剑客到这里来搜寻什么？要不要问问他们。

姜古庄对华山十二剑客围攻他和刘叔记忆犹新，真想狠狠地教训教训他们一下，但又不想贸然出手。

正在犹豫之际，忽听那招风耳的剑客叫道：

"咦，刚才明明听到有人说话，怎么突然之间不见了。"

语气大是惊骇。

另外一人道：

"师哥，会不会是……"

三人骤然一惊，马上各自挽了一道剑花，背靠背惶恐地站在一起，仿佛是如临大敌。

上官痴突见生人，却又如此怪模怪样，紧张兮兮的样子，甚感好笑，"扑哧"一声终于笑出声来。

三人同时惊叫，退后一步，晃动长剑，喝道：

"谁！"

姜古庄拉着上官痴的手长身站了起来。

三名剑客已是惊弓之鸟，突见一男一女两个小青年站了出来，不由得长松一口气，但还是惊魂未定，招风耳喝道：

"你俩是谁？深更半夜在这里干什么？"

另一嬉笑道：

"师哥，人家小青年在这里幽会，嘻嘻，我们走吧，不要扫人家的兴。"

招风耳骂道：

“妈的，幽会就是幽会，鬼鬼祟祟，害得老子以为是‘武圣门’的人，虚惊一场。”

说着转身准备离开。

姜古庄心想：原来你三个人还是听到我和痴儿的说话才赶过来。

华山剑客原来竟是这般欺软怕硬的人，以为是“武圣门”的人就吓得成那个样子，一看不是，反而趾高气扬，凶巴巴的。

姜古庄见不得这种人，心里有气，喝道：

“三位停下，我有话问你们！”

华山十二剑客何等身份，怎容得别人这样口气对他说话。

三人转过身来，招风耳怒道：

“小子，你是不是活得不耐烦了，用这种口气跟大爷说话！”

姜古庄正要出手给他两个耳光，却听到痴儿叱道：

“我看你才是活得不耐烦了，敢用这种口气跟我庄哥哥说话！”

说罢，娇躯一扭，“啪啪啪”三掌已经拍出。

三名华山剑客虽见上官痴说完就打，但因见她不过是个满脸稚气的妙龄少女，娇小玲珑，五指纤细，就是让她着着实实地打一掌也是无关痛痒。

更何况三人都是武林中成名的高手，久经大敌，虽然觉得有点意外，心理上根本没把上官痴当做一回事儿，所以泰然处之，毫不防备。

可接下的感觉大大出乎他们的意料之外，只觉得上官痴拍来的这一掌，虽然无声无息，竟有一股排山倒海的暗劲卷胸而至。

欲待运气相抗，但为时已晚。

只见招风耳的身子被掌力震得横飞出去，撞到对面的山岩，脑浆迸裂，脖子一歪，当场死去。

另外两人虽未致死，但也是鲜血狂喷，昏倒在地！

上官痴出掌之前，没有一点征兆，看似从容缓慢，实则快速无比，站在一旁的美古庄想出手阻拦，已是来不及。

虽然，姜古庄心里对三人甚是厌恶，但也不至于打死他们，没想到痴儿痛下杀手，举手投足，这般狠毒。

于是脸一虎道：

“痴儿，你怎么可以随便杀人！”

上官痴惶惑地看了他一眼，委屈道：

“我看他们对你说话凶巴巴的！”

接着绞着手指，像做错事的学生，低头说道：

“再说，不杀死他们，教他们找到那秘道洞口，师父怎么办！”

这一条，姜古庄还真没想到，好像除了杀死三人，一时还别无它法，叹道：

“他们三人不是准备走吗？你……”

姜古庄正准备说下去，但看到上官痴那若痴若呆，天真娇憨之态，却使他说不下去，只好长叹一声，顿下话锋。

心想：痴儿从小和杀人不眨眼的“夺命神尼”住在一起，分不清真善丑恶，耳濡目染，无形之中养成一种奇特的心性，并不知道滥杀无辜是一件伤天害理的事，以后可得慢慢告诉她！

三名华山剑客突然间，一死两伤，姜古庄一时之间，不知如何是好。

正在他苦恼无计之时，听到上官痴急切喊道：

“快，快躲开！”

姜古庄微微一惊，同时已感到一阵飓风疾扑过来，连忙身形一矮，身子飞掠而去。

定睛一看，只见黑白二雕俯冲而下，飞箭般地向两名昏死的华山剑客疾扑过去，双爪并用，“噗嗤”两声，两名华山剑客被开肠剖肚，五脏六腑狼藉满地。

黑白二雕两声尖利的长鸣，像是在向“夺命神尼”告之什么，然后腾空而起，在两人头上盘旋一匝，才钻进密洞。

姜古庄看得目瞪口呆，触目心惊，但又无可奈何。

上官痴走过来，微吁一声，说道：

“庄哥哥，我们去吧！”

姜古庄喟然长叹道：

“我们该先到哪儿？”

姜古庄只知道自己做的事很多，心智一乱，就理不出一个头绪来，不知该如何着手，心里感到茫然，就随口问了出来。

上官痴睨了他一眼，说道：

“我怎么知道呀，我……”

接着有些羞涩地笑了笑，说道：

“随便你去哪里，反正我跟着你就是了！”

姜古庄心想：痴儿自幼居在古洞里，对人世间一无所知，我这不叫多此一问吗？

略一思索，居然想不出世上能有一个地方，能让自己停下来安身歇脚，不由觉得一阵凄凉，幸好还有一个刘叔。

刘叔哪里去了？他肯定以为自己死了，九大门派的那些人会不会杀了刘叔。

刘叔那么精明，武功又高，相信不会那么容易被人暗算。

但也说不定，双拳难敌四手，如果九大门派或者是“武圣门”的人围攻他……

姜古庄一时之间，翻来覆去转动好几个念头，决定还是到紫金阁去看看。

于是对上官痴说道：

“痴儿，我们走！”

说着，一言不发，当先走去。

上官痴默默地跟在后面，走了几步，轻声说道：

“庄哥哥……你生痴儿的气了，不理我了吗？”

声调微微颤抖，大是委屈。

姜古庄叹道：

“我并非生你的气，只是我心里乱得很，像你这样滥杀无辜，我难免会成为武林中的万恶魔头！”

上官痴似懂非懂地看了他一眼，说道：

“我知道你是因为我杀了人这样不高兴，我以后不杀人就是了！”

上官痴说得真诚自然，姜古庄不由心中一动，停了下来，拉着上官痴的手，看着她说道：

“痴儿，人世间有好人也有坏人，对于无恶不作的坏人，我们不能心慈手软，因为你不杀他，他就会杀你，或者祸害别人。”

上官痴说道：

“就像‘武圣门’那样的人，是不是？”

姜古庄耐心地说道：

“嗯，当然还有其他一些人，以其他的方法作恶多端，这只是对坏人而言。还有很多好人，就不能像你这样不分青红皂白，乱杀无辜！”

上官痴频频点头道：

“我知道了，以后我一定要听你的话，你叫我杀谁，我才杀谁！”

一口天真的话，不禁使姜古庄哑然失笑。上官痴见他笑了起来，不由心情好受多了，又恢复了欢快的气氛。

姜古庄说道：

“痴儿，这些道理一时半刻也跟你说不清楚，以后再慢慢给你讲，我们快走。”

上官痴笑道：

“庄哥哥，只要你高兴我心里就好受多了，我俩是不是去找你刘叔？”

姜古庄笑道：

“痴儿真聪明，你是怎么知道的？”

上官痴忽然神色黯然道：

“其实庄哥哥和我一样苦命。现在世上只有一个刘叔疼你，所以你第一个考虑的就当然是刘叔。”

话虽然有一点伤感，但第一次听到姜古庄夸她，心里还是乐滋滋的。

有了目标，姜古庄精神一振，一扫心头的阴云，与上官痴双手相携，展开提纵身法，一路几乎足不沾地，箭一般地向华山绝顶紫金阁劲射而去。

姜古庄此时只感到内力充盈心中，丹田之内像蓄满水的大湖，热浪滚滚，取之不尽，用之不竭，一跃数丈，奔驰若飞。

上官痴自幼得“夺命神尼”真传，内力虽不及姜古庄深厚，但根基扎实，并已运用自如，所以毫不费力与他相并而驰。

两人飞身上山，只觉得耳边风声呼啸，不过一会儿，已抵达紫金阁外。

呈现在姜古庄的面前，整个华山绝顶一片狼藉，山门半倒，庙墙倾歪，兵刃散落一地，到处血迹斑斑。

可以想象到几日前搏斗的是如何的惨烈！

整个华山绝顶，一片死寂，不见一丝灯火，没有一点人的气息。

姜古庄稳住身形，四顾周围的情景，这才小心翼翼，全神戒备地带着上官痴进入紫金阁，心里已是十分不安。

上官痴跟在后面，很是困惑不解，想不通庄哥哥进入一个破殿还要这样提心吊担，蹑手蹑脚。但知道自己想不通的事多着呢，只得学着他的样子跟着走。

厅门大开，寂无人声。

可当两人刚一迈入门内，蓦见寒光暴闪，四柄长剑从左右两边向两人疾刺而至。

姜古庄血刀出手，一招“龙在九天”红光闪过，四声惊叫，接着只听见四柄长剑脱手而飞。

原来在厅门两则，埋伏着四名华山剑客。他们早就听到有人缓缓而来，所以埋伏在厅门两侧，待来人迈入山门之时，猝然出手。满以为来人武功再高，也难闪避四人联手一剑；想不到来人武功这么厉害，一招之间就把四人的长剑都震飞。

四人不禁都怔了一怔。

姜古庄哪还容得他们分神，血刀一挑，直指其中一人的咽喉。

那人脖子一凉，张口结舌动也不敢动，因为只要姜古庄的血刀往前送上半寸，他就没命了。

其余三人也不敢贸然出手相救，僵在那里，看着眼前两个怪客，不知如何是好。

其中一个人叫道：

“你们是谁，深更半夜闯入山门，有何贵干？”

语调凌厉，但底气明显不足。

姜古庄想到这些欺软怕硬的所谓武林九大门派，当初不但见死不救，还要围杀他和刘叔，心里对这些人一点也没好感，冷冷地说道：

“我叫姜古庄，找你们当家的。”

“姜古庄！”

三人同时惊叫，可这个名字武林中从没听说过。

正在三人惊疑之中，忽听大厅前的神殿中有人说道：

“原来是姜少施主，阿弥陀佛，里面请！”

第四章　骇世惊俗

姜古庄听出是少林掌门方丈悟性大师的声音，血刀一收，牵着上官痴昂然而入。

接着听到孙铸的声音喝道：

“将火把点燃！”

跟着，几名华山弟子打起火折，将四壁的火把及正殿的高烛点燃。

霎时间，灯火通明，大厅里明朗如日照，给人一种刺眼的感觉。

大厅里的桌椅凌乱，遍地残瓦木屑。约有七人全都手拿兵刃站在大厅的前台，显然是提防大敌入侵。

姜古庄这才想起刚才上山时，四周一片死寂，寂静得有点不自然。

回头向上官痴看了一眼，上官痴若无其事，自顾自地打量大厅里的一切。

孙铸和少林寺掌门方丈悟性大师、武当的冲虚道长、青城派掌门木知子、崆峒派掌门人许冠杰、恒山派掌门人仪万师太……等九大掌门人站在前排，其他的人，姜古庄一个也不认识。

这些人个个衣冠不整，血迹斑斑，形状狼狈，面上露出疲惫之相。

其中还有两个缺胳膊少腿的。

大厅后面的偏殿上或坐或卧，摆满了尸体，少说也有一百多具，分不清是“武圣门”的还是群豪的。

整个大厅充满着一种血腥味。

姜古庄感到一阵心寒，那“武圣门”的魔头怎么这般厉害，想起他们当年残杀自己的父母，心中激起满腔仇恨。

火把点燃，将大厅照得如同白昼，众人看清不速之客竟是两位少年。

那少年气宇轩昂，满脸傲然与冷漠，眉宇之间透过一股杀气，双唇紧抿，有棱有角的脸上如一尊石雕。

那少女豆冠年华，柳眉杏目，俏脸含春，皮肤白嫩，像是一个画中丽人，可是脸上的表情又与年龄不符，满脸童真，睁着眼睛，看看这个，又看看那个，大是好奇。

这两个少年，一个看起来太过成熟，一个看起来又太幼稚。

大厅里一片惊异，群豪个个目光炯炯，齐盯在两人身上。想不通在这非常时期，怎么突然来了两个少年。

孙铸冷电般的目光注视着姜古庄，冷声道：

“你自称是姜古庄，可是四天前同刘孝迈大侠一起来的那个姜古庄。”

姜古庄心想：原来我在地下石窟只住了四天，但令他吃惊的是孙铸对刘叔称呼的改变。

四天前，孙铸口口声声说刘叔为大魔头，怎么突然声称刘孝迈大侠？

见对方口气改变，尊称刘叔，也就口气一软，说道：

“正是在下。”

大厅上的人顿时你看我，我看你，大眼瞪小眼，莫名其妙。

孙铸哈哈一笑道：

“真人面前不说假话，想不到少侠竟敢当面撒谎！”

姜古庄心里奇怪，我本就是姜古庄，又何必撒谎，朗声说道：

“真是好笑，我站是一个姜古庄，坐是一个姜古庄，对自己的身世姓名还用得撒谎吗？”

虽然姜古庄容貌已是面目全非，再不是以前口歪鼻斜，满脸溃烂的脸，但说话的神情举止没变。

群豪都诧异不已，很是迟疑。虽然和姜古庄只有一面之缘，但这神情大家都记得，心想：没错，别人伪装也不会伪装得这么像。

再细看他眉日之间，脸上轮廓没变，悟性大师说道：

“少施主，你说是姜少侠，但他中了‘摧心掌’面目全非，而且按算已是离开人世了。我们正为没援手施救，而好生内疚！”

姜古庄这才想起事情的原委，情不自禁伸手一摸脸，正要解释，忽听一旁的上官痴接口说道：

“这有什么奇怪的，是我师父给庄哥哥治好了……”

姜古庄没想到痴儿这般嘴快，连忙对她瞪了一眼。

上官痴立刻知道自己又说错话了，赶快闭嘴不语，吐了吐粉红的舌头，朝着姜古庄惶恐地望了一眼。

众人忽然听到少女的声音像是燕啼声，说不出的好听，所说的话更是令他们大吃一惊。

要知道，那“摧心掌”的毒，要耗九大门派的内功合力才能逼了来。世上谁还有这般盖世神功，一人就能抵九人的功力？但“绝命魔尊”和“夺命神尼”能办到。

孙铸立即对上官痴喝道：

“谁是你师父？”

上官痴嘟着嘴说道：

“我不告诉你。”

说着又望了一眼姜古庄。

孙铸见她天真烂漫，便道：

“你不告诉我，我也知道，‘夺命神尼’程逸雪就是你师父。”

像一代宗师孙铸学着小孩子说话，听起来有些不伦不类，更有些滑稽可笑。

惟有上官痴不感到好笑，神色大是愕然，就像一个做错事的孩子被抓住把柄，做出一个惊讶的表情道：

“你怎么知……”

忽觉姜古庄一捏她的手，连忙缩回话音，紧张地叫道：

“她不是我师父！”

大厅上的人，随便哪一个都有几十年阅历，上官痴虽然没有明说出来，但她脸上毫不掩饰的表情以及那再明白不过的话，怎么能骗过他们。

孙铸冷笑一声，说道：

“嘿嘿，‘夺命神尼’那老魔头果然没死，还收了一个徒弟。”

手一挥，喝道：

“给我抓起来！”

人群中马上有五名华山剑客越众而出，挥剑将姜古庄和上官痴围在核心。

上官痴对五人视而不见，根本没放在眼里，只是大为生气，秀眉一扬，叱喝道：

“你骂谁来着，我看你才是个老魔头，你才死了！”

在上官痴的心目中，“夺命神尼”犹如她的母亲，两人在一起朝夕相处，生活十六年，谁对“夺命神尼”不敬，谁就得跟她过不去，管你是天皇老子。

心里有气，身形一起，众人觉得眼前人影一闪，“啪”的一声脆响，孙铸的脸上已结结实实地受了一巴掌。

孙铸乃华山派的掌门人，中原武林的一代宗师人物，威望极高，何时受过这般戏谑，又惊又怒，清瘦的脸上已没有一点血色。

上官痴的身法太是快捷，且出手诡秘，再说众人也没想到她话还没说完，就猝然出手，说打就打。

站在孙铸身边的八大掌门没有一点思想准备，眼睁睁地看着上官痴打孙铸一巴掌。

等众人醒悟过来时，上官痴已红影一晃，飘回到姜古庄身边。

五大华山剑客见掌门人被打，大扫面子，没等上官痴站稳，就五剑齐出，从侧面向上官痴刺去。

姜古庄大喝一声：

“慢！”

这一声大喝，运起了他体内真气，众人只觉得如平地一声惊雷。

连屋顶上的瓦片被震掉了下来，墙上的火把被声波震中忽明忽暗。

五位华山剑客只感气血上涌，差点把持不住，剑刺到中途，不由得一齐停下手来，凝然不动。

姜古庄朗声说道：

“你们五人围攻一个弱少女，难道不觉得羞吗？”

其中一人个怯怯道：

“她是个妖女！”

姜古庄仰天大笑道：

“可笑，可笑。一个天真烂漫、不懂世事的姑娘竟是一个妖女？依你之见，这世上谁才是淑女？”

大厅里哪个不是识货的人。单从上官痴的出手和姜古庄的一声怒喝，就已然明白了，这两个少年的武功和内力，都达到惊世骇俗的地步。任何一人能胜得了他，看来已是难事。

孙铸的脸色极是难看，阴晴不定，当着这些武林同门的面前，威严扫地，心里有一种说不出的滋味。

但头脑中马上有一个新的想法，他几乎为这新的想法喜不自胜，禁不住脸上露出一丝诡秘的笑容。

少林寺主持方丈低头双手合十，说道：

“阿弥陀佛，姜少侠，你已经误入歧途，非但不思悔改，反而还咄咄逼人。”

说实在的，姜古庄对悟性大师和冲虚道长还有些好感，没想到悟性大师也说出这番话来，当下怔怔不语。

悟性大师说道：

“姜少侠，你对得起你手里的那把血光宝刀吗？要知道你父亲‘神州刀尊’姜刀风一生英名侠义，豪气干云，用血刀不知杀了多少作恶多端的魔头，深得我辈中人钦佩。没想到你却和天下最大的魔头‘夺命神尼’的传人在一起，真是罪过，罪过！”

姜古庄剑眉一扬，正准备反驳，悟性大师挥手制止他，接着说道：

“我知道你受过女魔头的恩惠，但自古黑白两道水火不容，大丈夫应该恩怨分明，以大局为重。苦海无边，回头是岸。老衲劝姜少侠还是将那女魔头的秘密说出来，然后我们一起杀了女魔头，以绝江湖隐患！”

上官痴紧张地看着姜古庄，心里十分不安，急叫道：

“和尚，你……”

姜古庄一拉她的手，打断上官痴说话，说道：

“大师所说，恕我姜古庄难以从命。我已发过誓不对任何人讲，更何况我姜古庄还没做出什么丧尽天良的事。”

悟性大师摇头叹息道：

“善哉！善哉！既然姜少侠如此执迷不悟，就不要怪老衲了。”

“了”字刚一说完，一股劲风向上官痴扑来。

姜古庄只觉黄影一闪，悟性大师肥大的身躯如一只大雕冲了过来，一招少林大力擒拿手直扣上官痴的脉门。

姜古庄大惊，连忙猱身而上，单掌直劈悟性大师的面门。

悟性大师左手一挡，右手还是向上官痴抓去。

姜古庄大喝一声，身子左转，一招“龙飞凤舞”疾如流星，左手上撩，挡住悟性大师的右手，右手撤回，画了一大圆弧，弯击悟性大师的腰肋。

悟性大师大是惊异，“咦”了一声，只得缩回手倒退一步，双掌平推，姜古庄只得以双掌接应。

“砰”的一声大响，两人同时后退三步。

姜古庄只感到自己气血上涌，晃了两晃，才稳住身形，悟性大师更是骇异，伸手指着姜古庄道：

“你……你……”

跟着“哇”的吐出一口鲜血。

群豪无不相顾失色。要知道少林、武当乃武林泰山北斗，地位之崇高是众所周知的。没想到一代武学大师拼内力时却输给个后生，而且是一招之间就见胜负。

在场几位掌门人都是武学的大宗师，谁都看出姜古庄的武学和内功已臻绝顶。

姜古庄也深感过意不去，因为他知道，悟性大师爱惜自己而未施全力，走上前去深深一揖道：

“大师，即使‘夺命神尼’罪恶深重，但痴儿是无辜的，你怎能一棍子将人打死……”

悟性大师闭目运了一下气，凄然说道：

"姜少侠，你刚才施展出来的，是不是'绝命魔尊'的'龙行八式'?"

姜古庄躬身道：

"得罪你了。"

悟性大师仰天长叹道：

"佩服，佩服。'绝命魔尊'能创出这么至刚至纯的掌法，而且刚正威猛，不走一丝旁门，看来他已达到由魔入佛的最高境界。佛祖曰：佛即魔，魔即佛。只不过因果转换，世人难知罢了！"

众人听得莫名其妙，一头雾水，悟性大师接着说：

"姜少侠，你得此奇遇乃是天意，但……唉，不说了，但姜少侠必须记住，今后武林的安危皆看少侠的造化了！"

姜古庄说道：

"谢谢大师指教。"

停了一会儿，姜古庄正准备想询问刘叔的情况——只要得到刘叔的下落，就和痴儿赶快溜开这个是非之地，忽然听到孙铸上前说道：

"姜少侠已学得'绝命魔尊'的绝世武学，可喜可贺。"

姜古庄讨厌他，对他的话未置可否，也不作答。

孙铸说道：

"不过我想这是一场误会。目前'武圣门'杀戮武林，江湖中人人人自危。眼下我们要紧的是抛却成见，同仇敌忾，以大局为重，共同摧毁'武圣门'的阴谋。"

这番话说得入情入理，群豪都点头称是。

孙铸继续说道：

"虽说'绝命魔尊'和'夺命神尼'以前作恶不少，但都已退出江湖。还是悟性大师说得好，魔即佛，佛即魔。我相信姜少侠只是年幼无知，一时糊涂，但毕竟是姜大侠的后人，我想他一定会明辨是非，弃恶从善。更何况刘孝迈大侠也为他做出了榜样。"

姜古庄大惊道：

"我刘叔他……"

心中骤然升起一种不祥之感。

孙铸惨然一笑道：

“将刘孝迈大侠的遗体抬出来！”

姜古庄闻言，脸色大变，身子晃了几晃，几欲昏倒，上官痴连忙上前扶住他。

马上两名华山弟子抬着一具直挺挺的尸体，放在姜古庄的面前。

姜古庄身体摇晃，步子踉跄奔至尸体之前，抱住尸体。

果然是刘叔！尸身已冷多时，一片冰凉。

无限辛酸涌上心头，姜古庄不由得放声大哭。

姜古庄像一头怒狮，双眼血红，大声嚎叫道：

“是谁？是谁杀了我刘叔叔！”

满腔悲愤，已使姜古庄失去了理智，抽出血刀，威风凛凛地逼视着众人。

众人被他声势所震，都退后一步，空气中顿时注满杀机。

双方紧张的对峙着，没有谁敢丝毫大意。

忽听孙铸说道：

“姜少侠，不要误会。我们都错怪了刘孝迈大侠，以为他是黑道枭雄人物，所以……没想到，他去而复返，力杀‘武圣门’的魔头，为我们正道解除危机，但不幸被‘武圣门’暗算。我们一定会为刘孝迈大侠厚葬，并商定一齐攻打‘武圣门’，将‘武圣门’的魔头一网打尽，以慰刘孝迈大侠和已死去武林同道的在天之灵。”

姜古庄咬牙切齿道：

“又是‘武圣门’！我姜古庄此仇不报，誓不为人！”

孙铸心里窃喜，说道：

“姜少侠，君子报仇，十年不晚。不如我们抛却前嫌，坐下来从长计议！”

接着又道：

“姜少侠的事就是我们的事。‘武圣门’是武林的公敌，我们这次武林大会就是号召天下武林中人携起手来，斩妖杀魔！”

孙铸说得慷慨激昂，姜古庄听得心里一阵感动，一收泪，说道："谢谢前辈的好意。"但心里恨不得马上手刃"武圣门"的人。这样的事，怎容得从长计议？他正准备说话，孙铸已道：

"我们九大门派，一向被武林中人视为顶梁支柱，没想到在这次武林大会上，几乎被'武圣门'一网打尽，还有何颜面见天下武林中人！所以我们倒是极愿'武圣门'二度入侵，好拼个你死我活。"

姜古庄心想："武圣门"已大胜而归，怎会还二次入侵，这不叫守株待兔吗？

当下抱起刘孝迈的尸体，一拉上官痴的手说道：

"各位前辈保重，请恕晚辈告辞了。"

众人没想到姜古庄临阵脱逃，大显轻蔑之色。只有孙铸笑道：

"既然姜少侠报仇心急，我们也不强留，不过得处处留意才是。"

众人见孙铸这样说，才松了一口气。

姜古庄心里大为感动，鞠了一躬道：

"多谢孙老前辈！"

孙铸又道：

"那么我就送两位下山。"

说着和姜古庄，上官痴同时缓步走了出去。

此时已是三更时分，秋风过后，倍增凉意，只见紫金阁周围，俱是穿梭游走的人影，把守极是严密。

走出厅外，姜古庄回头说道：

"孙老前辈请留步！"

孙铸笑道：

"不要紧，我送姜少侠下山，顺便看看情形！"

姜古庄心想：这孙老前辈果真心思缜密，不愧为华山掌门人。

于是也不多说三人一路默默无语，转过一道山径，孙铸突然说道：

"姜少侠，我有一个问题想问问你？"

姜古庄愕然止步道：

"孙老前辈请问。"

孙铸面色凝重道：

“‘夺命神尼’替你治好‘摧心掌’，并传你‘龙行八式’还叫她的弟子陪你，我看……”

姜古庄吃了一惊，没想到孙铸会问这样的问题，一时没应答。

孙铸观察了一下姜古庄脸上的表情，接下来说道：

“我看她是不是有求于你？”

姜古庄点头道：

“不错！不知孙老前辈怎么突然想到这个问题？”

孙铸不自然地笑了笑，干咳道：

“这个……咳……我只是想帮一下你。”

姜古庄奇道：

“你怎么帮我？”

孙铸没有正视姜古庄，看不清他脸上的表情，只是沉声说道：

“这个……我自然能帮你。我再问你，‘夺命神尼’是不是给了你半块羊皮？”

姜古庄差点惊叫出来，当时石洞里只有他和上官痴、“夺命神尼”三人，可孙铸说出的话，像亲眼看见一样。

但转而又想，孙老前辈足智多谋，那“绝命魔尊”的藏宝图，江湖上无人不知，无人不晓，因此孙老前辈就估计得到，遂讷讷地说道：

“这个……孙老前辈……”

孙铸忽然惨然一笑道：

“姜少侠还是对我孙某人怀有戒心，不肯相信我！”

姜古庄说道：

“既然孙老前辈都已知道，何必还要问我？”

孙铸目光四处一转，压低声音道：

“那‘夺命神尼’是不是叫你去找另一半羊皮？”

说着目光紧紧的盯着姜古庄。

姜古庄心里一紧，心想：这孙老前辈怎么对这件事这么热衷？不由瞟了一眼孙铸，沉思不答。

孙铸又向四周打量一番，声音压得更低，说道：

“这确是一件秘事。百余年来，武林群雄无不处心积虑，搜寻‘绝命魔尊’欧阳石的藏宝图，但谁也不知道，另外半块羊皮早在我华山派手里。”

最后一句话，孙铸几乎是附在姜古庄的耳朵上说的。

姜古庄只道浩瀚江湖，不知何年何月才能寻找另外半块羊皮，心里甚是苦恼，一点头绪也没有。没想到踏破铁鞋无觅处，得来全不费功夫。

他简直不相信自己的耳朵，结结巴巴地说道：

“您说的……可……可是真的？”

孙铸注视着姜古庄脸上的表情，心里有底儿了，笑道：

“当然！”

姜古庄虽然总感觉到有点什么不大对头，但心头还是一阵狂喜，不管怎样说，另外半块羊皮总算有了下落。

忽听孙铸，长叹一声，沉声道：

“虽说那半块羊皮在四十年前流入本帮之手，但……”

姜古庄和上官痴都急于听到下文，两人不由热切地望着孙铸。

孙铸诡秘地说道：

“但除我和上代几位掌门之外，并无他人知晓。四十年来，另外半块不知流失何处。原以为必是随‘夺命神尼’同时消失，不料‘夺命神尼’被囚禁百余年，竟然仍在人世！”

姜古庄和上官痴心里“怦怦”直跳，屏气听孙铸述说。

孙铸接着说道：

“我华山派为了找寻另半块羊皮，也曾派出许多弟子下山探访，都不得其果，没想到天从人愿，我现在以华山派掌门的身份，将半块羊皮交给姜少侠，以求物归原主。”

姜古庄听孙铸说话，如在梦中，没想到这般便宜。

孙铸接着说道：

“不过，另外半块羊皮现存于我华山派已归隐的掌门人肖源手里，我即刻修血书一封，求他将半块羊皮交付于你。”

说完，扯下一幅袍袖，咬破手指，疾疾书写起来。

姜古庄大喜过望，连忙深深一揖道：

“多谢孙老前辈成全！”

孙铸匆匆书就，交到姜古庄手里，说道：

“此事事关重大，姜少侠要格外慎重，不可告之外人，肖源师兄并不在华山，而是在距此百里之外的大樟山，肖源师兄性情孤僻，也可能不肯给你，但姜少侠一定要有耐性，是所谓精诚所至，金石为开。”

姜古庄转而一想：我和孙老前辈素不相识，甚至还有点看不惯他，他心里也知道，更何况痴儿又打了他一巴掌，他怎么这般热心？不由迟疑着说道：

“孙老前辈对在下这般知遇之恩，不知当如何感激，不过……”

孙铸听了姜古庄吞吞吐吐之言，哈哈一笑道：

“姜少侠是怀疑我孙某的诚意?”

经孙铸这么一说，姜古庄倒感觉到自己的不是，大生悔意，忙说道：

“不敢，不敢！”

孙铸一拂长须，微笑道：

“当然，我也有一件重要的事相托姜少侠！”

姜古庄连忙说道：

“请孙老前辈尽管吩咐。”

孙涛沉重地叹了一口气，低声说道：

“刘孝迈大侠说得不错，‘武圣门’的确有我九大门派的人！”

姜古庄惊问道：

“孙老前辈是怎么知道的?”

孙铸眼光望着远处，说道：

“‘武圣门’第一次入侵我武林大会，共有五十六人，但其中有五人武功最高，也就是‘武圣门’的‘五煞’，虽然他们都不敢以真面目杀人，但我看出‘五煞’中有一位竟是我二师兄谭剑锋。”

姜古庄没想到“武圣门”会派出那么多高手围攻武林大会。听孙老前辈的话意，姜古庄知道，华山派前任掌门肖源是他的大师兄，还有一个二师兄叫谭剑锋。

令人大惑不解的是，怎么大师兄掌门人不做，跑到距华山百里之外的大樟山隐居起来，而二师兄却又归于“武圣门”？实在是令人费解！

可又不好问，他只得说道：

“孙老前辈也许认错人了。”

孙铸口气坚决地说道：

“不，不会的！我那二师兄烧成灰我也认得。只是有一件事老夫不明白……”

姜古庄知道孙老前辈所说的事，肯定与要托付自己的事很有关系，问道：

“什么事？”

孙铸双眉紧皱道：

“因为我那二师兄已经过世三十多年了！”

姜古庄呆了一呆，心想：别说你不明白，这样的事情叫谁也不明白。说道：

“这不可能吧。人死怎能复活，要么就是您老认错人了！”

孙铸摇摇头说道：

“人是不会看错的！我那二师兄，才华横溢，秉赋奇高，以我的眼光，我还从没发现有哪一个人能高出他。本门的任何绝技，只要他略一习练，无不立刻精熟，可以说是武林百年难遇的奇才……”

姜古庄虽然从未见过什么叫谭剑锋的人，但凭自己的记忆，想起十岁那年，家里惨遭横祸，所遭遇的“武圣门”“五煞”，武功算得上是一等一的高手，可绝不像孙老前辈说的那般骇人。

再说自己从没听过一个人去这么称赞和欣赏另一个人，心里大是好奇，不知孙老前辈的二师兄是如何使他心折。

孙铸的眼里射出神往的光芒，继续说道：

“只可惜他……唉，误入歧途，犯了本门大戒，被大师兄肖源废去武功，囚于华山思过崖中。唉！我那大师兄也是……”

言下之意，竟是对大师兄的做法大为不满，明显偏向二师兄。

孙铸忽然声调一变说道：

“我那谭师兄不知是愧于犯了师门大戒，还是因为武功被废，立意寻死。唉！他性情也太高傲了。自被囚于思过崖之后，拒绝进食，不吃不喝。”

姜古庄禁不住插话道：

“那样不就会被活活饿死吗？”

孙铸长叹一声道：

“每次我送的饭，他都没吃，不知道我心里多难受，但师门门规极严，一年之后才发现他已经饿死。掌门便下令将他尸骨安葬，那时虽是衣履如新，但肉身却只剩下一副骷髅，还是我亲手将他安葬的！”

姜古庄听得心里发麻，心想：一个人拒绝进食，活活地将自己饿死是极难做到的，竟有这么死心眼的人。

孙铸微微停了停，又悲戚道：

“可师兄那天入侵华山，像是不认得我，还向我刺了一剑，真是令我伤心！”

姜古庄更是听得心里发毛，孙铸说的话，怎么像一个丈夫对妻子所说，听起来不伦不类的。

孙铸没在乎姜古庄的表情，松了一口气，好像将积压在心里的话和别人畅谈出来，有一种舒服了不少的感觉。

沉默了一会儿，姜古庄只觉得孙铸不像在大厅上那么神色俱厉，脸色仿佛柔和了不少，充满一片温情，给人一种怪怪的感觉。

姜古庄连忙别过脸去，觉得看他的脸挺别扭的。

只听孙铸又道：

“姜少侠，我要你办的一件事就是麻烦你，将这一秘密禀明大师兄，看他……”

话题一转说道：

“他会查明此事的！”

姜古庄说道：

“我一定会将此事告诉肖老前辈。”

孙铸郑重地说道：

“姜少侠一定要将这件事禀明大师兄，我在这里先谢你了。”

姜古庄原本以为，孙铸既然将另外半张羊皮，这样天大的秘密告诉他，一定会提出一个相应的要求，所以心里一直惴惴不安，没想到他说了一大堆，却提出了这么简单的要求。这太容易做到了，不就是带过话给肖老前辈吗？说道：

“孙老前辈太客气了，这只是举手之劳，哪能让你说个‘谢’字。”

孙铸淡淡说道：

“还有，姜少侠，今晚之事最好不要对他人言及。”

姜古庄说道：

“孙老前辈应该知道，我姜古庄不是一个多舌之人。”

孙铸满意地说道：

“但愿如此，那我就放心了。”

微微一顿，说道：

“姜少侠，你们二位前途多多珍重，我就再不远送了。”

说罢，不待姜古庄答话，身形跃起，一起一落之间，已消失在黑夜之中。

姜古庄托着刘孝迈的尸体，愣在那里独自出神。总觉得这一切怪怪的，那孙老前辈显然是故意送他和痴儿出来的，可他为什么要帮我呢？

如果他不说，自己就得到处瞎闯，闯得头破血流，怎么也不会知道那半块羊皮在华山派的手中。

可他为什么要告诉我？姜古庄百思不得其解，微喟一声，说道：

“痴儿，咱们走吧！”

上官痴也有些困惑地说道：

“庄哥哥，我看那老头子，越看越不顺眼，总觉得他怪怪的。不过，这次算是帮了我俩一个大忙。哎，他说另半块羊皮在他师兄的手中，会是真的吗？”

姜古庄没想到上官痴也有这么样的感觉，居然晓得怀疑别人的话，笑道：

“我想在这一点上，他不会骗我俩的。不管是真是假，我俩去看看不就知道了？”

上官痴自是兴奋无比，与姜古庄双手相携，向山下飘然而去。

不一会儿就到了华山脚下，两人找了一个地形好的荒丘，姜古庄用血刀刨地，将刘孝迈的尸体埋下，并刻了一块石碑，上写道：

义父刘孝迈之墓

义子姜古庄敬立

父母惨遭杀害，姜古庄并不感到特别孤单，即使是在死神紧紧跟随的日子，因为刘叔为他挡风遮雨，而今世上最后一个亲人都离开了自己。

姜古庄蓦地感到孤单。

上官痴在一边，心里也跟着难过，依偎着姜古庄，看着星光无语……

只有风儿在轻轻的吹。

蓦地，传来一阵刺耳的声音，两人同时一惊，站起身来。

一条黑影由头上电掣而过，飞向十丈余外，隐于一片丛林之中。

姜古庄凝神看去，但因那黑影太快捷，看不清究竟是人还是鬼？

上官痴轻轻碰了他一下，说道：

“庄哥哥，不用担心，黑白二雕！”

说着面露喜色，撮口要吹口哨。

姜古庄连忙制止她，他虽不曾看清那条横空掠过的黑影，但直觉告诉他绝对不是黑白二雕。

那黑影稍纵即逝，消失在丛林之中，再无动静，看来已飞向远去。

上官痴眉毛一扬，说道：

“管他呢，是人我俩也不怕！”

姜古庄笑道：

“不是怕。不怕一万，只怕万一。明枪易躲，暗箭难防，还是小心为好！”

上官痴笑道：

“还说不是怕，一句话说了三个‘怕’字！”

姜古庄说道：

“你嘴巴越来越厉害，只怕再过两天，我就甘拜下风了。”

上官痴璨然一笑道：

“庄哥哥，我们走吧，只要你开心我就满足了。说实在刚才你那副样子，叫人好心疼。现在你一笑，我就感到天都开了一样。”

说着拉着姜古庄的手。

姜古庄跪在刘孝迈的坟头叩了三个头，和上官痴并肩走去。

回头望望，云遮雾罩的华山绝顶，一时感慨万千，想不到月余间，居然发生这么多事情。

说实在的，上官痴虽然不懂世事，但一颗纯洁天真的心，往往叫人感动。

姜古庄情不自禁拉着上官痴的手，往前走去。

这时天已四更了，距天亮还有一个时辰。两人走进一片松林，隐约可见松林前蜿蜒一条官道，两人忙向官道走去。

正当穿出松林之时，忽见前面人影一晃，一个身穿皂色长袍、精神矍烁的老者，六十余岁年纪，双目炯炯闪光，两边太阳穴高高鼓起，满面含笑地站在两人面前。

姜古庄立住身形，大为吃惊，凭自己的武功修为，居然不知道这老者来自何方。

这老者来得无声无息，恍若幽灵鬼魅，等两人觉察，已站在两人的面前。

上官痴奇道：

“你武功真高。”

老者微笑不语。

姜古庄微微呆了一呆，说道：

“老前辈为何要拦住我俩的去路!”

长袍老者笑道：

“是你俩拦住我的去路，还是我拦住你俩的去路?”

上官痴大感兴趣，说道：

“当然是你拦住我俩的去路。”

长袍老者笑道：

“你们两人并肩而行而我只一人，路只有这么宽，当然是你们俩人拦住我的去路。如果，我们真都是一人，问题就不存在了。”

上官痴连忙闪到姜古庄的身后，说道：

“现在我们不就谁也没有拦谁了吗？”

长袍老者见后笑得更欢，说道：

“那也未必，现在就看谁让谁的路。”

姜古庄答道：

“当然是晚辈先让。”

说着拉着上官痴的手从一边绕了过去。

不料刚走出数步，长袍老者双肩微晃，又轻飘飘地落在两人前面。

上官痴叫道：

“这次该是你拦住我俩的去路吧？”

长袍老者笑道：

“松林中路这么多，老夫高兴走哪一条就走哪一条，谁叫我们碰得这么巧，怎么说老夫拦你们。”

上官痴一时语塞，柳眉倒竖，娇喝道：

“什么老夫，老夫的，我看你是不讲理，故意欺侮我们！”

长袍老者仰天狂笑，笑罢，冷声说道：

“就算我老人家欺侮你们，又怎么样？”

姜古庄没想一个六七十岁的老人，脾气这么火爆，跟一个小姑娘较劲，简直不可理喻。

上官痴一怒道：

“老头，你年纪虽大，我还怕你不成！”

长袍老者笑容一敛说道：

“那你就试试看！”

话未说完双手一扬，十指箕张，竟然向姜古庄上官痴两人当胸抓来。

姜古庄又惊又怒，右手反腕一扣，迎向长袍老者抓来的右手，左手斜击而出，向他肋下劈出。

上官痴退后一步，然后躬身，单掌向长袍老者左腕斩落，又顺势拍出一掌。

这几下动作迅如电光火石，仅在眨眼之间长袍老者忽然身形跃起，如一缕青烟绕到两人的后面，使两人劈出的掌力，竟然完全落空。

姜古庄和上官痴同时一惊，连忙身形电转，各自再度劈出一掌。

这一来正好和长袍老者的双掌迎个正着，"砰"的一声，震得林中的枝叶簌簌坠落，枯叶飘落一地。

姜古庄只感到自己气血微微浮动，虽然他缺少对敌的经验，但这比拼内力是实打实的，心头思忖：这老头的武功之高似在少林方丈悟性大师之上。

上官痴也试出对方是一个从未遇到的劲敌，一击之下已是没占到便宜，娇喝一声，就准备纵身再战。

长袍老者赶忙叫道：

"两位少侠住手……"

目光一转，接着道：

"我已试出两位武功过人，是武林中少有的奇才，老夫认输了。就是要再打，也得把话说明再打不迟。免得素不相识，稀里糊涂地打一架，弄个两败俱伤，不是太不划算了。"

上官痴冷哼一声道：

"什么两败俱伤，你是坏人我要你死！"

说着又要欲扑而上，姜古庄一把拉住他，说道：

"痴儿，你忘记了你说的话？"

上官痴猛然刹住自己的身形，狠狠瞪了一眼长袍老者。

姜古庄有他的想法，心想这老头儿古里古怪的，明明出手就打，却把过错全推到别人身上，不知他葫芦里卖的什么药。

那长袍老者毫不在意，淡淡地说道：

"你们俩可是从华山下来的？"

姜古庄小心答道：

"不错。"

长袍老者又道：

“听说华山武林大会被‘武圣门’洗劫，遇难的同道近百人，是否有这事?”

姜古庄心道：人人都知道，干吗还来问我，不知这老头什么来路。心里虽然这么想，但还是冷冷地答道：

“不错!”

长袍老者叹了一口气，想了一会儿，忽然急急问道：

“不知道华山掌门孙铸是否遇难?”

姜古庄对这个武功奇高、行迹诡秘的老者更是疑心重重，但从他脸上却看不出一丝端倪，说道：

“老前辈尊姓大名？为何对孙老前辈这么关注?”

因为姜古庄听老者的口气，似乎是希望孙老前辈遇难就好。

长袍老者扫过姜古庄一眼，沉声叹道：

“老夫一向隐身于幽山野林，日子一久，所以没名没姓……”

上官痴打断他的话道：

“怎么可能呢？就是隐居在地下，也有名字的。”

长袍老者淡淡地说道：

“也许以前有吧，但老夫已经把以前的名字忘记了。”

上官痴笑道：

“真是好笑，自己的名字怎么会忘记呢。”

姜古庄知道这古里古怪的老者不愿以真名示人，故意这么说的。

长袍老者没理会上官痴的诧异，接着说道：

“老夫与华山派掌门人有数十年的交情，日前接到他的武林大会请柬，专程赶来，没想到晚了一步，竟发生了这等事……唉!”

说着不自然地看了看姜古庄，叹了一口气，又道：

“方才老夫正欲觅路登山，碰巧与两位相遇，有心试一下两位少侠的身手，得罪之处，莫怪，莫怪!”

说着，微微一抱拳。

上官痴笑道：

“这还差不多!”

姜古庄虽然历尽磨难，但毫无江湖经验，加上心地善良，性格直爽，不由说道：

“原来老前辈是孙老前辈的朋友，是我们得罪你了，望你海涵。”

说完抱拳一揖。在他心目中，人家敬他一尺，他敬人家一丈，接着说道：

“孙老前辈虽未遇难，但被‘武圣门’的‘五煞’之一伤了，老前辈既然是孙老前辈的朋友，就从这里上山吧。”

说着，转身给长袍老者指路。

长袍老者身子一掠，便顺着姜古庄所指的方向看一眼，说道：

“不知伤孙铸的是何人?”

姜古庄记得孙老前辈特意交代他不要跟别人说起这件事，面有难色道：

“这……这晚辈就不清楚。”

长袍老者眼里闪过一丝诡谲的阴光，阴阴一笑道：

“两位虽是年纪轻轻，但无论是内力还是武技，都算上是武林少有的绝顶高手，为何不相助同道一臂之力，却这么急急下山?”

姜古庄微微一怔，说道：

“不瞒老前辈，晚辈正是要去替孙老前辈办一件重要的事情，到大樟山去面见肖源大师。”

长袍老者轻“啊”一声，小声嘀咕道：

“原来，肖源就在大樟山。”

姜古庄马上意识到自己失言，他一听说长袍老者是孙老前辈的朋友，就把孙老前辈的话都忘了，不禁暗暗责备自己，所以没注意到长袍老者最后一句话，也没注意到到他的表情。

长袍老者马上恢复常态，哈哈一笑道：

“这倒真是一件凑巧之事，老夫与肖源……也是多年老友，本想托孙铸代我致书问候，既然少侠要去面见他，就烦你将老夫这封书信捎给他。”

说着从袖中取出一封已封好的书信，慎重地交到姜古庄的手里，说道：

“给少侠添麻烦，真是不好意思!”

姜古庄不便推辞，接过书信，说道：

“这有什么麻烦，只不过是举手之劳。不过，肖老前辈问起在下，在下又不知前辈的高姓大名，不知到时如何禀告……”

长袍老者大笑道：

“我是他多年老友，看到我的信就知道了。”

姜古庄心想：这倒也是。既然这老者和孙老前辈、肖老前辈都是朋友，说了也不要紧。

他一直为自己无意说出这秘密，心里甚感不安，经这样一想，才好受一点。

长袍老者一抱拳道：

“有劳少侠，我这就去见孙铸老友。”

说完双肩微晃，话声一落，人已跃出五六丈远。

姜古庄看到长袍老者的身影一闪而过，悚然一惊，忽然想起刚才在山下所见的黑影，不会这么巧吧。

姜古庄心里生疑，不由得细看手里的书信，见上面写着“肖源亲启”四个浅墨大字，心想能直呼肖老前辈大名，交情自是不浅，于是又放下心来。将书信贴身收好，和上官痴向前疾驰而去。

大樟山虽没华山险峻巍峨，但也是峭壁如削，怪石嶙峋，而且山上长满了密密的大樟树，给人一种清幽的感觉。

姜古庄望着连绵的大樟山，不由又犯愁了。

要知道大樟山延绵百余里，山中密林如盖。偌大的一座山，要找肖源一个人，当是十分不易之事。

第五章　佛门隐圣

山中一片空寂，连猎人和樵夫也不见一个，想找一个寻问的人，更是无法找到。

姜古庄大感为难，只好循着羊肠小道，向深山之中走去。

沿途所见，尽是深山老林，仍然是一无所获。

此刻夕阳西下，上官痴柳眉深锁，有些不耐烦地说道：

“那死老头子会不会骗我们?”

姜古庄说道：

“应该不会的，他还写了血书给我们。”

上官痴看到即将天黑，急道：

“可我俩这般乱找，只怕找上一夜，也难找到。”

姜古庄安慰道：

“我们再耐心地查看一下，说不定马上就能找到。”

话是这样说，可姜古庄眼见天黑，寻找起来，更是困难，心里一点底儿都没有。

两人只得下山，一阵盲目乱走。见处处都是乱树林，走着走着，忽然发现前面荆棘，横生灌木遍长，已是无路可走，这才发现自己迷路了，愈转愈迷糊。

只得掉头往回走。一会儿，发觉又走进一片茂密的樟树林中。这时天色已暗，林中有一种阴森恐怖的气氛。

天色已越来越暗，周遭的情物变得模糊，姜古庄仔细打量他和上官痴所处的位置。

发现是一处谷地，四周高山环抱，在右侧好像有一条缺口，心里一喜，拉着上官痴的手向缺口走去。

为了不让上官痴害怕，姜古庄大踏步地往前走，做出雄赳赳气昂昂的样子，嘴上还唱着山歌。

在寂静的山林中，两人的脚步声和姜古庄乱嚷的歌声传得很远……

上官痴也被感染，精神高亢起来，将手圈在嘴边，喊道：

“有人吗？喂！有人吗？……”

声音随晚风飘送，又传了回来。

“有人吗……吗……吗……”

两人像两个玩耍的孩童，大笑起来。

突然，山谷那边隐隐传来啸声，两人一齐停下脚步和笑声，侧耳凝听。

啸声不响，但很清晰，显示那人的内功绝对不弱。

两人心头一喜。管他是敌是友，武功弱不弱，反正终于听见人声，而且是武林中人，说不定就是肖老前辈。

两人毫不迟疑，手拉着手，纵跃前行，朝啸声的方向纵去。

可刚走出谷地，那啸声又消失了，四周又恢复了一片寂静。

两人又是一片惘然……

姜古庄沉思道：

“听刚才那啸声，似乎就在这不远，怎么又没了！”

上官痴说道：

“我们往前找找看嘛！”

两人又摸索着往前走去。

再穿过一片茂密的樟树林，只见前面豁然开朗，在四面陡峭高山的环抱之中，隐隐现出一座古庙的轮廓，古庙的前面一条小河蜿蜒流过。

上官痴兴奋地拍手叫道：

“庄哥哥，你看，那里有房子！”

说着手指向远方。

姜古庄笑道：

“我们今晚就在那里过夜。”

两人经向古庙走去。刚到小河旁边，忽然两边的树丛之中，两条黑影一闪而出，两柄长剑疾递过来，指着姜古庄和上官痴前胸大穴。

显然这两人在这里埋伏很久了，静候他们的到来。

姜古庄深责自己大意，明明听到啸声，而不引起警惕，遭人袭击。

长剑点到两人的要穴上，只要稍稍往前一送就会性命不保，因此两人僵着脖子，不敢稍有动弹。

姜古庄斜着眼睛看去，两个突袭他的人是中年和尚，心想原来这深山古庙，还是藏龙卧虎之地，住着世外高人，看来凶多吉少。

正在思索间，左边年纪稍长的和尚沉声喝道：

“两位施主为何深夜来此？”

姜古庄硬着脖子说道：

“我们两到大樟山找一个人，因为不识山路，就迷路了，误打误闯，才……到这里来的，打扰你了。”

另一人惊道：

“找一个人？谁？”

姜古庄答道：

“华山派前掌门人肖源前辈！”

两人闻言，同时喝道：

“谁告诉你的？”

两人语气甚是惊讶，脸上已显出骇然之色，说话的语调都变了。

姜古庄乘两人一惊一呆之际，连忙血光宝刀一闪，两边一分，叮当两响，将两人的长剑荡到一边，同时一拉上官痴，纵跃到一边，说道：

“恕难奉告！”

两名和尚同时一怔，两声低啸，长剑一转，同时向姜古庄刺来。

长剑带着破空之响，剑势着实凌厉。

姜古庄低头避过，右手血刀直挑右边的和尚的左肋，左手急探，去抓右边和尚的手腕，两招同时攻出，去势奇急。

右边的和尚回转扭腰，长剑撤回，挡住姜古庄的血刀；左边的和尚避让不及，连忙缩手，身子后仰，躲开这一招。

姜古庄哪还容得两人有余暇出手，忽然回身，背向两人。

两名和尚一呆，知道他要逃走，两柄长剑抢攻而上。

忽觉一阵劲风袭到，但见姜古庄反手从下向上，犹如长了后眼，双手避开两人的长剑，如两条长蛇般的向自己肋下钻来。

两人大出意外，忙撤剑，伸手想抓，但已是迟了，“啪啪”两声，两人肋下要穴被点，站在那里目瞪口呆，不能动弹。

但两人心里清楚，少年若不是用手点穴，而是用他手上的刀刺，早就没命了，知道对方已经手下留情了。

他们心里感到骇然，这个十七八岁的少年武功这等了得。

姜古庄借势窜了出去，回过身来，笑吟吟站在两人面前，抢拳说道：

“两位高人，得罪了！”

说着一拉上官痴的手说道：

“痴儿，我俩进去看看。”

年纪稍长的和尚喝道：

“施主请留步！”

两人停了下来，姜古庄；回头道：

“等过了两个时辰，两位前辈的穴道自然解开。”

那和尚凄然道：

“两位施主是受何人指使，来到这里找我恩师，恩师隐身到这荒山野岭，不再过问江湖之事，你们何必要这么苦苦相逼……”

姜古庄和上官痴立即转过身来，满是欣喜。

原以为大樟山这么大，找肖源大师已是大海捞针，满是失望，深深后悔当初没叫孙老前辈画个图什么带来，没想到山重水复疑无路，柳暗花明又一村。

姜古庄惊道：

“肖源老前辈是两位的恩师？”

那和尚淡淡说道：

“嗯。”

姜古庄奇道：

“肖老前辈是华山前掌门，怎么会……”

说着狐疑不解向两人打量，意思是说，一个掌门人，怎么到一个深山荒野当和尚。

两名和尚见这一男一女的两个少年，虽然武功奇高，但心眼不坏，刚才生死关头就已手下留情，再见他左一个“肖源老前辈”右一个“肖老前辈”的称呼，提在嗓眼的心这才放了下来。

那年长的和尚面容一缓，说道：

“我恩师看不惯那些小人为事，看破红尘，遁入空门，隐身到大樟山里来的。”

另一名和尚接着说道：

“从两位施主的面相来看，似不是邪恶之徒，不知找我家恩师有什么事。”

姜古庄说道：

“是这样的。我是受人之托给肖源老前辈带两封信，另外还有一件私事要和肖老前辈面谈。”

说罢，姜古庄从怀里掏出血书，说道：

“这就是孙老前辈的血书。”

两人同时惊呼道：

“血书？难道……”

接着又说道：

“你说是孙铸叫你带的血书？”

姜古庄心想：你们就是出家了，不属于华山派弟子，但你们的恩师毕竟曾是华山派的前掌门人，怎么对现任掌门人这等无礼！心里甚是不解。

姜古庄答道：

“是孙老前辈叫我带来的。”

两人互相望了一眼，神情甚是愤怒和恐慌，但很快就恢复了常态。

年长的和尚凄然说道：

“既然这样，我就领两位施主进去。”

姜古庄欣喜道：

“多谢两位大师。”

说着往前走去，走了两步见后面没人跟来，一拍脑袋，骂道：

“我怎么这般糊涂！”

连忙后跃向两位和尚解开穴道。

两名和尚古怪地一笑，领着姜古庄和上官痴一言不发地跨过小河上的浮桥，向古庙中走去。

古庙显然经年不久，加上年久失修，庙门字迹斑驳，依稀能看到“樟神庙”三个大字。

庙里面收拾得挺干净，青卷黄灯，古香古色，气氛很是肃穆。

两名和尚将姜古庄和上官痴让到厢房，说声“请在此等候片刻”，然后关上房门，立即转身，匆匆而去。

姜古庄打量这间厢房，里面虽然陈设颇为简陋，但收拾得很整洁，有一种舒适的感觉。心想：这倒是一个修心养性的好地方。

不多时，随着一声“阿弥陀佛”的佛号，两名身穿蓝袍，长须飘飘，双手合十的和尚推门而入，后面跟着刚才领两人进来的中年和尚。

姜古庄赶快起身，叫道：

“肖老前辈，你……”

转而一想：不对。肖老前辈是一个人，这两个人，不知那一个是的，所以没有说下去。

走在前面老僧一双炯炯有神的眼睛，犀利地看着姜古庄，说道：

“施主认错人了，贫僧贱号玄斐，这位是玄通。”

说着，向跟在后面的老僧一指，接着说道：

“济慈大师是在下的恩师。”

姜古庄奇道：

“济慈大师是……”

玄斐说道：

“济慈大师就是施主所要找的肖老前辈，不过他现在已不叫肖源了。”

姜古庄恍然大悟，心想：原来前辈到这荒山野岭的古庙当了和尚，改名济慈，看来肖老前辈是个与世无争的人。

继而又想：这两位老僧的年龄至少有六十岁，肖老前辈是他俩的恩师，那不有八九十岁了，他怎么没看到此人？

正在疑惑问玄斐又道：

“刚才听能泽和能洪师弟讲，两位施主远道而来找我恩师的？”

姜古庄点点头道：

“烦两位大师替晚辈引见。”

玄斐双手合十唱诺道：

“阿弥陀佛！两位施主来得真是不巧，恩师昨日已下山云游去了，如果两位昨日来，就好了。”

姜古庄一听大失所望，心想：既然济慈大师去云游去了，刚才能泽和能洪怎不告诉我，问道：

“不知济慈大师，几时能够回转？”

心想：要是三五六天的，就在这里等他回来。

玄斐说道：

“很难说，但最少也要一年半载。”

姜古庄更是失望，说道：

“哦，这在下起先不知，既然这样，那就只好告辞了。”

说着就往外走。

玄斐和玄通堵在房门口并没让路，玄斐大师淡淡说道：

“听说两位施主找我家恩师有信物相托，并求还有事要求见，何不交给贫僧，然后等恩师回来，再转交给他，免得施主枉跑一趟。”

姜古庄注视了玄斐一眼，恭敬答道：

“受人所托，忠人之事。孙老前辈曾嘱咐在下，血书定要亲手交给肖老前辈。另外十分机密之事，要亲口告诉他，所以恕在下不从。”

玄斐脸色微变，忽然说道：

“施主与孙铸什么关系？”

姜古庄答道：

“萍水相逢而已。”

玄斐大师紧逼，口气咄咄逼人道：

“那他为什么将机密之事跟你说？”

姜古庄一时语塞，因为这也是他琢磨不透的事。

说完玄斐凶相毕露，沉声说道：

“施主将那信物交出来！”

口气甚是严厉，大有立即出手之意。

姜古庄没想到情况陡变，上官痴早就不耐烦，眉毛一扬叱道：

“老和尚，你凶什么？”

玄斐微露愧色道：

“把信物留下，贫僧决不阻拦二位施主！”

姜古庄也有些愠怒道：

“在下既然已答应了孙老前辈的话，决不会转手他人！”

玄斐听了，刚缓和一些的神色马上一变，说道：

“施主既然自己找上山来，就由不得你了！”

说着，突然五指一并，伸手向姜古庄拍来。

姜古庄又惊又怒，冷哼一声，不闪不避，反手向玄斐拍来的右腕扣去。

玄斐自得济慈大师的真传，自幼浸淫于华山武学，已是武林中数一数二的高手。

因听能泽、能洪介绍，知道两人年纪虽轻，但武功奇高，所以出手就不曾小瞧姜古庄，右掌拍出，已留有后招。

见姜古庄左手扣来，右手的长剑直削过去。

厢房太小，玄通、能泽、能洪三人还在门外站着，姜古庄也抽出了血刀，顿时刀剑斗在一起，厢房就变得碍手碍脚。

玄斐久居深山，从未与这样厉害的对手大展拳脚，一时兴趣大增，喝道：

“好！我玄斐就来斗斗你这位孙铸的弟子！”

说着身子后跃，人已到古庙的大厅上。

姜古庄心中暗暗叫苦，心想：他误会我是孙老前辈的徒弟，同门较技已是很正常的事，也跟着跃出，抱拳道：

“前辈误会了，在下并非是孙老前辈的弟子。”

其实玄斐话一说出口，又马上立即醒悟。一来因为姜古庄用的是刀，而华山派历来只是以剑传人，从未有过刀法的；二来，经刚过了一招，姜古庄用的显然不是华山剑法。他还是喝道：

“废话少说，管你是不是，反正受孙铸老贼的指使就不是什么好东西!”

一边说，手腕一抖，长剑向姜古庄小腹刺来。

姜古庄心想：孙铸老贼，这已是对人极端诅咒，难道孙老前辈和济慈大师中间有什么过节儿。

但此时已容不得他多想，见玄斐长剑逼到，连忙出刀挡架。

哪知玄斐这是一个虚招，长剑已然撤回，跟着又是一剑刺到。

这一次姜古庄竟不招架，向前一仆，俯卧向地，跟着一个翻身，脸已向天，一刀砍去，竟向玄斐双足斩去。

玄斐大惊，连忙右掌拍向姜古庄的胸口。

姜古庄也伸出右掌拍了过去，两掌相交，但手中的血光宝刀还是横削而去。

玄斐只得腾身跃起，向后倒跃，“蹬蹬蹬”退了三步。

殿堂里甚是空旷，而只有两根蜡烛忽明忽暗，看不清玄斐的脸色。

玄斐大怒，低吼一声，剑法一变，但见青光闪动，竟已是连刺了八剑。

这八剑迅捷无比，姜古庄哪里瞧得清剑势的来路，只得顺势挥刀，使了“龙行布雨”一招挡架。

“龙行八式”虽然只有八招，但随着敌招的变化而变化，层出不穷。

玄斐的八剑虽快，还是被姜古庄一一挡开，八剑来，八刀挡，“当当当……”连响八下，干净利落。

姜古庄开始时感到手忙脚乱，但第九刀立即转守为攻，一招“龙在九天”回刀斜削出去。玄斐一时性急，竟不理姜古庄这一刀，蓦地纵身跃起，借着这一跃之势，人剑合一，向姜古庄头上疾刺过来。

这一刺出手之快，势道之疾，实是威不可挡。

姜古庄见他如此勇悍，不顾性命，激起了他少年的刚强之气，当下也纵身跃起，举刀迎了上去。刀剑在空中相遇，“当当当当”四响，跟着两人一起落下。

玄斐因在荒山之中，平时除打坐外，就是习练华山剑法，所以已臻绝顶，剑势凌厉，迅捷无比，在常人刺出一剑时刻之中，而他能刺出四五剑。

但“龙行八式”讲的是见招变招，见招拆招，你快他也快，你慢他也慢。

姜古庄虽然以“龙行八式”与玄斐快打抢攻，但他不愿伤及玄斐，故此出手之间并未全力而施，而是见招使招，并未使出杀着。

这样一斗，瞬间就拆了一百余招。

姜古庄看到玄斐形同拼命，大是不解，心想：这样斗下去不是个办法，我必须先制住他再说。

心念甫动，蓦地一声清啸，一招“龙腾四海”身子一躬，瞅准一个空隙，血刀直点玄斐上身四处大穴。

玄斐突见自己的剑幕中有红光闪进，暗叫“不好”！身子后仰，挥剑自救。

姜古庄身子跟进，血刀一挑，就停在玄斐的咽喉之上。

玄斐蓦觉脖子一凉，人已不敢站直，因为姜古庄的血刀刚好定在他咽喉的一寸之处。于是就站在那里，仰着身子。

玄通和涌泽、能洪一声惊呼，连忙挺剑而上。

上官痴眼明手快，身子一晃，抢到三人的前头。

玄通也不答话，长剑一宛，一团剑花向她头上罩下去。

上官痴挫腰伏身，右手像是一条灵蛇，竟顺着玄通刺出的长剑而上，手指一紧，一招之间就扣住了玄通的肩井穴。

“呛啷”一声，玄通手臂一麻，长剑掉地。

本来，玄通的武功虽说比师兄玄斐不足，但也是尽得华山武功的精要，和上官痴单打独斗，终会失败，但也不至于一招被擒，主要是因为他见大师兄被制，心里大急，就心浮气躁起来。

高手比斗，只在一念之差。这一心浮气躁，就魔障产生，不见灵智，被上官痴一招就擒。

能泽和能洪见两位师兄被敌人制服，明知不敌，还是呐喊一声，抢攻过来。

就在这时，突然响起一声佛号：

“阿弥陀佛，能泽、能洪，不得无礼!”

声音虽不洪亮，但众人只感到耳边有一股柔力传过来，像是有人附在耳边说话。

姜古庄心里大惊，心想：谁有这么高的内功?

心里一惊，手上的血刀就松开了，同样上官痴下松开了玄通的“肩井穴”。

只见一人徐徐而来。

姜古庄和上官痴看了更是大惊。

因为他俩，看到说话之人不是走进来，而是像坐在云端上飘过来，从古庙的后门不急不缓，慢慢地飘过来。

两人只听传说，说是轻功达到最高境界，就能驭风而行，悬浮空中，升降自由。要达到这样的境界，不但要有绝顶的内力，还有要懂得运用。

这真使姜古庄和上官痴眼界大开，如非自己亲眼所见，哪里相信江湖上的这一传说。

姜古庄再细看去，又是一惊，来人双腿齐膝而断，也就是说没有脚。

面容清癯，眉须皆白，一付仙风道骨的模样，使人一看就肃然起敬。

姜古庄心想：这老者至少也有一百来岁左右，不知是谁?

正疑惑间，老者已徐徐降落在大殿的莲花座上，看上去真似我佛来临。

玄斐和玄通连忙跑上去，跪在地上，叫道：

“师父，你……你怎么出来了?”

姜古庄心里一惊：这位就是济慈大师，也就是孙老前辈所说的肖源肖老前辈，华山派的前住掌门人。从武功上看，这位肖老前辈比孙老前辈高出不少，怎么突然归隐，将华山掌门之位传出？他的双腿是被谁斩断的？……

一时之间，姜古庄心里涌起了许多疑团，觉得自华山下来，一路云遮雾罩、诡秘重重，不由心里升起一阵凉意。

那老人坐在莲花座上，脸色安详，说道：

"善哉，善哉。是福避不过，是祸躲不脱。"

说着目光电转，向姜古庄和上官痴看来。

姜古庄只感到如浴阳光，那目光说不出的亲切和慈祥。

玄斐突然哽咽道：

"师父，你……你都知道了？"

那老者平静道：

"为师已全都听到了。玄斐，你跟随师父这么多年，怎么……你们不该这样对待客人！"

玄斐急道：

"师父，他俩是孙铸那老贼派来的！我们怕他俩对师父不利，所以……"

老者慈祥地笑了笑：

"佛讲因果报应，这两位施主仁心宅厚，不会像你所想。"

接着眼光越过玄斐，对姜古庄说道：

"这位少施主不知和'绝命魔尊'欧阳兄怎么称呼？"

姜古庄暗想：他已看出我使的'龙形八式'，所以才有这一问。又想道："绝命魔尊"被江湖人称头号魔头，可他竟称欧阳石为欧阳兄，这真还是第一次听到。

姜古庄赶忙上前一揖道：

"晚辈姜古庄拜见肖老前辈！"

老者笑道：

"少侠，肖源已死了，你就称老衲为济慈吧。"

姜古庄恭敬道：

"晚辈姜古庄，上官痴拜见济慈大师。"

说完拉着上官痴的手，两人深深一拜。

济慈大师没阻拦，等两人站起身来，才问道：

“少侠，还没回答我的问题呢？”

姜古庄答道：

“晚辈从未与欧阳前辈谋过面，只不过机缘巧合习得了他的一鳞半爪之学，在这里献丑了！”

济慈大师笑道：

“江湖上有少侠这等身手已是屈指可数，不要自谦。但少侠所使的‘龙行八式’还是大欠火候，如果练到招由心至，就又是一番境界了。”

姜古庄听了更是心悦诚服，万般敬仰。连上官痴也安静起来，不声不响地立在一边，听两人说话。

济慈话题一转说道：

“两位从华山大老远到这里，一路真是辛苦你们了。”

姜古庄歉然说道：

“我俩正当年轻，该出力时，这点路程不算辛苦。”

济慈道：

“能泽、能洪将两位少侠带去用饭，两位先歇歇，待会儿我们再聊！”

姜古庄忙说道：

“大师，我俩有事……”

济慈大师笑道：

“既来之，则安之，两位少侠先用斋。人生在世，天大的事，都比不上填饱自己的肚子事大。等用完斋再说，我在这里等你们，去吧。”

用完膳姜古庄便来到济慈座前，刚要开口，济慈却先道：“姜少侠，听说你是受孙铸掌门人所托，给我带一封血书来的，可有此事？”

姜古庄看见济慈大师终于谈到正题，心里一喜，忙说道：

“是的！”

说着，从怀里掏出那块血书，递给济慈大师。

济慈大师并不接，说道：

“不用了，姜少侠，你放下吧。不用看我也知道，他是叫我将‘绝命魔尊’藏宝图的另外半块羊皮给你，对不对?”

姜古庄惊道：

“孙老前辈确实是想成全晚辈?”

玄斐在一边冷哼道：

“黄鼠狼给鸡拜年，没安好心!”

济慈大师双目微闭，叹口气道：

“该来的会来，该去的会去，一切都有报应。姜少侠，以后你做事可得多留几个心眼，所谓害人之心不可有，防人之心不可无。唉……”

姜古庄虽然心里一直存着一个疑团，但不知道其中究竟有什么蹊跷，所以老是想不通，只是隐约感到孙铸、肖源、谭剑峰三个师兄弟之间的关系特别微妙。

听济慈大师这一说，更是心中感到不安，心想：难道这中间有什么古怪，我做了什么错事?

姜古庄想到这里觉得身上冷嗖嗖的，说道：

“大师，我是不是做错了什么?”

济慈大师平静说道：

“孩子，这不是你的错，而是我华山派的不幸。唉，过去的就让它过去，这些我就不跟你谈了!”

姜古庄猛然想起孙铸说的话，我师兄那人性情孤僻，有可能不愿给你，但你要有耐心，心想：济慈大师谈来谈去，是不是推诿什么，既然不想给我，就直说，何必这么转弯抹角。

谁知济慈大师沉思了一会儿道：

“玄斐、玄通，你俩往正北方向去二十丈外的那个方形巨石下面，将那个罐子取出来。”

玄斐、玄通闻言大惊，叫道：

“师父，那羊皮图可是欧阳前辈交给你保管的，你……”

济慈大师叹息道：

“物度有缘人，哪里来哪里去。这本来就是‘夺命神尼’的，欧阳兄弟叫我代他保管，现已该物归原主。因为这些年来，对‘夺命神尼’的惩罚也是够赎回她以前所犯的罪了。”

玄斐道：

“师父，这一定是孙铸的阴谋，你可千万不要中了他的奸计！”

济慈忽然威严地说道：

“任何事冥冥之中都有定数。玄斐你不要多讲了，为师心意已决，你就去吧！”

玄斐狠狠地朝姜古庄瞪了一眼，和玄通一起极不情愿向外走去。

姜古庄又惊又喜，想不到济慈大师就这么答应了他的要求。

从两人的谈话中可以知道，那半块羊皮之所以在华山派手中，并不是自江湖上流落到此，而是“绝命魔尊”亲手交给济慈大师的，这一点“夺命神尼”也不清楚。

“绝命魔尊”早就知道有这么一天，所以交给济慈代为保管，然后再在适合的时间交给“夺命神尼”，好让她重返人间。

这说明“绝命魔尊”和济慈的交情，绝不是一般的关系。

肯定是信得过的朋友，不然他不会这么放心。

姜古庄这么想，更觉得济慈大师人格高尚。

因为连一个十恶不赦的魔头都信任的人，绝对是一个实实在在的靠得住的人。

姜古庄不由得敬佩地朝济慈大师看去，济慈大师正安详地看着他微笑，说道：

“姜少侠，本来这藏宝图是一块完整的羊皮，你知道为什么会变成两半块！”

姜古庄摇摇头。

济慈大师道：

“欧阳兄将他的绝世武功藏于一个秘处，后来将这一秘处的路线图及藏宝地点绘在一张羊皮上，交给老衲保存。”

姜古庄奇道：

“那后来怎么变成两半块，一块在你这里，一块在程老前辈那里。”

济慈大师说道：

“人都是有私心的。我怕自己随着岁月的流失，私心萌动，做出对不起朋友的事，所以对欧阳兄提出这个想法，一人一半，这样那半块在我手里等于一张废羊皮。”

姜古庄听了大是惊叹，江湖上人处心积虑想得到的东西，济慈大师却毫不为之所动，这份对朋友的赤诚真是难得。

姜古庄忽然想起孙老前辈要他禀告的事，好生差点忘了，说道：

“大师，孙老前辈还有一事叫晚辈面告于你。”

济慈大师微显意外，“哦”了一声，说道：

“你请讲！”

姜古庄就把孙铸的话重复了一遍。

济慈大师越听脸色越凝重。

良久，良久……

济慈大师回过神来说道：

“报应，报应，我华山派愧对天下武林，孙铸和谭剑峰到现在还这么不思悔改，真是可悲，可叹！”

停了一下又道：

“孙铸的做法还更是阴险，居然利用姜少侠的阅历尚浅，来这里……唉！”

姜古庄叫道：

“大师，你说我是被利用了？”

济慈大师点点头，说道：

“姜少侠你将你到我这里来的情景讲来我听听！”

姜古庄就把他如何下山，孙铸相送，然后再写血书，等讲到山下碰到皂色长袍的人才记取，那皂色长袍的人也托他带一封信，忙从怀里掏出一封信，递给济慈大师说道：

“哦，我差点忘了晚辈刚下山的时候，碰到一个武功奇高的前辈，说是你和孙老前辈的朋友，也托我带一封信。”

济慈大师面色微微一变，道：

“朋友？”

姜古庄说道：

“他们这么讲的，但又不告诉晚辈的姓名！”

说着把信递了过去。

济慈大师接过信，一看，脸色大变，低呼道：

“谭师弟！”

拆开信一看，更是大惊，信由手上飘落下来，姜古庄俯身一看，只见上面只写着四个大字。

“要报世仇！”

这四个大字，鲜红，鲜红，特别刺目。

忽闻济慈大叫一声：

“快，不好！玄斐和玄通他俩……”

话还没说完，只听见两声惨叫刺破夜空。

姜古庄心往下一沉，一种不祥的预感袭上心头。

身子一晃就冲了出来，上官痴略一迟疑，也跟着疾冲而出。

两人如离弦之箭，向正北方向疾射。

只两个起落，两人先后就赶到一块巨石面前。

在朗朗的月光下，眼前的一切看和清清楚楚，姜古庄不由骤感背脊冷气直冒，愕然失色。

只见一块重约万斤的巨石，已被掀在一侧，下面已被掘出一个大坑，一个瓷罐已被砸得粉碎。

玄斐和玄通两人倒在血泊之中。

姜古庄目龇尽裂，说不出的难受，一摸两人的尸体，还是温热，显然遇害刚刚不久，突然玄斐的手指动了一下。

姜古庄赶紧将玄斐抱了起来，玄斐还有一口气，经姜古庄一挪动，微微睁开了眼睛，一看是姜古庄，眼里露出愤怒，那眼神犹如砸在姜古庄的胸中一记闷锤。

姜古庄忽然感到心弦的震撼，到现在他才知道他闯了多大的祸呀！

冥冥之中，他感到自己被人利用，而且还不是一个人，而是孙铸和谭剑锋两个人。

首先是孙铸，他只知道济慈大师隐居在大樟山，所以先告诉他另外半块羊皮这个天大的秘密，放长线钓大鱼。

而谭剑峰更是绝，他等在华山脚下，如果往更深一点想，他还或许听到了孙铸和自己的谈话，然后以蓝色长袍的老者身份现身，叫姜古庄为他捎来一封信。

这样姜古庄就成了引狼入室的罪祸魁首。

但不知引来的狼是孙铸，还是谭剑锋？

姜古庄托着玄斐的尸体，心口一阵钻心的疼痛，真让他痛心疾首。

忽然，他看到玄斐的嘴唇在嚅动，似乎在说话，连忙将耳朵凑到玄斐的嘴边，才听到他断断续续地说道：

“快……救……师……父……”

还没说完，头一侧，气绝而死。姜古庄暗叫道：不好！

将玄斐往下一放，身子一弹，倒纵而去，上官痴不明所以，也跟着电闪而去。

刚到古庙门口，只见两条黑影从古庙里疾射而出，眨眼之间，消失在夜幕之中。

情急之中也顾不了那么多，手一指，示意上官痴去追黑衣人，自己则飞扑进古庙。

上官痴略一迟疑，马上向黑影疾追过去。

姜古庄被眼前的景象惊呆了，能洪和能泽倒在血泊之中，已经气绝。大殿上神像倒地，桌椅狼藉。

济慈大师依然坐在莲花台上，但目光散乱，脸色苍白，显然受过极重的内伤。

见姜古庄一人进来，双手合十，垂目唱诺道：

“阿弥陀佛，罪过，罪过！”

姜古庄垂手而立，说道：

“玄斐和玄通大师都已……”

济慈大师喃喃自语道：

“追究原因，皆出老衲……老衲当真是百死难辞其咎了！”

说着身形一摇，张口喷出一口血箭。

姜古庄大吃一惊，连忙上前扶住，手掌抵住济慈大师的背心，一股浑厚的玄天真气注入到济慈大师的体内，说道：

“是晚辈该死，有眼无珠，引狼入室，才致使……”

济慈大师脸上已开始有了血色，摇头道：

“姜少侠，你不要自责，这一切都是天意。你不知道，所谓不知者不为过。”

姜古庄神情激愤，问道：

“大师，是谁，你可曾看清？”

济慈大师道：

“是我的两个师弟孙铸和谭剑峰。”

姜古庄大惊，姜古庄只知会有其中之一，没想到两人一起来了，怪不得两人的身影那般熟悉。

济慈大师接着说：

“迟早会有这一天的。老衲已等了很久了，这一天终于来了。但使老衲想不到的是，他们居然利用上了你，这是天意！”

姜古庄心乱如麻，怪自己阅历太浅，太容易相信别人，继而又想，那孙铸身为华山派掌门人，华山派在武林中是一个响当当的名门大派，而谭剑锋是“武圣门”的人，江湖上最大的魔教组织，两个人怎么走到一起，难道两人在私下里有什么见不得人的勾当。

想到这一层，姜古庄更是大冒冷汗，因为这是关系到整个武林命脉的问题，于是急切问道：

“大师，那孙铸和谭剑峰为什么要这样对你？他两个人怎么会走到一齐的呢？”

济慈大师慈祥地看姜古庄一眼，叹息道：

“孩子，我先给你讲个故事吧！”

姜古庄脸上露出不解之色，心想：我此时哪有心思听你讲故事。

济慈大师似乎看穿了他们的心思，说道：

“你听完这个故事之后，就会明白这一切的。”

姜古庄点点头，望着济慈大师。

济慈大师脸色祥和，眼光变得深邃，像一口枯井，思绪仿佛向到了很远很远的过去。

他缓缓地说道：

“在百年前，华山派在江湖上人才辈出，当时有一个盛极一时的大侠，叫‘屠龙圣手’费啸天。”

“费啸天也就是华山派第五代掌门人，他收了三个徒弟。大徒弟生性愚拙，但勤奋好学；二徒弟计谋百出，是三个弟子中最有心机的一个；三徒弟悟性奇高，任何烦难的招式，只要略加指点，无不精熟。”

姜古庄心想：对号入座，这三个徒弟，大徒弟自然是你，二徒弟已是孙铸，三徒弟不用说就是谭剑峰。

可心中仍感奇怪，为什么当初孙铸告诉自己排名第三呢？

这时济慈大师接口说道：“费啸天放出话，要归隐江湖，在他归隐之前，要在三名弟子中选出一名掌门，于是三人更加刻苦练功，费啸天创了一套‘屠龙剑法’要传给这位继任的掌门人，三人都想得到这套剑法，谁也不想放弃这个机会。”

“老二和老三明争暗斗，老大却全然不知那时江湖上有一个大魔头叫‘绝命魔尊’欧阳石，黑白两道势不两立，水火不容。九大门派一齐围攻大魔头欧阳石，我师父也参加了，并且地点就在华山后面的思过崖上。”

“那场激战真是惨烈呀！”

济慈仿佛对当年的激战记忆犹新，从他的脸上可以看出当时血淋淋的激战场面，也是惨烈异常。

“‘绝命魔尊’欧阳石武功也太高了，一人力敌九大门派的掌门人，激战了三天三夜，最后的结果大出人的意料之外……”

第六章　屠龙剑法

姜古庄听入迷了，不知道出了怎么一个意外。

“最后的结果是‘绝命魔尊’将九大门派的掌门人全都杀死，自己也坠入思过崖。”

姜古庄也感到骇异不已，心想九大门派的掌门，单打独斗，哪个不是中原武林的挑大梁人物？九大高手合击一人，那威力可想而知。但结果却是同归于尽，简直是不可思议，那“绝命魔尊”的武功已到了空前绝后、出神入化之境。

“但‘屠龙圣手’费啸天被三个弟子抬下山的时候，居然活了过来，意想不到的是他将华山数百名弟子召集在一起，宣布第六代掌门人是大徒弟，并将他的‘屠龙剑谱’传给了大徒弟。”

姜古庄心想：那费啸天还是有眼光，将掌门人之位传给你，但后来又是怎么落到孙铸手里？带着这个疑问，姜古庄又接着往下听。

济慈大师长长地叹了一口气，接着说道：

“唉！……就是因为这样，在三个师兄弟之间种下了仇恨的种子……”

“大师兄知道自己愚拙，自从出任华山掌门人以来，不敢有丝毫的大意，励精图治，如履薄冰，华山派的势力日益兴旺，这也许是勤能补拙吧，三个师兄弟一时之间也是相安无事。”

“但这日子并不长，没过半年，发生了一件大事，彻底改变了三个师兄弟的命运。”

姜古庄听得全神贯注，大气也不感出，心想：不知发生了一件什么大事。

“记得那天刚好是清明节前后，青城派的掌门人周实，突然带人到了华山，说三师弟偷了他们的镇帮之宝‘四象神功’秘笈。”

“三师弟矢口否认，大师兄也认为不可能。因为‘四象神功’虽然是一门极为厉害的神功，但练武之人很少去修习，不是不想获得绝技，而是练了‘四象神功’的人会变性的。”

“变性?”姜古庄猛地想起孙铸有时那不男不女的神态，当时就感到奇怪。可济慈大师说的是三师弟偷了“四象神功”也就是说是谭剑峰，不是孙铸，这是怎么回事?

“周实当时也说，这‘四象神功’虽说是一本武学宝典，但在青城派相传一百多年来，门下弟子从没去习练，我这次追查出来，也是想杜绝出现悲剧的场面。三师弟从头到尾一直不承认这件事，周实从口袋里掏出一块布说道：‘你身上的长袍的少了一块角，这该不会假的。’”

“众人望去，果见三师弟的长袍也少了一角，周实说这是三师弟在偷‘四象神功’时被他一剑割下的，但由于技不如人，所以才让他逃了。”

“物证俱在，何况大家都知道三师弟悟性奇高，对武功招数甚是慕求，一时之间倒也无话可说。”

“三师弟大惊失色，说这块袍角，是他和大师兄在比武较技中给割下的，怎么会到你的手里。”

“这件事确实是真的，大师兄心知肚明，也就是在前一个月，三师弟一直缠着大师兄，说他想见识见识师父的屠龙剑法。”

“大师兄是个性情醇厚之人，立时就答应用‘屠龙剑法’和他过招，谁知三师弟一走上来，就招招杀着，直指大师兄的要害，出手之间，就像一个疯子，想置人于死地一般!”

“这在同门较技中，除了有血海深仇一般的不会出手这么狠毒。眼看大师兄如果一味避让，就会横尸三师弟的剑下，三师弟已经杀红了眼睛，那神情委实怕人，已逼到不是你死，就是我亡的地步。”

“无奈之间，大师兄就用了一招‘屠龙剑法’最厉害的一招‘一剑屠龙’，刷的一剑，剑锋倒卷，眼看就要把三师弟拦腰斩断。”

“但大师兄中途变招，撤剑不攻，但剑势已到了，结果还是将三师弟的长袍给切下一块。”

“三师弟好胜心极强，怎咽得下这一口气，用力一震，竟将手中的长剑震断，将长剑震断，就表示和大师兄已经恩断义绝！”

“可这割下的一块袍角怎么会到青城派的手里，大师兄怎么也想不通，于是对周实说了这件事。周实哈哈大笑，说你身为华山派的当家人，怎么说出这般欺骗三岁小孩的话，你要包庇同门，也不是这样做。”

“为了维护华山派的尊严——要知道，在江湖武林中，最大一忌就是偷学别派的武功，这将会为其他武林同道所不齿的，以后就永远也抬不起头，想到这一点，大师兄就不惜与青城派翻脸。”

“说你青城就凭一块袍角，就说华山派人偷了你的武功秘笈，未免也太简单了吧！”

“当时二师弟也站出来说，我华山派武功哪一点比不上你们青城派，再说我华山派的人个个都是光明磊落、顶天立地的汉子。现在我们就让你搜，如果搜出来我们也就无话可说。如果没搜出来，哼！我就要你周大哥还我华山派的清白！”

“我们华山派乃弹丸之地，我们就让周大哥在这里住上一年半载。你在这里掘地三尺也好，翻箱倒柜也好，只要你能找出来，我们自是无话可说。不然的话，江湖上传出说我华山派偷了你们的武功秘笈，那不是往我们华山派的脸上抹屎，叫我们以后怎样做人。”三师弟说道。

“周实便说，好！这样也好，掘地三尺，翻箱倒柜，那倒不必，你们掌门人的意见呢？”

“当时这种情况是骑虎难下，大师兄说就这么办吧！”

“周实说着就上前去搜三师弟的身子，说出奇怪，三师弟的性格一向桀傲，大家以为他决不会让人搜的，没想到他竟张着双手让周实搜。”

“可搜的结果却是大出人的意料之外……”

顿了顿，济慈大师的神情甚是痛苦，叹了一口气又道：

“周实从是三师弟的怀里果然搜出一本极薄的册子，上面赫然写着‘四象神功’四个大字。”

“当时大家目瞪口呆，没想到三师兄做出这样丧失天良的事，眼下纵有一百张嘴也是说不清楚!”

“周实便说，掌门人你还有什么话讲? 突然三师弟用手指着大师兄说道，你害我，你害我!”

“大师兄这个时候完全失去理智，大喝道，你还有什么话说，你……你把我华山派的脸丢尽了，这就怪不得我，我要以掌门人的身份清理门户，说着就拔剑刺去。”

“谁知三师弟站在那里不躲不避，怒说道，我算看走眼了，一向以为你是一个正人君子，没想你这般卑鄙，欲加之罪，何患无辞。”

“说实在的大师兄心里也没主意，要知道师兄弟之间怎么下得了手?但三师弟已触犯了华山派的第一大戒条，做出这等有辱师门的坏事，如不从严处置，那也说不过了。”

“于是大师兄废了他的武功，将他囚禁在思过崖的石洞里!”

“那三师弟个性也太倔犟，关在思过崖的后洞，不吃不喝。每次大师兄都亲自为他送饭，看到他不吃不喝，心里也挺难过。”

姜古庄心想：那孙铸还说是他天天送饭给谭剑锋，看来情况完全不是他所说的那样，隐约之间感到孙铸是一个极其阴险的人。

“没过四天三师弟已瘦得只是皮包骨头，大师兄确是于心不忍，就将他放了。为了掩人耳目，就找了一副骸骼，放在那里，说他已死。”

姜古庄这才恍然大悟，难怪孙铸想不通。如果济慈大师不说出来，只怕，这永远是一个秘密。

济慈大师喃喃地说道：

“这么多年来，我还一直担心他。没想到他居然到‘武圣门’去了，并且武功已是大大超出以前。”

姜古庄好奇地问道：

“大师，那后来你怎么不做华山掌门人，而跑到这深山野林?”

济慈大师又回忆道：

“事情还远远地没有结束呢，后来华山派就剩下我和孙铸了。”

济慈大师把故事里的人称一变，就是讲他自己的亲身经在。

“可后来的事情发生的使我有点措手不及了，我想这一切都是天意吧！”

姜古庄心想：后来不知发生什么事？

“有一次我独到思过崖后去练功，突然我听到一个人粗重的呼吸声。”

济慈大师的神情已经完全回到了过去，悠悠地说道：

“我记得清清楚楚，那是一个大雪纷飞的冬天，那年冬天下的雪真大，四处都是白茫茫一片。”

“我走过去一看，使我大吃一惊的是，雪地里倒卧的一人，居然是一年前坠下山崖的大魔头‘绝命魔尊’欧阳石。”

姜古庄也是大吃一惊，心想：那华山思过崖壁削千仞，就算“绝命魔尊”武功盖世，也会落得个粉身碎骨，居然能大难不死，简直是匪夷所思。

“当时我看出‘绝命魔尊’身受重伤，已是奄奄一息，凭我的武功，绝对能杀得了他。”

“但杀一个毫无反抗能力的人，不是我的个性，我就把他放在思过崖后的石洞里，每天深夜去看他一次。”

“后来他慢慢地苏醒，并能说话。每次与他谈话中，我都得到不少教益。我发现江湖上人之所以称他为大魔头，一是说他武功高强，当世无匹；二是说他不入流俗，出手狠辣。”

“其实他是一个具有远见卓识的一代枭雄，只是已登峰造极，高处不胜寒，世上没有几个他看得上眼的人，个性古怪偏激而已。”

姜古庄心想：济慈大师的观点和刘叔的观点一模一样，在他头脑中对“绝命魔尊”又有了一个新的认识。

“后来在不断的谈话中，我发现我和他之间已无话不谈，成了十分默契的好朋友，我俩就结为异姓兄弟。”

姜古庄这才明白为什么济慈大师称“绝命魔尊”为欧阳兄。

“我越来越敬仰我这个大哥，他也很看重我，有一天深夜，我去见欧阳兄，欧阳兄说他要离去，并将他的藏宝图给我。在我的执意要求下，只为他保存了半块。”

姜古庄没想到济慈大师与“绝命魔尊”之间，有这么深厚的交情。

济慈大师脸色一直很祥和，只是偶尔叹叹气，姜古庄在一边尽管有许多不明之处，但也不打断他，让他一直说下去。

“我听他要走，知道是怕影响我的身份，心里不由感到惆怅，我执意要他再住两日，欧阳兄也答应了。”

“当时我感到万分欣喜，安排了一下帮内的事务，平时帮中大大小小的事，大部分都是孙铸做主。”

“我就是跟孙铸说我想下山一趟，帮中的大小事务你就帮着照看一下。”

“等半夜我再潜回思过崖的后洞，我和欧阳兄坐在洞里，赏雪景，对月长谈。”

“欧阳兄突然酒性大发，想要喝酒。我想，欧阳兄就要走了，这个要求我应该满足他，于是我就跑到紫金阁，偷偷地拿了一坛酒。”

“这酒是华山陈酿，专门是准备迎接客人用的。通过这几天的修养，欧阳兄的体力已慢慢恢复过来，但武功却尽失。”

“本来我是不喝酒，但那是我一生中最高兴的一天，我已喝得酩酊大醉，而欧阳兄却是越喝人越精神。”

“就在这时，突然孙铸闯入石洞。”

“这一下来得太突然了，这件事我做得极为谨慎，以为他人根本不知道，我知道这次完了。”

“因为我不仅和一个武林正派所不齿的大魔头在一起喝酒，更为不应该的是‘绝命魔尊’是杀害师父的直接凶手，就等于大逆不道。”

“孙铸站在洞门口，似乎是忌惮欧阳兄的绝世武功，不敢进来。但孙铸一向心机百出，等了一会儿，看欧阳兄还没动静，就知道了欧阳兄已武功尽失。”

“这时我所面临的有两个选择，要么是背下欺师灭祖、背门弃义的罪名去保护欧阳兄，要么维护声誉，将功赎罪去杀了欧阳兄，姜少侠！你要是我，你当时会怎么做呢？”

姜古庄毫不犹豫地讲道：

“我要保护欧阳前辈！”

济慈笑了笑说道：

“当时我也是这么做的，为此我和孙铸打了起来。本来以我的武功已高出孙铸多多，但由于自己错在先，一交上手就心虚，而孙铸根本不顾同门之谊，出手狠毒。”

“不知为啥，我被迫得手忙脚乱，险象环生，孙铸刷刷刷三剑将我迫得一边，突然身子一跃，向欧阳兄暴刺过去。”

“这时我去抢救也来不及了，使我更为惊诧的是，孙铸所使的剑法，甚是诡秘，根本不是本门的华山剑法，快如鬼魅一般。”

“欧阳兄在一旁喊道‘四象神功’，孙铸身子一颤，才向他刺去的。”

姜古庄惊呼道：

“杀人灭口!”

济慈大师说道：

“对，欧阳兄见多识广，已识破孙铸所使的剑法就是青城派秘而不传的‘四象神功’，但我当时不明白孙铸怎么会使‘四象神功’，心里一愣，孙铸的长剑已向欧阳兄刺去，欧阳兄武功尽失，毫无抵抗能力，只有任其宰割!”

姜古庄心里一惊，原来“绝命魔尊”一世枭雄，竟死在孙铸这个小人的手里！心里很是不平。

“就在这千钧一发之际，突然有两只大雕飞了进来，刮起一阵飓风，将欧阳兄叼走了。”

姜古庄听了也是心里一喜，叫道：

“还好，是黑白二雕!”

济慈大师说道：

“对，那是雕，一只黑色，一只白色。”

转而又说：

“我见欧阳兄被救走，心里大是安慰，心神一定，马上想起刚才的疑团。”

“原来孙铸早就有当华山派掌门人的心，当师父将掌门人之位传给我的时候，心里很是不满。”

“但他没有表现出来，反而处处做出一种谦卑的样子，暗地里经常利用三师弟好武，好强的个性，激他缠着和我过招，其主要目的是察看我的武功底细。”

“当他发现我的武功已高出三师弟不少，就想到一个一石二鸟之计。”

“在他看来，凭他的智谋不出三五年，夺得华山掌门人之位不是什么难事，但其中一个最大的绊脚石就是三师弟谭剑峰，因为三师弟不像我那么愚讷，感情用事。”

“于是他就化装成三师弟的模样，本来他俩身高差不多，化装起来，并不是什么难事。”

“然后到青城派偷取了‘四象神功’故意将他拾起的袍角留下，将‘四象神功’的内容抄录下来，乘晚上睡觉的时候，放到三师弟的衣服夹层中。”

“于是就出现了将三师弟被废武功，关进思过崖后洞的一幕。”

“除去了三师弟，孙铸就想尽千方百计来陷害我，但是我循规蹈矩，他一直没找到机会。”

“但机会来了，他发现我和‘绝命魔尊’欧阳兄的事，他一直在暗中察看我，但他还是装得若无其事，故作不知，因为他的‘四象神功’还没练成。”

“等他说完，我气得浑身发抖，没想到他是一个人面兽心的东西。我说道，你这么处心积虑，难道就能达到目的。”

“孙铸说道：好吧，那样我就让你死得口服心服，说完已挺剑向我刺来。‘四象神功’虽然诡谲，但要想在一时刻取我的性命，也不是易事。”

“激斗了两百多招，我使出了一招‘屠龙剑法’这是一个两败俱亡的打发，因为他的长剑已向我双腿横削，这一招太过于快，我躲避不及，只有使出这招同归于尽的打法，长剑向他咽喉刺去，满以为他会撤剑自救，要么倒跃出去。”

“谁知他不但没那样做，反而向我剑上撞来。”

“唉！他太了解我了。我心里尽管知道了他对不起我，但我还是不能看到他死在我的剑下。另一方面，他这样做也太不合情理，所以本能地一愣。就是这一愣之间，我的双腿已被砍断。”

姜古庄已是听得触目惊心，虽然知道江湖险恶，人心诡诈，但像孙铸这样阴险的人却是罕见。

因为他敢用别人的弱点，用生命做赌注，去达到目的。

就是这一念之差，让那个阴险的小人得逞了。

姜古庄想起了“夺命神尼”的一句话，对敌人的仁慈也就是对自己的残忍，不由得同情地向济慈大师看了一眼。

济慈大师的脸上并没有什么激动的神情，脸色很平静，还是缓缓地讲他的故事。

“我双腿被砍，下盘一失，人就掉要地上，孙铸的长剑指在我的咽喉，我说道：孙铸你就杀了我吧，我做鬼也不会饶你的。”

“孙铸哈哈大笑说，你想死，我却便不让你死，我要让你活下来，永远地活下来。”

“就这样我和我的四个弟子被逐出了华山，隐居到这里。”

“经过这几十年的反省，我也想通了。觉得自己所做的惟一对不起的，就是对不起三师弟。三师弟这么恨我，也是应该的。”

“但直到今天，我才想到，当初孙铸为什么不杀我。”

姜古庄说道：

“为了‘绝命魔尊’的武功秘笈。”

济慈大师说道：

“对，孙铸是一个心机极深的人。他知道我和‘绝命魔尊’欧阳兄的关系不一般，心里马上想到‘绝命魔尊’将藏宝图交给我了，所以放长线钓大鱼，等我隐居到大樟山，他就一路跟了过来，然后再等机会。”

济慈长长地叹了一口气，说道：

“好啦，我的故事也讲完了，姜少侠，现在老衲要你做两件事。”

姜古庄赶忙一躬身，说道：

“大师请吩咐。”

济慈大师说道：

“第一，我要你追回那半块地图，现在半块地图已在谭剑峰的手里；第二，我要你代替我华山派清理门户。”

姜古庄答道：

“晚辈一定能办到。”

济慈大师徐徐又道：

“那么老衲就将本门绝学‘屠龙剑法’教给你，对孙铸也许略有克制作用。”

姜古庄为难说道：

“晚辈一向使刀，从未用剑。”

济慈大师说道：

“不要紧，你就以刀代剑吧！”

说着就给姜古庄讲解“屠龙剑法”。

“屠龙剑法”虽然不算繁复，但气势恢宏，不愧为正大武学，较之“龙行八式”来说各有所长。

姜古庄自习得“龙行八式”以来，基本上已深谙武学上的最高奥妙，所以济慈大师略一指点，便能领会出个大概。

“屠龙剑法”几乎包罗了全部的华山武学的精要。

姜古庄琢磨其间的剑理，济慈大师说道：

“好了，姜少侠，时间不多了，我已受孙铸和谭剑峰两人合力一击，所受内伤太重，眼下已无生机了，但你切记定要提防孙铸那小人……”

姜古庄大惊，说道：

“济慈大师，您……”

济慈大师忽然“哇”的一声又吐出一口鲜血，身子一摇晃，人已向后倒去。

姜古庄连上前扶住，这才知道，济慈大师早就不支了，为了让自己明白事情的真相，强用一口真气护住心脏，把所有的一切告诉了他，真气一松，人就不行了。

济慈大师挣扎地说道：

“姜少侠，挽救武林危亡的重担，只怕要你来……”

话还没说完，人已死去了。

姜古庄心中大痛，将三人的尸体葬在一起，叩了几个头，习惯性的一伸手，说道：

“痴儿，我……”

没有牵到那熟悉的小手，也没有回音。

姜古庄这才猛的想起，痴儿去追孙铸和谭剑峰去了。

一种不祥的感觉涌上心头，痴儿不懂狡诈，而孙铸和谭剑峰两个老狐狸，这不是害了痴儿吗。

古庙之外，寂无人声，淡月残星，凉风嗖嗖。

姜古庄大为惶恐，放声急叫：

“痴儿！痴儿！上官痴……”

但除了四面的苍山回音之外，哪里还有人应声。

姜古庄只感到手心已捏出一把冷汗，手握宝刀纵身跃起，在古庙周围搜寻了一遍，一无所获，哪里还有痴儿的影子。

他黯然立于古庙大殿的殿堂前，不禁发出一声凄厉的长啸，一时之间，心头像压了一块巨石，使他窒息。

痴儿不会遇害吧？他再不敢往下想，站在高处，四处搜寻，嘴里喃喃地念道：

“痴儿，痴儿……”

他感到自己像疯子一般，再度跃下殿脊，向刚才上官痴追去的方向飞掠而去。

忽然他听到飒飒微风传了过来，定神望去，只见前面不远处茂密的竹丛之中，似是轻轻地摇动了一下。

姜古庄心中一动，大喝一声，一跃数丈，经向那竹丛扑了过去。

竹丛十分茂密，落身下去，四周俱被竹子掩住，几乎没有立足之地。

像这等茂密的竹丛之中，即使藏匿着数以百计的敌人，只要不发出身息，很难被人发觉的。

姜古庄探步过去，小心翼翼，又低声喊道：

“痴儿，痴儿……”

依然没有回音。

姜古庄觉得一阵凄然，月亮西斜，偶尔还听到鸟啼，粗嘎嘶啾，是乌鸦，那月光被它一声声叫得更加暗淡。

夜空里，星星亦如清霜，一粒粒零落凄绝。

在须角，在眉梢，他感觉，似乎和着自己的心情在悚然生凉。

可现在她到哪里去了？

突然，他听到一声暴响，似是有人打出一记劈空掌力，竹枝的断折声音，清晰入耳。

从掌力暴响的威势判断，可以听出那发掌之人，定是一位登峰造极、出类拔萃的内家高手。

姜古庄不由得全身激灵灵地颤了一下，从恍惚中清醒过来，提起真气，随时准备应变。

双足微一用力，平地拔起，循声扑去，同时身形一跃之时，已经探手拔出背后的血光宝刀。

只见茂密的竹丛之中像是被人一掌劈出一条甬道。

黑影一闪即逝，没入竹丛之间，姜古庄欺身一进，跟着身随刀下，如流星坠地，向黑影隐入之处一刀砍去。

但见红光闪过，威势直逼丈余之外。

然面刀锋过去，除了竹枝满天纷飞之外，却不见那飘逸隐去的黑影。

姜古庄血刀左劈右砍，竹枝横飞，向前追去。

但他立即发觉自己已急昏了头，像这样，一路发出巨大的声响，去追击敌人，早就打草惊蛇，未免太过于笨拙了，等自己前来，敌人早就逃之夭夭了。

于是，他赶忙停下手，屏声敛气，侧身倾听。

良久，寂无声息，没听到一点声响，仿佛那人早就逃得无影无踪。

姜古庄心烦意乱，焦灼不安，但只好收刀入鞘，准备跃出竹丛。

但当他刚一转身之际，只见一个蓝袍老者正微笑地立在他面前。

他虽是大吃一惊，却是毫不迟疑地大喝一声，一掌劈了过去。

那蓝袍老者就是济慈大师的三师弟，现在“武圣门”的五煞之一，也是姜古庄的杀父仇人谭剑锋。

谭剑锋见姜古庄掌力威猛，不敢硬接，飘身一闪，一股排山倒海般汹涌的掌力立刻由他身边滑了过去。

姜古庄双眼圆睁，钢牙紧咬，血刀出鞘，一招“龙飞凤舞”“龙在九天”刷刷两刀砍了过去。

经过这几个时日的潜心默悟，“夺命神尼”给他的盖世功力已有一部分吸收，转化为自己体力的真气，“夺命神尼”所授的“龙行八式”也渐悟其间的奥妙。

所以，这两式“龙行八式”施展出来，一时之间红光大盛，漫天的寒芒，威势十分厉害。

谭剑峰虽然武功已致化境，但面对这种绝世武学，哪敢怠慢，连忙臂运内劲，剑身振荡，只见寒光闪闪，接着就是“嗡嗡”之声大作，身子一缩，剑走偏锋，向姜古庄右腕刺来。

姜古庄急忙缩腕，血刀向右一靠，刀剑相交，“当”的一声，两人都感到虎口微麻。

谭剑锋“咦”了一声，没想到这小子居然内力又增强了几分，心里不由感到骇然。

他又惊又怒，脸上再没笑意，脸色铁青铁青，身子一躬，急抢一步向姜古庄下盘刺去。

姜古庄刀锋一转，挡了一刀，谁知谭剑锋这一招是个虚招，长剑刺出，立即回招，改刺小腹。

姜古庄连忙回刀上挡，刀剑第二次相交，随即赶快飘开。

谭剑锋大喝一声，乘姜古庄身子飘后之际，大喝一声，人跟剑进，快如闪电般地刺向他的后心。

姜古庄没想到谭剑锋这一剑跟得那么紧，情急之下，身子侧过，仰身回刀，使的竟是济慈大师教的“屠龙剑法”。

谭剑锋眼看要刺到姜古庄的背心，突然感到姜古庄的血刀顺着自己的剑身，削了一上来。

不由大叫一声：

“屠龙剑法!”

声音大是恐怖，身子一拔，赶忙向后倒纵出去。

饶是他应变奇速，但胸口还是被姜古庄的血刀划破了一道血口。

姜古庄恨不得将这个不共戴天的杀父仇人立毙掌下，见一招得手，血刀一晃，人刀合一向前疾劈而去。

谭剑锋又是大叫一声，向后倒纵而去，人在空中，竟尽全力，反手一掌向姜古庄打了过来。

姜古庄右掌迎上，蓬然大震，姜古庄竟被震得倒卷回去，摔落于八丈开外，同时顿感气血不涌，“哇”的一声吐出一口鲜血。

但他内力基础深厚，加上一股悲愤的力量支持着他，虽被谭剑锋震得身负重伤，但刚一落地，立即又翻身站起。

谭剑锋没想到自己居然能置死地而后生，身子晃了两晃，赶快稳住身形，如影随形地跟踪扑到。

姜古庄探手一刀，使的又是“屠龙剑法”里的招式。

谭剑锋见他的招数和自己一样对着劈来，心里泛起怯意，又闪身疾退。

但姜古庄哪容得他逃脱，耀起一片红光，跟身而上。

只见红光暴涨，如灵蛇出洞般向谭剑锋拦腰缠去。

“哗”的一声响，又在谭剑锋身上割破了一道血口。

但这一刀已发挥到极具威力之时，姜古庄却蓦然停下手来。

原来他这“屠龙剑法”学来不过一个时辰，饶是他天禀悟性，但一时半刻后面的招数连贯不上，现炒现卖，能使出这等威势，已是极不容易。

如果他后招跟上，谭剑锋早就亡命刀下。

谭剑锋吓得出了一声冷汗，身形电转，平地拔起四五丈高，离弦之箭般的向竹丛之外射去。

姜古庄已存与之拼命之心，已然想起后招，强提一口真气，跃身挺刀，紧随其后追了过去。

谭剑锋突然转身哈哈狂笑道：

“哈哈，小子，你中计了！跟我斗你还嫩着呢。孙悟空怎能逃得过如来佛的手掌心？哈哈……”

话未说完，双袖一抖，两股云雾般的黑气涌了出来，迎风四散，登时弥漫了这块洼地。

姜古庄正欲挥臂劈去，见状微微一惊，深恐那黑雾是极毒的烟雾，双足微一用力，倒翻出去。

再看时，不但谭剑锋踪迹已失，而且眼前的景物已是大变。

只见巨竹冲天，苍松匝地，一竿竿巨竹竟有大腿粗细，垒起的石块有一丈多高，云封雾漫，仿佛是一个幻梦的世界。

姜古庄大惊，知道已坠入了谭剑峰预备的石竹阵中。

他又惊又怒，深怪自己莽撞，上了一次又一次的当。虽然他知道自己对布阵一窍不通，但还是认请方向，疾跃而行。

放步疾驰，一跃数丈，但巨石环绕，使他不得不跟着参绕，算来已奔出好远，但一停下身来，竟发现自己又回到原处。

姜古庄游目四顾，再次强提一口真气，准备第二次突围。

可刚一提气，立即感到心血一阵翻涌，冲击得他头昏目眩，再也支持不住，轰然坐地，纯粹是靠一口蛮气支撑自己，以至没有昏迷。

惊怒之际，忽然一阵阴沉的冷笑传了过来。

姜古庄悚然一惊，立刻跃身而起，但他刚一挣动，顿觉肺腑如裂，四肢酸软，又颓然坐倒。

心想：罢了，罢了，今天我会死在这里！但转而又想：绝不能让半块羊皮落入谭剑锋那魔头之手。

于是，他暗暗提聚起残余的最后一口内力运集于右手之上，手中牢牢握住半块羊皮，准备最后关头，将半块羊皮毁去，无论如何，使它不能落入谭剑锋之手。

愤然抬头循声看去，只见谭剑锋的黑影，在云雾缭绕之中慢慢向自己走了过来。

谭剑锋也是颇为忌惮，手里提着长剑，全身戒备，离姜古庄远远地站着，凝视着姜古庄。

过了一会儿，冷声说道：

“谢谢少侠，将我带到大樟山来，找到肖源那老贼，哼！现在我已得到半块藏宝图，哈哈，人算不如天算……”

姜古庄心里一寒，想济慈大师宅心仁厚，将他放了出来，没想到他却不念旧情，反而和害他的孙铸一起联手，将济慈大师打死。

如果说以前是济慈大师不明真相，被人面兽心的孙铸玩了花招，对不起谭剑锋，最后还是将他放了出来，谭剑锋恨济慈大师也算是情有可原。

可后来他心态大变，越走越远，投身魔教，惨害武林，已是罪不可赦了。

论济慈大师的武功，即使孙铸和谭剑锋联手，也不能杀他。姜古庄早就想到，济慈大师是想以死挽回以前自己所犯的过失，但他这一良苦用心，谭剑锋如何晓得？

谭剑锋见姜古庄只顾思虑，也不答话，脸上似笑非笑，吓了一跳，以为姜古庄突然想出什么破他的法门，不由自主地往后退了一步，凝神察看姜古庄。

看了半天，见他还是没反应，眉宇间流露出受了内伤的迹象，他心里大喜，旋即明白，刚才那一掌，自己全力而为，足有开山裂石之能，江湖上一般的高手早就被一掌震死，这小子虽屡遭奇遇，功力深厚，但也是受了内伤。

想到这一点，谭剑锋桀桀怪笑道：

“小子，你是不是不服气？来呀，我俩再来大战三百回合。”

姜古庄哪知谭剑锋在试他，恨恨说道：

“魔头！怪我瞎了眼，将你这个杀人成性的魔头引到大樟山，害了济慈大师，现在老子已是准备一死，你休想得到我手里的半块羊皮！”

谭剑锋哈哈大笑道：

“死到临头，还口吐狂言，现在你已是任我宰割，还要嘴硬！哼，你想死，我还不让你死呢！在我没得到半块羊皮之前。”

旋即以又恶恨恨地说道：

“你可知肖源那老贼，是怎样对我的，他偷了青城派的‘四象神功’为了排除同门，早就对我心怀不满，将我武功全废，弄得人不人，鬼不鬼的，关在思过崖的后洞里。没想到我谭剑锋大难不死，反而因祸得福……”

谭剑锋脸上肌肉抽搐，面目甚是狰狞，十分可怖。

姜古庄本来已听济慈大师说过此事，但当时济慈大师一直不明白，他那愧对的三师弟为何在武功尽失的情况下，恢复了武功，并且大大超出以前，真是令人匪夷所思，姜古庄也是百思不得其解。

谭剑锋又得意道：

“千算万算，肖源那老贼没想到我下山之后，准备一死了之的时候，‘回天圣手’上官慈救了我……”

姜古庄大惊道：

“‘回天圣手’？”

谭剑锋接着道：

“对，是‘回天圣手’上官慈救了我，嘿，他不但救了我性命，而且还恢复了我盖世神功，增强了我的功力，哈哈……”

说到得意之处，谭剑锋忍不住仰天狂笑。

姜古庄不禁大为好奇道：

“‘回天圣手’增强你的功力？”

要知道“回天圣手”尽管医术盖世，但任何人都知道，那瘦小老头手无缚鸡之力，不会丝毫的武功。他之所以在江湖上有此地位，完全是他有起死回生之术，而不是因为他有武功。姜古庄听得大吃一惊。

谭剑锋阴恻恻地说道：

“当然！”

姜古庄听了愈是好奇，心念一动，仿佛忘了自身的安危，又道：

“可那上官慈不会武功的？”

谭剑锋哈哈大笑道：

“真是好笑，谁说我们盟主不会武功，纵看天下武林，除了‘绝命魔尊’欧阳石，谁也超不出我们盟主……”

姜古庄更是大惊道：

“上官慈是‘武圣门’的盟主？”

谭剑锋一惊，赶忙闭口，这可是“武圣门”一个天大的秘密，没想到在自己得意忘形之时给说漏了嘴。

转而又想，反正我终将杀了他，告诉他等于没告诉一样，阴笑道：

“怎么，感到好奇怪吧？可惜你现在知道的太晚了。一个知道秘密太多的人，会马上死去的，就像你的父亲和那个刘孝迈一样。所以，我要你马上就死。”

说着，一步一步地向姜古庄逼来。

刹时之间，姜古庄仿佛一下子明白了，全都明白了。

原来那瘦小老头上官慈愚弄了整个江湖，玩整个武林于股掌之间。

在江湖上制造一场场血案的罪祸魁首，竟是悬壶济世、名声极好的“回天圣手”上官慈。

但此时不容他多想。父亲和刘叔在无意间窥到“武圣门”的秘密，就惨遭杀身之祸，现在谭剑锋已向自己逼了过来。

一步，两步……只要他手掌一扬，自己马上就会毙于他掌下。

姜古庄心想：只要他再往前走一步，立即动手毁掉手里的半张羊皮。

谭剑锋突然停下了步子，眼睛盯着姜古庄的右手，厉声喝道：

“你想毁图！”

姜古庄说道：“你胆敢往前走一步，我就毁掉这图！”

谭剑锋见姜古庄神色凛然，不由忙向后退一步，笑道：“不急，不急……”

说着干咳两声，神色大是惶恐，生怕姜古庄毁了藏宝图，也搞不清“不急，不急”是对自己说的，还是对姜古庄说的。

调整了一下自己的情绪，又道：

“为了报答盟主的再造之恩，我必须将藏宝图献给盟主。”

姜古庄大喝道：

“那是你的梦想！”

这一声大喝，牵动体内的真气，姜古庄只感到喉头一咸，又吐出一口鲜血。

谭剑锋口气缓和道：

“年轻人，思想别那固执。只要你将半块幅藏宝图献出来，我不但不杀你，而且带你去面见盟主。”

接着又嘿嘿冷笑道：

“现在我们‘武圣门’已是如日中天，马上即可一统武林，号令江湖。凭你的武功，在‘武圣门’一定能脱颖而出的。”

姜古庄已是目龇尽裂，但他马上意识到在这关键时刻，不能蛮来和意气用事，那样只能使敌人的阴谋得逞，于事无补，要见机行事，智取！

于是，他稳了稳自己的心神，说道：

“你叫我如何信得过你？”

谭剑锋没想到这倔犟的小子，会突然脑筋急转弯，心中大喜，忙不迭道：

“你叫我如何，我就如何！”

姜古庄淡淡说道：

“我要让你明白，谁才是害你的真凶！”

姜古庄心里清楚，像谭剑锋这样杀人不眨眼的大魔头，为了达到目的，你叫他吃屎他也吃，吃完屎之后，他就会跳起来反咬你一口，他的话怎信得过。

但姜古庄一定要他明白，济慈大师并没害他，一定要在这个魔头的心中还济慈大师一个清白。

谭剑锋听了也是一凛，没想到姜古庄在这节骨眼上如此说，不由惊问道：

“你这话什么意思？”

姜古庄说道：

“我要你明白济慈大师并没有害你，而是另有其人。”

谭剑锋吼道：

“是不是肖源那老贼告诉你的？他那套鬼话谁相信。不是他害我，还有谁？这么多年来，我忍辱负重，就是为了报仇。哈哈，天遂我愿！终于让我将他打死，可惜我未看到他死，全是你这小子，所以我一定要……”

说话咬牙切齿，又露出狰狞的面目。

姜古庄说道：

“我现在只告诉你三点，你自己去想。”

谭剑锋愣在那里没吱声，一双鼠眼，骨碌碌的转来转去。

姜古庄道：

“第一，济慈大师既然要害你，为什么要将你放出来。”

谭剑锋吼道：

“这就是那老贼为人险恶的地方，他要看到我生不如死。”

姜古庄没理会他，接着说道：

“第二，那本四象神功秘笈突然出现在你的怀里，你以为谁最有机会放在你怀里呢？”

“这……”

谭剑锋想到这里，不由一惊，当时他和二师兄孙铸睡在同一间房子里，而大师兄睡在离他很远的紫金阁，只有二师兄才有可能。

“四象神功”的秘笈，虽然他早有耳闻，但为什么这么巧，就在青城刚一找到华山之上，那秘笈就莫名其妙地出现在自己怀里。

更何况，从体形神态上来说，大师兄和自己完全不一样，只有二师兄才和自己差不多，从背影上看，简直可以以假乱真，故此谭剑锋迟疑起来。

姜古庄又说道：

“那‘四象神功’是一门极为歹毒的功夫，人练了之后，会性格大变，你可发现你那二师兄孙铸性格上有什么变化？”

谭剑锋想到孙铸对自己的种种怪异之举，当初认为他怕是寂寞，是兄弟情深所至，倒没往这上面想。姜古庄一说，心弦大震，不由愣了。

姜古庄继续说道：

“你知道为什么济慈大师为什么断了双腿，而且让孙铸当了华山派掌门人，隐居到这荒山野林里来？”

谭剑锋面如土色，吼叫道：

“快说，你把你知道的全部讲出来！”

姜古庄见他已然察觉了，心里反而没有一丝喜悦，反而感到心里沉甸甸的，然后将济慈大师告诉他的一切简略地说了出来。

谭剑锋听了如五雷轰顶，喃喃地道：

“怪不得，怪不得……”

连说两个怪不得，身子一拔，悲啸一声，一鹤冲天，人已消失在夜幕之中。

姜古庄长长地出了一口气，不知那谭剑锋下一步会怎么做，后悔自己当初怎么没问他痴儿的下落。

自己已身受重伤，不能动弹。就是能动，又走不出这竹石大阵，四下看了看，心里不由一阵凄苦。

突然，传来一阵衣衫裂风之响。

姜古庄立即又正襟危坐，掌扣内地，抬头一看，见谭剑锋又去而复返。

谭剑锋站在离他一丈之外，冷冷地说道：

“你为何要告诉我？”

姜古庄说道：

“我只想还济慈大师在你心目中的清白，但你现在已是双手沾满武林侠义之士的鲜血，人人得而诛之。”

谭剑锋仰天狂笑道：

“哈哈……我谭剑锋杀了你的父母，双手沾满了鲜血，怎么样，我现在就在你的面前，你来诛我呀，来呀！”

那飞扬跋扈，有恃无恐的样子，使姜古庄血脉贲张，大喝一声扑了过去。

但却喷出一口鲜血，人倒在地上。

谭剑锋狂笑道：

“哈哈，你现在知道的太多了。我自己的事会自行了断，但你现在只有死路一条，谁也救不了你！”

说着又向姜古庄逼了过来。

姜古庄说道：

“我将藏宝图毁去，会自绝经脉而死，死在你手里是我姜古庄的耻辱！”

谭剑锋连忙说道：

“别，别……只要你交出那半块藏宝图，我不但不杀你，还将你那娃子还给你?”

姜古庄心里一亮，说道：

“你把痴儿弄到哪里去了?”

谭剑锋讨好地说道：

“你放心，我不会伤害她。只要你不毁掉藏宝图，我会让你俩见面的。”

姜古庄冷笑道：

“恶魔！你诡计虽多，只怕难以如愿!”

谭剑锋眼光冷冷一转，说道：

“好，既然你坚决要死，那老夫就等一会儿先来收你的尸骨，只可惜那如花似玉的姑娘，唉……”

语刚一说完，身形微晃，悄然隐入乱石云雾之中。

姜古庄知道谭剑锋见不能硬取，就给自己一点时间，让自己思索，然后再答应他，我姜古庄是那样的人吗?

可现在身负重伤，连行动都困难，脑海中虽是冥思苦想，但处在这般山穷水尽之时，任凭自己绞尽脑汁，搜肠刮肚，也是罔然。

不由长叹一声，望着那飘忽的云雾，不禁心如刀割。

他真想把手里握的半块羊皮毁去，然后自绝经脉而死，一了百了。

可还有许多事等着自己去做，这样一死，也死不瞑目啊!

他也不敢运功疗伤，以他的伤势而论，不是一时半刻就能见效的。

至少需要一段时间，在这么一段时间里，谁知道会有什么事发生。

假如那谭剑锋恶魔复来，自己不就束手待毙吗?

一种求生的本能使他咬紧牙关，忍耐着椎心的痛苦，细数着时间一点一点的流过。他打定主意，等到自己忍耐到生死关头的时候，再毁图自绝不绝。

不知过了多久，也不知现在是什么时刻，但至少已是四更天了，接近黎明之时，他觉得有些心力交瘁，再难支持下去。

不禁悲然叹道：“完了，看我姜古庄真该死不瞑目了。”

突然，一条黑影凌空俯冲下来！

姜古庄悚然一惊，以为谭剑锋那魔头第二次复转。

不由得紧握半块羊皮的手暗中使劲，就欲图自绝。

但他马上发觉不对，那黑影凌空自十丈之高俯冲而来，饶是谭剑锋那个老魔头轻功卓绝，也飞不到那么高。

定神一看，心中大喜，原来那黑影是“夺命神尼”所养的黑雕。

黑雕来势轻捷异常，在夜色迷蒙中，根本不易被人发觉。

黑雕也认出姜古庄，其实它早就在远处认出姜古庄，才俯冲下来。

它的爪下抓着一块竹片，飞到姜古庄的头顶，爪子一松，竹片掉在姜古庄的面前。

姜古庄拾起竹片，只见竹片上有一行字，写道：

“是否已查出另外半块羊皮?”

字迹歪歪斜斜，可以想象“夺命神尼”迫不及待的急切心情。

黑雕威风凛凛静立在姜古庄的面前，两只犀利发亮的眼睛，闪射出蓝绿交织的光焰，似在等待着姜古庄的答复。

姜古庄苦笑一声，手握着那片竹块呆呆出神。

他该说些什么，告诉她自己已经遇难将死了吗，能告诉她痴儿已被人挟持了吗?

黑雕显然等得不耐烦了，摇头摆尾，打量着他，绕着他身边走了一圈，忽然喉间“咯咯”怪叫两声，双翼一展，飞上夜空。

但它飞得极低，在姜古庄头顶上盘旋，扇起一阵飓风。

姜古庄心中一动，竭尽余力，奋力往上一纵。

幸好！一把抓住了黑雕的钢爪。

黑雕微微一停，双爪竟牢牢抓住姜古庄的双腕，随即双翅一并，一声长鸣，向漆黑的黑空飞去。

黑雕天生神力，力大绝伦，带一个人，一冲之下，已飞上了云层。

姜古庄只觉得自己耳际生风，身子如流星一般在群山之中，向前飞去。

约有一盏茶工夫，黑雕已俯冲而下，在将要坠地之时，双爪才松开，姜古庄安然落到地上。

姜古庄不知黑雕带他究竟飞了多远，也不知此刻是到了什么地方，勉强挣扎转身看时，只见自己置身在一块荒岭上，四周都是群山谷地。

这时，东方晨光微透，已是黎明时分。

无可置疑，姜古庄明白自己已脱了谭剑锋所布的竹石大阵。

正当他迟疑着想找一段枯木竹枝之时，为“夺命神尼”作一封回书时，黑雕突然低鸣一声，抖了抖黑色的羽毛，双翅一展，冲天而去。

姜古庄仰看黑雕的黑影越来越小，最后变成一个黑点，消失在天际之间。

忽然姜古庄有一种生生死死的感觉，仿佛人从地狱中回来一般。心想：谭剑锋的竹石大阵将自己困住，等自己心回意转，可他做梦也想不到万无一失的竹石大阵，却让自己乘雕冲天而去。等他发觉自己失踪，不知将是如何的惊骇！

姜古庄试探着勉强站了起来，刚一用力，便觉阵阵心血逆升，眼前发黑。

他知道内伤已是极重，如果再不及时运功疗伤，势必血淤心经，气塞丹田，纵能保命，也是一个武功尽失的废人。

于是，他不敢再用力，找一个清静隐蔽的地方疗伤。

慢慢地，挪动双脚，一步一步探着，艰难地往前走。

不远处就是一片树林，但此时在姜古庄的眼里，不异如天涯海角。

好不容易，姜古庄在太阳高升的时候，才进入那片密林。

此时正值中秋刚过，已是清秋，但树叶还未尽落。

进入密林，从树叶的空隙中，姜古庄发现林里深处竟有一座红砖绿瓦的庙宇。

他收住脚步，扫视了一会儿，发觉那是一座年久失修，山门已半倒的古寺。他微微放下心来，立刻扶着密密的树干，一步一步向古寺挪去。

姜古庄困难地跨入寺门，只见寺院里面荒草过膝，大殿中积尘寸厚，神像东倒西歪，一片残破苍凉。

他已无暇多顾，心想这等荒山破庙，绝不会有人来的。

当下费力爬到一座耸立着的佛像后面，扫了扫积尘，立即跌坐下来，开始闭目调息。

他受谭剑锋毕生一掌，震伤之后，没有及时自疗，又拼力奔波，一惊一吓，气血大损。

故每一运气，都感到莫名的痛楚。

但他强忍着慢慢地运息，过了约半个时辰，方才感到气血渐平，丹田之中慢慢温热起来。

一个时辰过后，他已经呼吸通畅，气贯丹田，血行百脉，逐渐进入忘我境界。

此时天已正午，阳光从漏洞百出的瓦上照射下来，使这香火久绝的破庙更显得凄凉残破。

不知过了我久，姜古庄忽然被一阵轻微的响声惊醒过来。

睁眼看时，只见颓残的大殿，又恢复了朦胧昏黄之色，原来不知不觉中又过了几个时辰，天已黄昏。

他赶忙试着运气，只觉得胸腑之间还有气滞现象，显然所受的内伤还未痊愈。

姜古庄不由得大吃一惊，因为他明明听到异响之声，如果没及时醒来的话，有人突然进来，那便是毫无武功的人轻轻地推上自己一把，也会使自己血离心经，失去治愈内伤的希望，而且必然会成为武功尽失之人。

他此时不但毫无抵抗的能力，连动也不能转动一下，只好听天由命，继续运功调息，一切顺其自然。

只听一阵脚步声由远而近，这次姜古庄实实在在地听到有人朝这破庙走来。

虽然来人脚步极轻，但在这静寂的荒林中，声音却清晰入耳。

姜古庄心中怦怦直跳，一分心神，血气上涌，赶忙凝神，不再受外界干扰。

他虽不畏死，但肩头重任重重，如今有了活下去的希望，却由于自己的疏忽，而又陷入生死一发之间。

所以一面调息，一面从神像的缝隙中，向外看去。

不一会儿，只见两个身着白衣、瘦如竹竿的人，并排走进大殿。

两个人俱都白发披肩，手长过膝，两眼深陷，但却目光炯炯，一看就知道身负上乘内功的人。

姜古庄不禁呆了一呆，心想难道自己大白天遇上鬼不成。

那两个人如鬼影一般，就像小时候听刘叔讲的无常鬼，根本没一丝人气。

两人并肩站在一起，一般高矮，相貌也差不多，也不说话，看也不看，就默坐在神案之前，闭目不语。

此时，姜古庄无法能看到两人面上的表情，但依据两人的坐式，可以判断两人正在闭目调息。

不知道是和自己一样受了内伤，还是蓄聚功力，等待强敌。

姜古庄起先惶惑不安，见两人运气，久坐不动，心头才渐渐平定下来。

两人在神案之前坐着约有一顿饭的工夫，始终一言不发，不知是什么来路，像个哑巴一样。

天色渐渐暗了下来，大殿里光线更暗，一切变得模糊起来。

就在这时，在夜空之中传来一声低沉的长啸。

那声音低沉震耳，令姜古庄心弦大震，内息微微一岔。

凭感觉，那啸声至少在十丈之外，长啸一收，好快，已到古寺门外。

两个白衣白发鬼魅般的怪人，闻声同时站起，身形一斜，蓄势待发。

来人并没马上进门，他在古寺外微微迟疑一下，旋即一纵身跃了进来。

姜古庄屏声敛气，作壁上观。

忽然，姜古庄感到气血上涌，浑身热血沸腾。

因为在微微的光亮之中，姜古庄看到来人身形硕大，一袭黑衣，宽袍大袖，脸上罩着黑色的面具。

姜古庄对这身打扮太敏感了，那天突袭他的人就是这身打扮。

他头脑中的第一个反应，就是“武圣门”的人。

两个白衣怪人冷笑一声，双双拱手道：

“天人妖僧，我们崆峒双怪在此等候多时！”

姜古庄闻言不由大吃一惊，他虽是江湖阅历极浅，但也知道崆峒双怪的名头。这两个纵横江湖数十年的怪物，行径介乎正邪之间，一向独来独往，与各大门派中人无大的纠葛。

至于两怪所称的天人妖僧，使姜古庄更感震惊，定神看去，来人并非光头和尚，但天人之名，姜古庄觉得十分眼熟。

蓦然，他想起以前刘叔说过，少林上代掌门人的法名就叫天人大师，但二十年前还将掌门人传给他的弟子悟性大师，再未听说过他的动静，难道这黑衣老者竟是……

过一会儿，只听那被称做天人妖僧的老者微微一笑道：

“两位倒是十分守时……”

目光一转，又道：

“不过贫僧所邀的乃是铁手老怪沙通天，你们两位似不应赶来凑这热闹。”

崆峒双怪中的一怪冷哼一声道：

“家师是何等身份之人，岂能凭你一张请柬，就千里迢迢而来，我兄弟要不是看在你是少林上代掌门人的身份，也不会来的。”

另一白发老者接着道：

“家师早已知你受人所挟，无奈之下，才做出助纣为虐、图谋武林之举。特命我兄弟俩转告你一言，放下屠刀，立地成佛，不要在垂暮之年，误入歧途，毁了你一生苦修的功力！”

另一个又道：

“家师只是尽一个多年老友的心意，才劝你的！”

姜古庄听得清清楚楚，心中又惊又怒，那黑衣老头果真是“武圣门”的人。

只听天人妖僧沉声喝道：

“铁手老怪冥玩不化，我早就与他断绝朋友之交！”

身形骤然欺近了一步，老僧又道：

“善恶功过，岂是你两个怪物能知的……”

“崆峒双怪”明知大敌在前，也不示弱，同声喝道：

“武林大会一举残害百余名武林同道，难道这也是你所说的善缘吗?”

天人妖僧大为震怒，但却阴阴一笑道：

“贫僧等‘武圣门’人代天行道，整顿武林纲纪，以求江湖万世平安，怎不是一大善事呢?”

“崆峒双怪”同时“呸”了一声，冷笑不已。

天人妖僧缓缓又道：

“华山一战，已使中原武林一蹶不振，我‘武圣门’一统江湖指日可待。哈哈，到那时，我就要你们这些化外之人，一个不留!”

“崆峒双怪”同时冷笑，其中一怪道：

“以天下之大，奇人能士多得是。你们这种逆天之行，迟早会惹火上身，后悔莫及……”

天人妖僧忽然一声断喝道：

“住口，贫僧不耐与人多说，你俩既已知贫僧的面目，眼下只有两条路任你选择……”

目光凌厉一扫，一字一顿残酷道：

“顺我‘武圣门’者昌，逆我‘武圣门’者亡!”

“崆峒双怪”同时怒喝道：

“哈哈，好笑，好笑！堂堂的少林掌门人竟做了什么‘武圣门’的走狗。想威胁我兄弟俩，哼！我兄弟俩自忖武功不如你，但不是贪生怕死之人，就算不测，家师也会为我们报仇的!”

天人妖僧大笑道：

“贫僧正愁铁手老怪不来，看来你俩今天是死定了!”

说话之间，宽大的黑色长袍忽然鼓涨如风，周身拥聚一层层淡淡的罡气，双目蓝焰激射，神情十分慑人。

“崆峒双怪”中的一怪突然高声叫道：

“堂堂一个名门大派的掌门之尊，如今却要用旁门左道伤人，真让我毕不大、毕不小两兄弟大开眼界，叹为观止，佩服，佩服!”

说着拱了拱手。

姜古庄心想：这两怪的名字也取得真是妙，一个叫毕不大，一个叫毕不小，到底谁大谁少，真还不知道。

但两人怪是怪了一点，侠义之心却令人敬佩，在强敌面前，这般泰然自若，更是令人心折。

忽然，大殿里火光一耀。

姜古庄大惊，就见刚才说的毕不大张口一喷，喷出一股红光。

姜古庄大为愕然，不知他这算什么武功？见他喷出的红光出口竟是一团烈火，在内功的催逼下，向天人妖僧疾卷过去。

一时之间，满殿通红，灼热炙人。

天人妖僧动也未动，放声狂笑，震得屋瓦四落，灰尘掉了姜古庄一头。

姜古庄内伤未愈，极力忍耐，他想起刘叔的一句话，留得青山在，不怕没柴烧。此时不能意气用事。

那团烈火眼看就已烧着天人妖僧，但离天人妖僧一寸之距时，就被挡在外面。

原来“天人妖僧”的全身弥漫着一层罡气，正是他逼出来的护身真气，有如在周身罩了一层水幕，以至那团烈火卷了两卷，顿时熄灭。

天人妖僧狂笑声中，突然欺身上前，左右双掌一施，闪电般分向“崆峒双怪”拍去。

“崆峒双怪”眼见自己“三昧真火”竟未伤得天人妖僧半丝寸缕，已现惊惧之色，分向左右两边，飘忽一闪，身如鬼魅一般躲了开去。

天人妖僧怔了一怔，但旋即高声笑道：

“崆峒双怪果然不是浪得虚名，可在老衲面前，你俩这点雕虫小技，无异于飞蛾投火。”

“崆峒双怪”并不答话，身形电转，已分别扑到天人妖僧的身后。

毕不大两手后扬，两蓬银针有如满天花雨，向天人妖僧疾射而去。

毕不小同时左掌疾挥，掌心之中忽然激射出一道寒光。

两人配合得天衣无缝，如一个人同时发掌一般。

天人妖僧毕竟曾是少林前掌门人，功夫自是了得，应变奇速，大喝一声，身子突然平飞而起，竟在间不容发之际，有如大鹏一般，闪电般拔起一丈余高，巧妙地避开“崆峒双怪”联手一击。

“百芒毒针”和“玄阴掌”是“崆峒双怪”的绝技，要不是面临强敌，志在拼命，“崆峒双怪”还不会使出来。

但天人妖僧竟在两人前后夹攻之下，轻易拔地而起，躲了开去。

“崆峒双怪”一时骇然失色，脸露怯意。

天人妖僧身子平飞而起，待跃到大殿的横梁之下，突然身子一翻，背上面下。

“崆峒双怪”惊恐未定，但还是提起全身之力，欲待妖僧身形下落之时，同时双双击出。

可天人妖僧凌空翻身，居高临下，看得清清楚楚，背贴着横梁，使了一个“吸”字诀，竟贴着横梁而不下落。

“崆峒双怪”不由又是一呆，天人妖僧的奇学绝技及出神入化的武功，已高出他俩许多，不由得方寸大乱。

天人妖僧微微一停，立即电掣而下，有如流星疾坠，快捷绝伦，双手同时向“崆峒双怪”凌空拍来，发出两股疾劲的掌风。

姜古庄大惊，差点惊呼出来，因为他识得这是折磨他七年的“摧心掌”。

“崆峒双怪”蓄势待发，但双掌尚未劈出，前胸已然中掌，顿时灼骨炙肤，奇痛难当。

毕不大发出一声嘶哑的厉吼。

毕不小脸上的肌肉已扭曲变形，显然忍受着极大的痛苦，双唇外翻，仍向天人妖僧劈出两掌。

但这两掌却已软绵无力，随着人已砰然倒地，口鼻流血，嘴歪眼斜。

姜古庄看得冷汗直冒，情绪激动无比，只觉得阵阵心血不住地逆升而上，微微一惊，赶忙运气压了下去。

一眨眼间，天人妖僧将“崆峒双怪”毙于掌下，怎叫他不大为惊骇。

当年他也是被这“摧心掌”所伤，只不过，伤他的人故意留了他一条命，没让他立即死亡而已。

天人妖僧巍然立于负伤倒地的“崆峒双怪”之间，冷冷笑了一阵，沉声说道：

“老衲让你们死得不留一丝痕迹，就让铁手老怪沙通天慢慢查访去吧，再来找老衲报仇，哈哈。”

仰天一阵狂笑。

“崆峒双怪”虽已被“摧心掌”震得心脉俱裂，但还有一口气在，仍未死去，目光恨怒地盯在他脸上。

第七章　续命神丸

天人妖僧毫不为意，像审视两头猎获的野兽一般，突然双手一翻，只见掌心顿时变成血红之色，同时两道滚滚不绝的暗红掌力向双怪击去。

“崆峒双怪”同时发出一声噬心的惨叫，身体剧烈地抽搐不已。

天人妖僧在惨叫声中放声狂笑，滚滚的灼热掌力仍向两人激射不已。

两人哀嚎停止，抽搐不动，随之而来的是一阵刺鼻难闻的焦臭气味。

天人妖僧这才收住掌力，只见两人瘦长的尸体蜷缩得如婴儿一般大小，最后被他的赤焰掌化做两堆骨灰。

只听得他一声大笑，突然衣袖一扬，向两堆骨灰扫去。

一股奇强刚猛的大力过去，两堆骨灰顿时四散飞扬，弥漫大殿，同时掌风激荡，震得大殿的四壁摇摇欲倒。

姜古庄目睹着这一切，如果不是他亲眼所见，谁也不相信，少林一代高僧杀人的手段竟然这般残忍。

同时姜古庄也感到这天人妖僧的武功内力诡异了得，已全不是名门正派人用的手段。

就在掌风激荡之中，天人妖僧双肩微晃，像一条鬼影，飘然跃出大殿，略一展动间，消失在夜色之中。

破落的大殿，四壁摇动，屋顶上立刻有无数的砖瓦掉了下来。

姜古庄跌坐在佛像之后，那佛像本就似倒非倒，在掌风的震荡下，更是左右摇摆不定地“轧轧”大响。

姜古庄想纵身跃开，但此时是毫不能动弹。

幸好那佛像摇动了几下，终于慢慢稳定下来。

但当他刚松一口气的时候，忽听殿顶一阵乒乓爆响，抬头一看，一根横梁断了下来，一时之间砖瓦俱下，砸在神像之上。

那佛像摇了几摇，终于轰然倒下，压在姜古庄身上。

姜古庄心想，这下可完了，顿时觉得胸腑如裂，眼前发黑，人就昏死过去了。

这时，天已经完全黑了。

就在姜古庄昏死过去之后，在夜风的呼啸声中，又有两条人影飘身进入大殿。

但这次是两个女性。

一个是老尼姑的装束，白发如银，慈眉善目，手里拿着一把明晃晃的长剑。

另一个则是身着绿衣的妙龄少女，身段婀娜，眉目如画，单是一双水汪汪的大眼睛，就足以使人忘魂，嘴角边有若隐若现的两个小酒窝。

两人全神戒备，手中提着长剑，在黑暗中游目四顾。

过了一会儿，见还是没有一丁点的动静，那年老的尼姑才目光一转说道：

“柔儿，咱们还是少管闲事，快走吧！”

绿衣少女似乎颇受师父的宠爱，任性地一扭脖子，皱了皱瑶鼻，嗅了嗅，然后用玉手扇了扇，道：

“师父，你没闻到一股焦臭的味道吗？”

从话语上听来，这绿衣少女是老尼姑的徒弟。

老尼姑微微叹了一声，道：

“这里刚才一定有人激斗，败的一方已被赤焰掌烧成骨灰了。”

绿衣少女听师父这么一说，赶忙捂住鼻子，说道：

“有人激斗是肯定的，大殿里一片狼藉，可你怎么知道败的一方被赤焰掌烧成骨灰，说不准有人在这里烤野兔什么的。”

绿少女噘着好看嘴唇，语气多是撒娇的成分。

老尼姑知道：

“鬼丫头，平时的聪明劲哪里去了，烤野兔不香反臭？再说地上应有没熄灭的柴火才对！”

绿衣少女呆了一呆，眸光里忽然流露出一种悲凄之色，问道：

“师父，就算你说得是吧，那‘赤焰掌’可是一种绝世奇学，会使的人寥寥无几，你以为是谁呢？”

老尼姑思索了一下，说道：“柔儿，我们走吧。”

说着心事重重地叹了一口气。

绿衣少女一甩手道：“你不说我也知道，这绝对是‘武圣门’的‘五煞’所干的。”

老尼姑眼光没正视绿衣少女的眼睛，叹了一口气，说道：

“纵使是‘武圣门’的‘五煞’，现在早已没踪影了。而且，何况……”

微微一顿，用手拂了拂少女头上的秀发，满脸爱怜地说道：

“柔儿，为师知道你的心意。但君子报仇，十年不晚，还是和师父回山习武要紧，将来自会……”

绿衣少女没理会老尼姑的话，妙目四处搜寻，希望能在大殿找到其他的什么蛛丝马迹，忽然“啊”了一声道：

“师父，你看，那是什么？”

原来他看到姜古庄被压在佛像下，露在外面的一块衣角。

老尼姑瞟了一眼，不以为然，说道：

“柔儿，听为师的话，少管闲事，我俩赶路要紧！”

绿衣少女明眸一转，说道：

“师父，你平时讲救人一命，胜造七级浮屠，如果这人未死，我救了他，岂不是一件大大的功德吗？”

老尼姑暗叹一声道：

“江湖寻仇斗殴，每天都有发生，虽然我辈以普度众生为己任，可哪管得那么多，还是别……”

绿衣少女拉着老尼姑的衣袖摇了摇，撒娇道：

“师父，今天我们就算管一次吧，救一个是一个。何况是被‘武圣门’的魔头所杀，肯定是个好人！”

说话间，缓步走了过去，快接近佛像的时候，脚下突然碰着一件兵器，“呛啷”一声。

绿衣少女拾起兵器，凑近眼前一看，突然惊呆了。

急急地跑上前，推开压在姜古庄身上的佛像。

老尼姑与看到爱徒的神色有异，也跟上前去。

姜古庄双眼紧闭，唇角紧合，满脸痛苦愤恨之色。

虽在尘瓦片的埋没之下，但他眉宇之间一股挺秀之气依然十分逼人。

绿衣少女呆看着这既陌生又熟悉的面孔，仿佛回到了遥远的童年，那张充满稚气的男孩的脸，现在依稀看到了往日的模样。

虽然相隔七年了，但那脸上的轮廓没变。

七年来，自己无时无刻不在思念经常受她捉弄的哥哥。

没想到在这里遇上了。

绿衣少女小心翼翼地扶起姜古庄，忽然瞥见他胸前露出的一块龙佩，伸手摸了摸自己颈上挂的凤佩，不由得百感交集。这突然降临的巨大喜悦，使她怔怔地，像傻子一样，流下了泪水。

绿衣少女轻拂姜古庄的脸庞，心又忽地往下一沉，巨大的喜悦被一种恐惧所代替，喃喃地说道：

“庄哥哥，庄哥哥，你看看我，我是刘雪柔，是柔儿……”

老尼姑也被这种情景震住了，惊问道：

“柔儿，你认得他?”

绿衣少女就是刘孝迈的女儿刘雪柔，七年前的一个中秋之夜，在荒山下和姜古庄比斗，被姜古庄震飞了木剑，独自跑到山下。

那时姜古庄只有十岁，而刘雪柔只有九岁，刘雪柔满以为庄哥哥会像以前那样追过来，然后向她认错，哄她开心，所以跑得远远的。

但这一次庄哥哥没有来，身后没听到脚步声响，她赌气藏在草丛里，撅着小嘴仰看天上的月亮，心想：你不来哄我，我不会回去，以后再也不理你。

哪知道她这一走，就成了她和姜古庄的生离死别。

蓦然听到一阵兵刃交加的声音，心想：不好，拔腿就往回跑。

就在这时，突然从一块大石头后闪出一条黑影，一个老尼姑将她拦腰抱起，她张嘴去咬，准备大喊。

老尼姑伸手点了她的穴道，她尽管心急如焚，耳边听到爹爹和姜叔的吆喝打斗之声，但已是不能动弹。

过了一会儿，几声惨叫，打斗声竭，只听见有四五人大声吆喝，向东南角追赶过去。

然后四周恢复了一片平静。

老尼姑这才解开小雪柔的穴道，小雪柔飞跑回去。

映入眼帘的是一幅惨象，姜叔和姜婶还有母亲三人倒在血泊中，已然死去。

这突然之间的变故，刘雪柔怎么承受得了？顿时放声大哭起来，也不知哭了多久，而老尼姑却一直在她身后站着。

回头见刚才点了她穴的老尼姑还站在她身后。

转身扑了上去，对老尼姑不分青红皂白，一顿拳打脚踢。

老尼姑站着动也不动，任小雪柔又踢又打，怜爱地看着这小女孩。

小雪柔打累了，突然趴在老尼姑怀里又放声大哭起来。

此时的小雪柔，孤单了。

老尼姑默默地抚摸小雪柔的头，说道：

“孩子，跟我走吧。”

……

刘雪柔想起这桩血淋淋的往事，更是悲从心来，眼泪哗哗直流。

一滴滴晶莹的泪水滴在姜古庄脸上，他嘴唇翕动了一下。

这微微的一动，仿佛一道闪电在刘雪柔眼前闪过，连忙收住哭声，一摸姜古庄的人中穴，只觉得一股细若游丝的气息，若有若无，但可以感觉到。

刘雪柔不由眼睛一亮，梨花带雨的脸上满是欣喜之色，大叫道：

“师父！”

老尼姑凑了过来，冷冷说道：

“柔儿，他是谁呀？”

言下之意，责备徒儿不该对一个英俊青年这样失魂落魄，又哭又摸的，一个女孩家，成何体统。

刘雪柔欢叫道：

“师父，他就是我常说起的那个庄哥哥，姜古庄哥哥。”

老尼姑大惊，说道：

“是‘神州刀尊’姜刀风的儿子？”

那晚她从昆仑山一路下来，忽然看到几条黑影如鬼魅般的向大荒山飞驰而去。

凭感觉，这些人来路不正，于是她就远远地尾随其后，躲在一块大石后面，发觉这七个黑衣蒙面人，无一不是武功绝顶的高手，如果贸然出手，无异与白白送上一条性命而已。

权衡利弊，她还是救了刘雪柔，埋了姜刀风三人的尸体后，就将刘雪柔带到昆仑山，收为关门弟子。

七年来，两人形影不离，她可怜小雪柔的身世，对她百般疼爱。

小雪柔惨遭变故，但遇上了这么一位疼她的师父，还是多少有些慰藉。但心里一直有一个愿望，就是找到生死不明的父亲和庄哥哥。

如果两人没死，那么他们现在何处？

所以经常缠着师父下山，说是到江湖历练历练，长长见识，实际上她多么想无意之中碰到爹爹和庄哥哥。

老尼姑当然明白雪柔的心意，带她下了几次山。

但生性刁钻机巧的柔儿除了惹了几次祸，其他倒没碰上什么。

后来小雪柔慢慢长大，出落的一个亭亭玉立的少女，像一枝出水芙蓉，已是一个绝色少女，却常常到山下惹祸百出。

这次老尼姑带她下山，刚到小镇上，就让她将华蓉镇上的四个恶少打得鼻青脸肿。

老尼姑没法只好带她沿偏僻的山路走，可刚一走到这荒山野岭的时候，刘雪柔眼尖，忽然看到黑影一闪就不见了，于是就寻到这破庙里来。

没想到在这破庙里遇到了垂死的姜古庄。

刘雪柔见师父记起，忙不迭点头道：

“是的，就是姜古庄，他还没……他还活着。”

她忌讳说出“死”字，说着拉着老尼姑的手，往姜古庄的鼻息上探。

老尼姑也是不敢相信，说道：

“怎么这么巧？”

刘雪柔说道：

“庄哥哥肯定是追杀仇人，才……没想到让仇人……”

说着泪水又已夺眶而出，央求道：

“师父，你救救他吧！”

老尼姑伸手一探姜古庄的鼻息，脸色凝重起来，叹道：

“柔儿，他虽然没死，只怕已是没救了。”

刘雪柔心中在痛，急叫道：

“不可能，师父，你一定要有办法的，他心还在跳，呼吸未停，你一定有办法的！”

老尼姑长叹一声，说道：

“为师的医道，自忖在当今之世，除了‘回天圣手’上官慈之外，只怕再没人能强过师父。只需看上一眼，姜少侠就没救了，不是为师不……”

微微一顿，又疑惑道：

“姜少侠已受极深的内伤，可奇怪的是，从他脉象上看，似乎是伤了很久，应该是前天受的伤。”

刘雪柔目不转眼地盯着师父，多么想师父能突然改口。

老尼姑继续说道：

“而且他内息紊乱，显然经过挣扎搏斗，复又遭外物重击，已是血凝心经，气涸丹田，纵使找到‘回天圣手’上官慈，只怕也是惘然。”

刘雪柔听师父语气越说越重，缓缓站起身来，目光发直，惨然自语道：

“庄哥哥，你死了，我柔儿也不想活了。这七年来，我……竟是这般苦命。”

老尼姑听了爱徒的话，看到她凄惨的面容，她深知道爱徒的脾气，说得到，做得到，不由沉默了一下，说道：

“不过，天下任何事，都有一个化解的办法，任何事都不是绝对的，可……”

老尼姑微一沉吟，轻叹了一声，顿下了话锋。

刘雪柔心里一亮，抓着老尼姑的手，发急说道：

“师父，你是说他有救了？”

老尼姑点点头，黯然说道：

“可你必须有所牺牲。”

刘雪柔秀眉一展道：

“师父，只要有办法救庄哥哥，要我做什么都可以的，我都愿意！”

说完不由一阵脸红，赶忙垂下头。从师父的话意中，她已听出这“牺牲”两字的分量。

老尼姑双手合十说道：

“这怕也是佛家所说的缘吧。你既决心救他，快些扶他到供台之上。”

刘雪柔虽是满含羞涩，但已是毫不迟疑蹲下身子，将气息奄奄的姜古庄抱了起来，小心翼翼缓步走到供台之前，轻轻地将姜古庄放在供台上。

老尼姑探手从怀里取出个白玉瓷瓶，倒出三颗黄豆般的赤红药丸，递到刘雪柔的手里，说道：

“这是为师炼制的‘三魂续命丸’，每次一颗，快些给他服下！”

刘雪柔伸手接过“三魂续命丸”就欲向姜古庄嘴边送去，忽听老尼姑低声说道：

“他已在运功疗伤的过程中，猝遇重物积压，已经气血凝结枯涸。必须以你的纯阴处子之气，方能催动他身上停滞的气血。否则为师的‘三魂续命丸’虽然能保住他的性命，但也是一个武功尽废，脑中无物，有如白痴之人。”

她目光冷电般的逼射到刘雪柔的脸上，沉声说道：

“先将药丸含于你的口中，而后再渡入他的腹中。”

刘雪柔神情大窘，现在自己已是一个十六七岁的大姑娘了，而庄哥哥也是一个热血青年，再不是以往两小无猜、青梅竹马的少年。

但转而一想，庄哥哥命在旦夕，怎能忌讳这些？何况父亲早就将自己许配给庄哥哥，当时年纪小，还不明白怎么回事，现在仍然记起姜婶将龙凤玉佩交给庄哥哥和她时所说的话。

但毕竟是从未与人肌肤相亲的少女，不由得俏面绯红，踌躇道：

“这……这……”

老尼姑冷冷地说道：

“是你自己答应的。”

刘雪柔沉思了一会儿，颔首道：

“师父……”

老尼姑问道：

“怎么？后悔了？”

刘雪柔一理云鬓，说道：

“不！我不后悔……”

复而又低头，轻声说道：

“师父，你不要看……嘛，我……”

声音如蚊，到最后已是细不可闻。

老尼姑长叹一声，背转身去。

刘雪柔将三颗“三魂续命丸”依言放入自己口中，双颊烧得通红，自己都感到有些发烫。

她此时已顾不了那么多，迟疑了一会儿，终于将火热的双唇贴了过去，用舌尖将三颗“三魂续命丸”一一送到姜古庄的嘴里。

然后催动本身的纯阴真力，将三颗药丸喂入姜古庄的腹中。

等了一会儿，刘雪柔一双妙目紧盯着姜古庄的脸上，希望马上出现奇迹。

但姜古庄依然双目紧闭，气若游丝，毫无生机。

刘雪柔不由心里一沉，颤声说道：

“师父，他……”

老尼姑已独自坐在大殿门口，全神戒备地望着对面，听到爱徒的焦急声，头也不回，说道：

“三颗‘三魂续命丸’都服下了？”

刘雪柔答道：

“服下了。”

老尼姑平静地说道：

“药既已服下，跟着必须以‘真气开穴’之法，打通他周身被禁锢的穴道，方能使他血气流畅。”

刘雪柔听了心头一喜，连忙想把姜古庄扶着坐起，然后将双掌抵着他的背心，打通庄哥哥的穴道。

可当她刚将姜古庄扶着坐起，忽听老尼姑冷声道：

“好，你解开自己的上衣，然后解开他的上衣，然后你俩面对面贴在一起，对准你俩胸前的五处大穴，以你的纯阴真力冲开他阻塞的穴道。”

刘雪柔不由讶然一惊道：

“不，我不能……”

老尼姑叹一口气道：

“柔儿，你不用在乎这些，只要你觉得值得。”

刘雪柔良久无言，终于以颤抖的手解开自己的上衣，然后才解开姜古庄的上衣。

刘雪柔怎么也没想到，自己会在这荒山破庙中与庄哥脱衣相向，坦胸露乳，露出雪白胴体，不由娇羞万分。

幸好，庄哥哥没有看到，要不然她真是羞死了。

慢慢地她将赤热滑腻丰满的胸部，压在姜古庄的前胸之上。

然后两人紧紧贴在一起，对准五处要穴，催动自己的纯阴真力，五缕滚滚的热流立刻传射过去。

一盏茶工夫，世界仿佛静止，刘雪柔细数自己如鼓点的心跳声。

渐渐她感到庄哥哥的心跳在逐渐增强，同时呼吸也立刻快了起来。

再过一会儿，姜古庄居然长长地舒了一口气。

刘雪柔吓了一跳，心知他脉穴已开，气血开始畅流，连忙爬了起来，迅速把上衣穿好，羞涩无比地道：

“师父，他……已经缓过来了！”

老尼姑闻声走过来，凝视着姜古庄，见他呼吸均匀，知道有了好转，但却眉头紧锁，说道：

“这次我倒看走眼了，没想到他内力如此深厚。”

刘雪柔心里怦怦直跳，并不回答师父的话，低着头，一双妙目怜爱地瞧着姜古庄。

老尼姑在一旁疑惑不解，自言自语说道：

“奇怪，奇怪……姜少侠身上至少有三甲子的功力。这已是天下绝无仅有的盖世神功，好像是被外力或神丹强注入他的体内的。可惜他不知道如何运用，要不然别说是‘武圣门’的‘五煞’，就是当年的‘绝命魔尊’欧阳石也不能为之敌……”

刘雪柔没想到庄哥哥有如此内力神功，心里不由大喜，希望庄哥哥马上醒转过来，但又担心……

心里又是羞涩，又是欢喜甜密。

就在这时，姜古庄突然翻身坐起。

刘雪柔面露惊喜之色，向前走了一步，欢声叫道：

“庄哥哥……”

姜古庄只记得一尊佛像倒下，然后就万事不知。

现在面前怎么出现一个老尼姑和一个绿衣少女，头脑中一片凌乱，想不起在哪里见过这两张陌生的面孔。

但那一声“庄哥哥”是真切而实在的。

像一首熟悉的童谣，一下子将姜古庄带到美好的童年。

这声音他听过千百遍，但已逝去了七年，七年来，他在梦中无数次听到这亲切的声音在叫他。

仿佛天籁之音，从遥远的天际传来，使姜古庄冬眠的心复苏起来。

姜古庄不由浑身一颤，柔声欣喜地叫道：

“柔儿!”

刘雪柔再也不顾不得什么，欢快地叫了一声“庄哥哥”然后泪流满面，扑进姜古庄怀里。

姜古庄虽然刚刚醒转，但马上明白是怎么回事。

捧起刘雪柔梨花带雨的粉脸，颤声问道：

“柔儿，小柔儿，真的是你吗？真的是你吗？”

刘雪柔带泪欢笑道：

“是我，是我柔儿。庄哥哥，我到处找你，可找你不着……”

一时之间，姜古庄有千言万语哽在喉间，可又不知从何说起，这突如其来的喜悦，使他神情大为激动。

莫名的兴奋使他刚刚恢复的真气又逆转起来，身子摇了两摇，差点又昏倒过去。

刘雪柔大吃一惊，见庄哥哥的脸色忽然变得煞白，惊叫道：

“师父……”

老尼姑说道：

“不要紧，那是因为他神情太激动了，眼下你不要打扰他，让他静心调息。”

刘雪柔不解道：“他不是好了吗？”

老尼姑没理会她，对姜古庄说道：

“姜少侠，你虽然死而复苏，但没完全好，必须排除一切杂念，继续运功自疗，方能完全治好内伤。”

姜古庄惘然朝柔儿望了一眼，大殿里模模糊糊看不清楚，但姜古庄稀依看到柔儿的模样。

刘雪柔连忙站起身子，粉脸通红，低声说道：

“庄哥哥，这是我师父，定性师太。”

姜古庄忙说道：

“晚辈多谢师太救命之恩！”

定性师太朝刘雪柔睨了一眼，说道：

“如果真正要谢，柔儿才是你真正救命恩人。”

想起刚才一幕，刘雪柔不由脸热心跳，妙目含羞，神情大是忸怩，双手拨弄着衣角说道：

“师父……”

定性师太摇摇头，微微一笑，说道：

“柔儿，我们到外面找点东西吃，让你庄哥哥好用心调息运气，等他完全康复，你再慢慢与他聊。”

说着径直向大殿外面走去。

刘雪柔柔声道：

“庄哥哥，你先自己慢慢疗伤，我到外面去给你弄点吃的。”

说完，十分依恋地看看姜古庄一眼，转身向外地走去。

姜古庄仿佛是在梦中，心情又是一阵激动，感到气血又是一滞，连忙定神，运气调息。

姜古庄多么希望能马上就运息好，可欲速则不达，只感到内息如潮水汹涌，一气乱撞，赶忙定下神，慢慢地调息运气，好一会儿，才进入物我两忘的境界。

内息游走全身百骸，运行大小周天，直达任督二脉。

刘雪柔心情极好，一时激动地手足无措，语无伦次，在师父面前不知怎样表达才好，支支吾吾，说了半天，定性师太还是不明所以，怜爱地看着他，说道：

“傻孩子，什么也别说了，师父知道你心里高兴，走，我们去弄点吃的。”

刘雪柔高兴地拉着师父的手欢快地走到外面。

山林一片沉寂，飒飒的夜风吹得人身上有一阵凉意，给人一种秋天萧瑟的感觉。

但此时，在刘雪柔的眼里，萧瑟的秋景有如春花烂漫的原野，晚风悠悠，她和庄哥哥在外面采摘野花。

定性师太见爱徒望着荒凉的山坡怔怔出神，知道她又是在遐思了，一捏她的手，说道：

“柔儿！”

刘雪柔身了一颤，茫然答道：

“师父，你……你喊我呀！”

定性师太摇摇头说道：

“不喊你喊谁啊！瞧你今天这副失魂落魄的傻样子。”

刘雪柔面上一红，摇着师父的手，说道：

“师父，你……你不疼柔儿!”

定性师太微笑道：

“看，去找找有没有什么野味，今天允许你破例杀生一次，为师疼不疼你?”

刘雪柔说了一声：“师父真好。”

人就像脱弦之箭向前疾射而去，定性师太一看，竟是一只野兔飞越而过。

刘雪柔轻盈如娇燕，猱身而上，一掌打死野兔。

师徒两人拾了一些枯枝，在古寺门口烧了起来，将野兔放在火上烤。

不一会儿，香气四溢，刘雪柔坐在篝火旁边，怔怔地望着火光出神，火光映照得她粉脸通红，煞是好看。

野兔烧得焦黄，刘雪柔正准备从架子上取下来。

突然，一条黑影掠而过，伸手向焦黄的野兔探去。

刘雪柔一声惊呼，左手成勾，向来人手腕扣去，定性师太也向来人拍了一掌。

来人大声叫道：

“厉害，厉害，不就是一只兔子，用得着向我乔老三下此毒手吗?”

说着人影一晃，从两人头顶上翻了过去。刘雪柔大惊，来人的武功似乎不在师父定性师太之下。

只听来人像孩童一般哈哈笑道：

“哈哈，终于让我乔老三看到了，尼姑也杀生。”

定性师太眉毛一扬，说道：

“老叫化子，你胡说什么？我徒儿是尼姑吗?”

刘雪柔松了一口气，原来师父认得来人，他是名震天下的丐帮帮主乔老三。

回头一看，只见来人眉毛胡子全白，红光满面，脸上童颜泛亮，神情甚是滑稽，穿着一袭破衣，腰间扎着一根碧绿碧绿的打狗棒，粗手大脚。

刘雪柔早就听说丐帮帮主的大名，素有“独臂神丐”之称，细看他，果然只有一只手臂。没想到大名鼎鼎的“独臂神丐”神情，竟像一个孩童。

只见他眼睛骨碌碌一转，望了刘雪柔一眼，搔搔后脑勺，说道：

“这倒也是，你徒儿不是尼姑，不是尼姑就可以杀生。”

刘雪柔不由“扑哧”一声笑了出来。

悟性师太疑问道：

“老叫化子，你为什么到这荒山野岭来了？”

“独臂神丐”笑道：

“还不是兔香把我引到这里！”

悟性师太莞尔道：

“你那狗鼻子真灵，一生就知馋嘴，几年不见，吃得越来越发福了。”

“独臂神丐”说道：

“你这话可说对了，这野兔肉快把我馋死了。”

悟性师太微微一笑，说道：

“柔儿，瞧他那可怜相，赏他一根兔腿吧！”

刘雪柔依言撕了一条兔腿，上前递给他。

突然一条黑影一晃，抢过刘雪柔的手上的兔肉，动作之快，简直令人不可思议。

“独臂神丐”见到嘴的肥肉让别人叼跑了，怪眼一翻，大叫道：

“‘不戒酒僧’你这个秃驴，敢抢本帮主口边之物。”

说着身子一晃，手臂暴张，五指箕张，向那黑影凌空抓过去。

被“独臂神丐”称做“不戒酒僧”的那人头一侧，让过这一抓，肩膀一耸，竟是不避不让，让“独臂神丐”抓了个正着。

“独臂神丐”没想到“不戒酒僧”会硬生生的让他抓，想撤手已是来不及了，突然“噗”的一声，“独臂神丐”感觉有异，着手之处软绵绵的，而不是骨头。

“不戒酒僧”乘他一愣之间，赶快将兔腿横咬两口。

这两口也是挺骇人的，肥肥的兔腿居然只剩下骨头，他也不说话，忙着一气大嚼。

“独臂神丐”气得哇哇直跳，原来他抓着“不戒酒僧”肩头上放着的馒头。

悟性师太笑道：

“你两个老不正经，一对活宝，谁跟谁啊，谁吃了不都一样？”

“独臂神丐”大声叫道：

“老尼姑，我看你是念经念糊涂了，他吃了怎么跟我吃了一样的？”

刘雪柔看了，也不觉捂着嘴巴，笑得乐不可支。

“不戒酒僧”终于把满满一嘴兔肉吃完，解开腰间的酒葫芦，咕嘟嘟喝了两口，一抹嘴说道：

“老家伙，这块兔骨头给你，我俩算是两清了。”

“独臂神丐”叫道：

“你吃肉，而我吃骨头，怎么算两清？”

“不戒酒僧”说道：

“肉有肉的味，骨头有骨头的味，各有所好罢了。”

“独臂神丐”无可奈何地苦笑道：

“嗯，我天生就是吃骨头的。”

说完啃了一口，叫道：

“哈哈，味道果真不错。”

说着吱吱咯咯，吃得津津有味。

“不戒酒僧”瞪了一眼定性师太，冷冷道：

“我和尚又没吃你的，碍你什么事！”

悟性师太厉叱道：

“看来你们两人相约而来，向我找碴来了。”

手里长剑一横，大有出手之意。

“不戒酒僧”双目神光激射，就欲抢步上前，但“独臂神丐”乔老三手脚奇快，迅速抽出腰间的打狗棒横了过去，同时向定性师太笑道：

“好女不跟男斗，跟这种没见识的人较劲不值得！”

“不戒酒僧”拿着酒葫芦，只顾灌酒，似乎只要有酒喝，任何事都可以丢在脑后，眨眼之间，已连续灌了十三四口。

他似是酒兴未尽，仍欲继续再灌下去，却被“独臂神丐”一把抢了过去，定性师太一时啼笑皆非，满腔的怒火倒随之烟消云散。

“独臂神丐”就地坐了下来，目光微微一扫，掠了刘雪柔一眼，说道：

“我老叫化子没向你道喜，原来你收了这么一个资质奇佳的徒弟！”

刘雪柔低下头去，定性师太哼了一声，并未答话。

乔老三目光一转，又道：

“眼下武林形势大变，‘武圣门’戮杀江湖，不知你有什么打算？”

定性师太眉毛一皱道：

“那与你有什么关系？”

微微一顿，又道：

“难道那‘武圣门’的魔头还要找上我们这几根老骨头吗？”

“独臂神丐”用力一拍大腿道：

“算是被你猜着了，‘武圣门’的魔头正是要先将咱们这些老骨头清除之后，再收拾残破的武林大局……”

刘雪柔忽然盈盈了走了过去，向“独臂神丐”福了一福道：

“老前辈，恕晚辈冒昧请问一句，你老人家要与‘武圣门’的魔头为敌吗？”

“独臂神丐”怔了怔，说道：

“娃儿，你这是什么意思，难道听不明白我老叫化子的话吗？”

刘雪柔抿嘴一笑道：

“晚辈只想奉劝你老人家一句，‘武圣门’个个武功高强，心狠手辣，最好你还是远走高飞，躲开一点，少管闲事为是！”

“独臂神丐”诧异道：

“娃儿，你年纪轻轻倒懂得明哲保身！”

刘雪柔天真地道：

“我师父那样高深渊博的武功，提起‘武圣门’的五大魔头，还有三分惧意，难道你老人家真不怕他们吗？”

“独臂神丐”扫了定性师太一眼，呵呵大笑道：

“你师父怕他们，可我老叫化子不怕！”

定性师太脸色一沉，道：

"柔儿，为师几时对你说过这样的话来？"

微吁一声，又道：

"我知道你报仇心切，可是这事要等待时机！"

"独臂神丐"怪声怪调说道：

"等待时机，想是要'武圣门'的五大魔头将我们逼得穷途末路之时，你再站出来，是不是？"

定性师太"呸"了一声，方要反唇相讥，忽听一旁的"不戒酒僧"大声叫道：

"树上有人！"

说着五指一扬，数点寒星向树上激射而去。

"独臂神丐"、定性师太三人各吃了一惊，同时凝神戒备。

那树上果然有人，但"不戒酒僧"打出的暗器并未打着，只听树上发出一阵呵呵笑声，有如巨鼓低鸣。

笑声一过，只见一条巨大的黑影，如流星坠地，飞身而下，双足落地时未发出半点声音，显示他的功力不同凡响。

只见他一袭黑衣，身躯高大，但脸上戴着面具，看不清其真面目。

他从容地站在四人面前，朗声笑道：

"幸会幸会。我糟老头不请自来，扫了各位的兴致！"

"独臂神丐"哈哈一笑：

"什么风把'生死判官'段千仞老弟吹到这里来了，久违，久违。"

段千仞哈哈一笑，正准备笑话，突然一声大喝。

"魔头，拿命来！"

话音未落，古寺门口人影一闪，一段红光如灵蛇出洞，电掣而至，径向段千仞刺了过来。

事出突然，而且势道奇猛，快捷万分。

段千仞毕竟是一代武学大师，突遭袭击，却不惊不忙，拂袖扫出一股劲风，向刺来的寒芒卷去，同时借势身形一侧，跃出五步，躲了开去。

众人凝神看时，只见一个威风凛凛、杀气腾腾的青年，手握着一柄血刀，向段千仞怒目而视。

段千仞想不起在哪里得罪了这个年轻人。

刘雪柔惊喜叫道：

“庄哥哥……”

突然杀出的青年就是在大殿中养伤的姜古庄。

姜古庄在里面打通了任督二脉，使真气在体里运行了两周天，觉得百骸舒泰，神光内敛，知道内伤已完全好了。

忽听外面有四五人的说话声，走出一看，看到一个黑布蒙面的段千仞，以为是“武圣门”的五大魔头之一，于是怒火中烧，挥刀就砍。

姜古庄吃了一惊，自己这风雷一刀竟未伤到魔头，刀光一闪，准备第二次出手。

但听到定性师太沉声喝道：

“姜少侠不得无礼！这位是‘生死判官’段老前辈，难道与你有什么过节儿？”

姜古庄呆了一呆，愕然而立。

只听见段千仞笑道：

“老朽段千仞，不知在哪里得罪了少侠？”

姜古庄仔细凝视段千仞一眼，只见他虽然一身黑衣，脸戴面具，但从声调动作和体形上看既非谭剑锋，也非天人妖僧。

姜古庄不禁有些愧意，心想自己怎么这般鲁莽，难道所有黑衣蒙面的人就是“武圣门”的魔头？当下脸一红，还刀入鞘，向段千仞一抱拳，说道：

“晚辈鲁莽，以为是‘武圣门’的人，请老前辈恕罪！”

段千仞身子微微一颤，马上镇定自若，呵呵笑道：

“不知者不为罪，老朽怎么会怪你呢。”

刘雪柔欢快奔了过去，拉着姜古庄手臂说道：

“庄哥哥，你好了？”

姜古庄欣喜道：

“好了，柔儿，谢谢你。”

定性师太冷冷说道：

“怎就一个‘谢’字了得，你知道我那徒弟为了救你，花了多大代价！”

刘红燕莲足一顿，满脸绯红，转过身去说道：

“师父你……”

“独臂神丐”向前跨了一大步，仔细审视了姜古庄腰间的宝刀，说道：

“如果我没猜错，少侠与‘神州刀尊’姜刀风有极深的渊源。”

姜古庄惨然说道：

“姜刀风是晚辈的先父！”

“独臂神丐”面上一肃说道：

“我老叫化子对姜大侠仰慕得紧，早听说他隐居不出，无缘谋面，难道姜大侠已遇什么不测？”

姜古庄神色黯然道：

“生父和刘孝迈叔叔在摩天岭比武，因意气相投，结为兄弟，在归途中无意中看到‘武圣门’的秘密，后隐居大荒山，谁知过了十年后，还是遭受了‘武圣门’的毒手，刘叔舍了性命才把晚辈救了出来。”

众人无不摇头叹息，刘雪柔早就泪流满面。

段千仞站在一旁，目光始终盯在姜古庄的脸上，由于他蒙了面，所以看不到他面上的表情。

段千仞突然往前走了一步，冷冷地说道：

“想必这位就是‘中原剑魔’刘孝迈的女儿。”

刘雪柔愕然抬起头，说道：

“正是。”

段千仞突然手腕一抖，一对判官笔向刘雪柔上身致命的要穴点去，出手辛辣，而且是突然袭击。

众人一声惊呼，但抢求已来不及了。

就在这电光火石的一刹那间，姜古庄反手将柔儿一带，右手不及拔刀，一招“龙行天下”向段千仞头顶拍去。

这是一招两败俱伤的打法，如果段千仞不撤招自救，虽然能取刘雪柔的性命，但同时自己也会毙于姜古庄的掌下。

姜古庄这招“龙行天下”危急时发出，力道刚猛，加上招式怪异，令段千仞大为吃惊，这一拍竟是自己防不胜防的地方。

情急之下，段千仞大吼一声，身子向后急倒飞而去，“蹬蹬蹬”退了三步，才站稳身子。虽然避开姜古庄这一掌，但作为一个武学大行家，这样连退三步，才稳住身形，看在众眼里，已是大为狼狈。

众人没料到会有这样一个结果，再看姜古庄气定神闲地傲然而立，无不暗暗称奇。

段千仞指着姜古庄颤声道：

“你……你……会使‘龙行八式’?”

所谓行家一出手，便知有没有。众人从姜古庄的一招之间，就已看出他武功和内力已臻化境，但都没想到这一招竟是“绝命魔尊”欧阳石的“龙行八式”。

众人无不惊诧莫名!

要知道“龙行八式”是“绝命魔尊”的绝学之技，除了他本人，还有“夺命神尼”，世上再无第三人使得。

众人一齐看着姜古庄，姜古庄没理会段千仞的惊讶，反问道：

“前辈为何要对柔儿下此毒手?”

段千仞说道：

“刘孝迈乃黑道枭雄，他的女儿，我自然杀得!”

姜古庄听了，神情大为激动，虎目圆睁，剑眉一扬，朗声说道：

“不错，刘叔是黑道枭雄，武功高强，不入流俗，可他的一份义气，可以说是江湖中所有的侠士名流都不及，何况刘叔是在武林大会为助正道武林，死在与‘武圣门’魔头的血战中。再者即使是如你所说，又与他女儿有什么关系?”

义气是江湖中最为宝贵的东西，姜古庄一番话说得掷地有声，众人都微微点头。

刘雪柔早就想问父亲的情况，苦于一直没机会，陡然听到父亲的噩耗，不由得心痛欲裂，一声悲嚎：

“爹爹……”

然后就扑在姜古庄怀里，放声大哭起来。

段千仞讷讷地说道：

“这我还真不知道，只因我生性嫉恶如仇，所以……”

“独臂神丐”怪眼一翻说道：

“‘生死判官’段千仞在江湖上大名鼎鼎，但嫉恶如仇倒不见得。刚才猝然出手，分明是想要女娃子的命，没有一点容情的迹象。要不是姜少侠情急之下出手，我怕你早就置女娃子于死地了吧！”

段千仞蒙着面，看不清他的神情，转头对“独臂神丐”喝道：

“乔老三，你这话什么意思？”

语气咄咄逼人，显然已经勃然大怒。

“独臂神丐”依然冷冷地说道：

“瞎子吃馄饨，自己心里有数！”

话锋一转又道：

“我老叫化子早就探得‘武圣门’的五大杀手中的四个人，可……”

段千仞恶狠狠地说道：

“臭叫化子，有什么话你就明说！”

“独臂神丐”一拍大腿，说道：

“好！那我就挑明说了。‘武圣门’是一个极为庞大的组织，乃是中原武林第一黑道力量，势力极强。他们的主要目的是夺得‘绝命魔尊’的武功秘笈，然后图霸武林。”

大家都知道丐帮是天下最大的一帮，只要有人的地方，就有丐帮弟子。而且帮中的高手很多，丐帮弟子遍布中原各地，所以只要江湖有什么风吹草动，丐帮帮主当然就马上知道。

众人一齐注视着“独臂神丐”，因为他所获得的信息最具权威。

“独臂神丐”扫了段千仞的一眼，继续说道：

“‘武圣门’之所以能如此张狂，全赖于‘五大杀手’。”

段千仞说道：

“是哪‘五大杀手’？我段千仞去杀了他！”

“独臂神丐”冷笑一声道：

“我还没说出来，你干吗那么着急呢?”

“不戒酒僧”大是性急，叫道：

“老叫化子，你有屎快拉，有屁快放，到底是哪五个魔头。”

“独臂神丐”说道：

“这五大杀手，一个是华山派的谭剑锋，第二个是原少林掌门人天人大师，第三个是名扬天下的女魔头‘玉面银狐’白小媚，第四个是使毒的‘毒王爷’石百川，至于第五位嘛，段老弟你以为是谁呢?”

众人听到“独臂神丐”报出四个人的名字，无不相顾骇然。

四大魔头中有两个姜古庄见过，谭剑锋和天人妖僧，一身武功可以说是登峰造极。那“玉面银狐”是江湖上臭名昭著的骚狐狸，诡计百出，且人面桃花。而“毒王爷”石百川更是了得，使毒的本领已使人防不胜防。

这四人可以说是要武功有武功，要计谋有计谋，使毒的有‘毒王爷’，可谓是武林中极强的组合，况且还有一个人不知是谁?

段千仞微微一惊，说道：

“你老叫化子耳目众多，难道不知道，何必问我?”

“独臂神丐”冷笑道：

“说实在的，这第五大杀手，我老叫化子真不知道，因为这个人极其狡猾，做事从不留痕迹。但狐狸的尾巴，迟早要露出来的!”

众人的目光又齐转向段千仞，姜古庄手按刀柄，随时准备着。

段千仞后退一步，说道：

“怎么?大家都怀疑我‘生死判官’?哼，我‘这二十年来可从没出谷一步，身正不怕影子歪。”

说完双手下垂，一副大义凛然、信不信由你的样子。

“独臂神丐”笑道：

“对！对！身正不怕影子歪，也许我老叫化子看走眼了。”

经他这么一说，众人都松了一口气，气氛缓解了不少。

定性师太疑惑地说道：

“‘武圣门’这么一个庞大的组织，网罗了天下这么多高手，绝对不是一群乌合之众。是谁这么厉害，暗中操纵了这些人?”

"独臂神丐"吐吞说道：

"这……我老叫化子也是云里雾里，不知幕后操纵者是谁?"

段千仞说道：

"会不会是'绝命魔尊'？只有'绝命魔尊'才有这样的本领。"

"不戒酒僧"叫道：

"对，对，肯定是他!"

姜古庄在一旁刚要说话，"独臂神丐"不以为然地说道：

"我看不一定……"

段千仞说道：

"难道你叫化子又知道了?"

"独臂神丐"说道：

"虽然我不知道这个神秘人物，但头脑中已有这个人的影子，决不是'绝命魔尊'。"

"不戒酒僧"急叫道：

"快说来大家听听你是怎么想的!"

"独臂神丐"踱了两步，说道：

"大家想想，'绝命魔尊'欧阳石，虽然武功天下第一，但他从不乱杀无辜。特别到晚年，更是淡泊名利，独来独往。怎么会突然组织一个'武圣门'来图霸武林呢？更何况早在三十年前，九大门派的掌门人联手邀斗他，最后落得个同归于尽，九大门派的掌门，无一幸免，他自己也坠入华山的思过崖。我想他现在已不在人世了!"

姜古庄听了，深感"独臂神丐"的思路与众不同，见解独到。但老化子哪里知道"绝命魔尊"落下华山思过崖后，不但没死，反而和济慈大师结下一段生死交情。

众人见"独臂神丐"分析得于情于理，无不点头称是。

段千仞又说道：

"那会不会是'绝命魔尊'的徒弟?"

"独臂神丐"沉思道：

"那更不可能，'绝命魔尊'一生只收两个徒弟：一个是'夺命神尼'

程逸雪，现已被他囚禁起来；另一个是‘奇门乐圣’周紫芝，早就隐迹江湖，传闻不知在那个庙里做了尼姑。”

说着一转眼，犀利的目光见姜古庄在一旁嘴唇动了动，似乎是欲言又止，转头对姜古庄说道：

“姜少侠，你有什么话说?”

姜古庄咳了一声，朗声说道：

“这个幕后操纵人，晚辈无意中得知，他就是‘回天圣手’上官慈!”

姜古庄这话一出，石破天惊，如晴天一个霹雳，把众人震得目瞪口呆。

要知道“回天圣手”在江湖上声誉极高，悬壶济世，救死扶伤，江湖上谁不对他万分敬仰。

更何况上官慈除了医术高明，有起死回生之术外，对武功一窍不通。江湖上没有谁不知道上官慈是个手无缚鸡之力，毫不会武功的人，而且人心宅厚，在江湖上有口皆碑。

这样名家风范的人，怎会和杀人不眨眼的魔教教主扯在一起。

众人无不大吃一惊，可看姜古庄说的正儿八经，似乎确有其事。

只有“独臂神丐”眉头深锁，一张娃娃脸上出现极不相称的深思熟虑之相。

定性师太大为怀疑道：

“姜少侠，当着这么多前辈你可不能乱说!”

姜古庄口气坚决，道：

“晚辈决不敢说出半句假话，这些确是我无意中得来的!”

段千仞“嘿嘿”冷笑道：

“还说不是乱说。谁不知道‘回天圣手’上官前辈在江湖上德高望重，哪容得你这般诋毁他!”

“独臂神丐”不以为然，哈哈一笑道：

“那也说不一定，往往不叫的狗咬人最毒!”

转而又道：

“姜少侠，你是怎么获得的！说给我们听听……”

姜古庄就把他如何无意中碰到济慈大师，把华山派三师兄弟之间的恩怨，以及济慈大师以死谢罪，被谭剑锋一掌震死，而后自己被困于谭剑锋的竹石大阵，谭剑锋以为他必死无疑，就将“武圣门”的内幕说了出来，哪知大难不死逃脱了竹石大阵，后来就逃到这古刹里来，目睹天人妖僧杀了“崆峒双怪”，并将两人用赤焰掌化为灰烬，同时，自己也差点被他害死，幸好被师太和柔儿所救，才……

在场的无不是在江湖上闯荡几十年前辈，个个身怀绝技，都是成名人物，一生不知见过多少惊涛骇浪，但姜古庄的话，众人听在耳里，犹如听天书，无不相顾骇然。

姜古庄略去了他见到“夺命神尼”以及藏宝图、上官痴的事。

前两者是因为答应“夺命神尼”保守秘密，后者是因为刘雪柔。

定性师太叹了一声说道：

“如此说来，姜少侠所言不假，真是人心难测啊！”

“不戒酒僧”大声喝骂道：

“上官慈那老魔居然这么狡猾，欺骗了整个武林，背后却干出了这等伤天害理的事！”

“独臂神丐”平静地说道：

“其实我老叫化子早就有这一怀疑，但苦于找不到证据。那‘回天圣手’上官慈虽然极会伪装自己，但背后难以却掩盖不可告人的目的，终有一天会原形毕露的。”

就在众人感叹不已的时候，段千仞突然说道：

“姜少侠，老朽有两点疑问，想请你为我释疑！”

姜古庄说道：

“请前辈讲出来！”

段千仞干咳一声，说道：

“第一，姜少侠不会是无意邂逅华山前掌门人济慈大师的吧?”

姜古庄说道：

“请前辈宽恕，我因为答应别人，恕不相告。”

段千仞“嘿嘿”一笑又道：

“第二，谭剑锋的竹石大阵何等厉害，姜少侠如果没有高人相助，就算是插翅也难飞出去，不知姜少侠是如何脱围的?”

姜古庄心里暗暗好笑，心想：这一点你还真说对了，我的确是插翅飞出去的，这一点却不能说出来。

因为一说出来，无形中就等于告诉别人自己遇到了“夺命神尼”，大家都知道黑白二雕是“绝命魔尊”所养的两只神物。

姜古庄正要想一个借口，忽听“独臂神丐”说道：

“姜少侠，这点你可以拒绝回答，因为与我们要谈的无关。”

段千仞大怒道：

“老叫化子，你存心跟我过不去是不是，难道在大家面前有什么隐瞒吗?”

“独臂神丐”傲然说道：

“当然，谁没有自己的苦衷，你为什么偏要别人说自己不愿说的事，再说，你为什么对这些细微末节的事这么感兴趣。”

段千仞微微一顿，干咳一声道：

“我只是随便问问。”

“独臂神丐”笑道：

“我也是随便说的。”

段千仞恨恨瞪了“独臂神丐”一眼，然后转头看过姜古庄。

他心里大为惶恐，没想到这毛头小子知道这么多，对他“武圣门”的人确实是一个致命的威胁。

其实“独臂神丐”乔老三所料不错，这“生死判官”段千仞确是“武圣门”的五大杀手中的排名第五的杀手。

段千仞被人称之为“生死判官”，一说他武功太高，二是说他极有心计。

段千仞二十多年已在江湖绝迹，实则早已加入“武圣门”，不但充当“武圣门”的五大杀手之一，而且还和“玉面狠狐”白小媚一起，称做“武圣门”的两大军师。

并且段千仞是“武圣门”五大杀手中，惟一没有暴露身份的一个人。

所以他就自告奋勇地充当卧底之人，得知谭剑锋夺取藏宝图失败后，上官慈大发雷霆，就让段千仞出马，心中已是对藏宝图志在必得。

段千仞出了“幽灵谷”之后，经大樟山，一无所获，不见姜古庄。

出了大樟山，忽见两条人影向荒山野岭急飞而至，于是紧跟其后上得山来，隐藏在大树上。

一看竟是列入“武圣门”黑名单上的该杀之人的头三号人物，心里不由一阵窃喜。转而想到三人该是江湖上成名大家，单打独斗，怕也只能打个平手，以一敌三更不可能。心里不由沮丧，手一颤，弄出一点声响，竟让“不戒酒僧”察觉，于是就飘然而下。

江湖上人只知道“生死判官”段千仞已归隐江湖，因此谁也没起怀疑，只有“独臂神丐”对他已有戒心，但又不敢确定。

侥幸的是他意外之间有了新收获——看到了他所要找的姜古庄，藏宝图一定在他身上。

使他惊骇的是，这家伙不但武功又臻化境，且已对他有所戒备。

段千仞心里在想如何应付目前的场面，思索片刻，说道：

“眼下大家既然知道了‘武圣门’的情况，在这荒山野岭，总不是个办法呀。”

说着目光向众人扫了一眼，如其主动出击，倒不如以静制动。

果然“不戒酒僧”大叫道：

“操他奶奶的，上官慈这条不叫的狗，我们一起杀到他老巢里去。”

“独臂神丐”哈哈一笑：

“老毛病又犯了。我可还想多活两年，要去你一个人去，大家陪你一起去送死呀！”

“不戒酒僧”被老叫化一顿抢白，不仅不怒，反而搔了搔头，低声下气说道：

“那依你怎么着？”

“独臂神丐”目光向段千仞一转，大声说道：

“解铃还须系铃人，段老弟自会有高招妙着！”

说着微笑地看着段千仞。

段千仞心里一凛，这老叫化子怎么老是指着我的痛处打，可不能着了他的道儿，于是稳了稳神形，呵呵一笑道：

“老叫化子你倒真是抬举我了，高招妙着谈不上，不过，大家此刻应该同心协力，各献其策。”

“独臂神丐”依然脸上带着微笑，说道：

“说得好，说得好，那么段老弟的策略是什么？”

“独臂神丐”紧追不放，段千仞暗暗叫苦不迭，但此时已骑虎难下，只得硬着头皮说道：

“华山武林大会遭‘武圣门’的袭击，还有九大门派的掌门人留在山上。我提议大家一齐到华山看看，一来可以了解更多的情况，二来可以联合武林中剩余的力量，以图后援。”

“独臂神丐”叫道：

“好主意，好主意！”

姜古庄和刘雪柔对视一眼，总觉得“独臂神丐”对段千仞的反应总是怪怪的，心里也疑团密布。

“独臂神丐”转头对定性师太问道：

“师太的意见呢？”

定性师太眉毛一扬，说道：

“我定性岂是独善其身的人，我们一同上华山吧！”

段千仞心里一喜，说道：

“好！既然大家都没意见，事不宜迟，我们马上出发。”

说着身形一晃，率先疾驰而去。

“独臂神丐”微微一笑，向姜古庄招呼一下，携着“不戒酒僧”的手，紧跟其后。

定性师太也不示弱，脚尖一点，疾飞跟上。

姜古庄和刘雪柔相视一笑，走在最后，不急不徐。

两个两小无猜、青梅竹马的青年男女，终于又走到一起。经过上次的生离死别，两人似乎回到了那无忧无虑、无拘无束的童年。

刘雪柔听到父亲已死的噩耗，心头蒙上一层阴影，手脚仍然冰凉。

姜古庄也是一阵难过，紧紧握住柔儿的手，多想让她感受到这力量。

六个人都是内外兼修的顶绝高手，不过一顿饭的工夫，六人已到华山脚下。

这时已过夜三更，月明星稀，清辉遍地。六人立在华山脚下，仰望巍峨险峻的华山在黑夜中屹然而立，各怀心思，感慨颇多。

姜古庄拉着刘雪柔的手，轻声说道：

"柔儿，我俩去拜见爹爹。"

刘雪柔星目含泪，呜咽道：

"可怜的爹爹……"

段千仞马上说道：

"姜少侠，我也去拜祭拜祭刘……大侠……"

姜古庄心想：怎么转变得这么快？刚才在古刹前，还称刘叔为大魔头。

但人家一片好心，也不便阻拦。

时隔一天，他和痴儿去时的坟还是一座新坟，而此时痴儿生死不明。想到这里，姜古庄不由黯然神伤。

两人跪在新坟面前，姜古庄百感交集，心说道：刘叔，现在我和柔儿就在你的面前，你瞑目吧，我和柔儿一定会为你报仇的。

姜古庄抬起头，突然大吃一惊，惊叫起来。

原来在刘孝迈的新坟旁边，增加了一座新坟，而在姜古庄的记忆中，这新坟是没有的。

这座新坟和刘孝迈的坟并排，因为姜古庄心里悲痛，所以起先没有发觉。

新坟上立着一块石碑，姜古庄凑近一看，只见上面歪歪斜斜写着两行字：

师兄济慈大师之墓

不肖师弟谭剑锋敬上

姜古庄呆了，原来是谭剑锋将济慈大师的尸体不辞劳苦带到这里，埋在华山的必经之路上。

说明谭剑锋已完全想通了，知道自己被孙铸利用了?

正在姜古庄感慨的时候，忽听段千仞说道：

“那谭剑锋也实在可恶，瓜也吃皮也摔了，自己亲手杀了济慈大师，又猫哭老鼠假慈悲。”

姜古庄不置可否，没有回答，心里自是另外一种想法。

他想：谭剑锋虽然十恶不赦，但却也是恩怨分明之人。

段千仞顿了顿，接着说道：

“姜少侠，听说谭剑锋是为了‘绝命魔尊’的藏宝图而杀了济慈大师。可那藏宝图是两个半块，他杀了济慈大师，夺得半块；而另外半块没有，还不等于一张废羊皮!”

姜古庄心里一惊，眸子里寒光一闪，转头说道：

“段前辈怎么知道的这么清楚?”

段千仞“嘿嘿”一笑，说道：

“姜少侠何必这么紧张，难道那半块羊皮在你这里?”

姜古庄更是大惊，正要答话，忽然听到“独臂神丐”喝道：

“段千仞，我早就看出你是黄鼠狼给鸡拜年，没安好心!果然不出我所料。”

段千仞眼睛里凶光毕露，听了“独臂神丐”的话，也不回头，突然左手暴张，向姜古庄的前胸抓去。

因为在刚才姜古庄下意识的一摸胸脯，老奸巨猾的段千仞心里就有底了，他知道那半块羊皮一定在姜古庄怀里。

为了得到藏宝图，段千仞借故和姜古庄同行，以为姜古庄一个少年，武功再高，自忖还是能应付得了。

没想到老叫化子跟得这么快，这么警觉。机不可失，时不再来。段千仇当机立断，不顾一切地向姜古庄怀里抓了过去。

姜古庄虽然对段千仞有所怀疑，但没想到他出手这么快，说来就来。

更何况这一抓凝集了段千仞毕生的功力，等姜古庄去护胸时，已是来不及了。

只听见“嘶”的一声，姜古庄的胸脯被撕下一块，留下五个大印。

段千仞喜不自胜，身子一掠，飞逃而出。

姜古庄懊悔不已。

突然听到“啪”的一声，段千仞庞大的身躯竟然倒飞回来。

只听见“不戒酒僧”从草丛里站了出来，哈哈大笑道：

“狗急跳墙，狐狸尾巴露出来了吧！原来你果真是‘武圣门’的五杀手之一。”

段千仞哪敢答话，身子一纵，又向左边逃去。

“独臂神丐”身子一欺，挡住了他的去路，打狗棒急挥，使了一个“缠”字诀，喝道一声：“起！”

棒头一挑，竟将段千仞手里的半块羊皮和衣服的碎片挑到空中。

然后两人同时向空中一拔，宛如两只巨雕急冲而上。

两人一般神速，但“独臂神丐”手里拿的是一根打狗棒，使了一个“吸”字诀，竟将下落的半块羊皮吸附在棒头上。

段千仞见到手的肥肉被抢跑了，好不沮丧。

但又不敢硬来，宽大的袖子一抖，顿时从袖中散出一阵黑雾，身子一纵，赶快逃了出去。

“独臂神丐”大声叫道：

“大家快些躲开！”

众人身形一拔，赶快纵开，回头一看，黑雾散去，那四周的小草一片颓黄，无不心惊，显然是巨毒之物。

“独臂神丐”哈哈一笑，将半块羊皮交到姜古庄手里说道：

“姜少侠应小心珍藏，这藏宝图流入‘武圣门’的手里，后果不堪设想！”

姜古庄接过藏宝图，满面愧色，同时也感到“独臂神丐”的侠义胸襟。

试想，任何一个江湖中人，无不对藏宝图虎视眈眈，垂涎欲滴，而“独臂神丐”却将到手的藏宝图交给他。

没有侠义胸怀的人，是难以做到这一点的。

继而“独臂神丐”又说道：

“我早就怀疑段千仞，但一时之间又没证据。这次终于狗急跳墙，唉，可惜让他逃了！”

定性师太说道：

“老叫化子，你是怎么看出来的?”

“独臂神丐”笑道：

“其实也很简单。第一，作为一个武林中人，除非打家劫舍，黑道魔头，谁也不会自背黑锅，穿黑衣蒙面的。而段千仞躲在树上，被‘不戒酒僧’发现了行藏，来不及更换装束，只好硬着头皮下来了。”

“第二，他‘生死判官’隐居江湖二三十年，怎么突然在一个荒山野岭露面?”

“第三，我要他提议下一步怎么办，他带我们上华山来，这其中肯定有鬼……”

说到这里，“独臂神丐”突然大叫道：

“不好！我想得不错的话，‘武圣门’其他四大杀手应该就在华山之上！我们赶快上去。”

说着，身形一晃，向华山绝顶急掠而去，其他的人稍微一愣，也就跟着飞身而上。

姜古庄这才想到，段千仞之所以提议众人到华山，肯定有另外四大杀手在这里接应，然后将一行人一网打尽。

几个人都是内外功登峰造极之人，虽然华山天梯异常险峻，依然各展身法，步履若飞，疾如电掣。

不一会儿，一行人已登得华山绝顶——紫金阁。

五人立住身形，“独臂神丐”眉头紧锁，不解说道：

“奇怪，一路上来，怎么没碰到一个人影?”

定性师太说道：

“深更半夜，哪里还有人。”

“独臂神丐”摇摇头道：

“不对，不对。若在以往，还算正常，可现在这非常时期，不应该没人把守山道。”

“不戒酒僧”一惊说道：

“是不是全被‘武圣门’歼灭了！”

五人神色凝重，全神戒备往里走。

姜古庄眼里所见与他前两天所看到的景像一模一样。

紫金阁的大殿里仍然一片狼藉。姜古庄心里大奇，事隔两三天，怎么没人收拾一下？名震天下的五岳华山，竟是如此破败。

第八章　踏足少林

其余的人虽然没见到华山被洗劫，但从这破败的景色中，也可以感受到当时的激斗是多么惨烈。

大殿里各门洞开，“独臂神丐”朗声喊道：

“老叫化子乔老三前来拜山，请各位出来一见。”

声音用内力送出，众人耳朵轰轰作响，在黑夜中传得极远。

良久，良久，除了回音，没有一点声息，整个紫金阁死一般的沉寂。

偌大的华山绝顶紫金阁内悄无声息。

众的心头笼罩一种不祥的感觉，都手按着兵刃，凝神提气，全身戒备。

忽然——

大家听到一声轻微的响动，声音极其细小，但在众人的耳朵里不啻惊雷。

“不戒酒僧”身形一晃，向发出响声的偏门扑了过去。

“独臂神丐”想阻拦已是来不及了，急叫道：

“小心！”

“不戒酒僧”刚一扑过去，忽然听一个惊恐的声音叫道：

“大爷饶命，大爷饶命，小的是留下来守山的……”

说着“砰砰砰”叩了几个响头。

众人大吃一惊，一齐松了一口气。

“独臂神丐”点亮了巨烛。

“不戒酒僧”一把将那叩头之人拎了出来。

众人抬眼望去，见是一名华山派的弟子，似是从睡梦中醒来，已是面色苍白，叩头如鸡啄米，嘴里连连叫道：

“大爷饶命，大爷饶命……”

众人看了，无不心寒，堂堂一个名门正派的子弟，竟如此懦弱！

“独臂神丐”大喝一声：

“贼东西，抬起头来看看，我们是谁！”

那名华山弟子身子如筛糠一般，抬头向五人瞧了一眼，没一个认得，但确定不是“武圣门”的黑衣蒙面人，马上一喜，站了起来，心有余悸说道：

“我以为……以为是‘武圣门’的……”

“独臂神丐”嗤了一声，说道：

“你们掌门人孙铸呢？他到哪里去了？”

那人好半天才回过神来，说道：

“孙掌门已到少林寺去了……”

众人大惊，均想：孙铸在这关键时刻，自己家都不顾，跑到少林寺去干什么？

“不戒酒僧”上前甩了一巴掌，将那名华山弟子打得嘴角冒血，吼道：

“你这小子被‘武圣门’的人吓昏头了，胡言乱语。”

那名华山弟子捂着脸说道：

“小的没有胡言乱语。”

“不戒酒僧”喝道：

“还没有！”

说着抡着蒲扇般的大巴掌又要掴过去。

“独臂神丐”喝道：

“不要打他，这中间肯定有蹊跷。”

转而又向那名华山弟子问道：

“那么其他九大门派的掌门人呢？”

华山弟子怯怯地望了一眼凶神恶煞的“不戒酒僧”一眼，答道：

“也都上少林寺去了。”

“独臂神丐”满脸疑惑道：

“他们都到少林寺里去干什么？”

华山弟子已是完全清醒，望着“独臂神丐”说道：

“因为‘武圣门’围攻华山是假，而主要是攻打少林寺，所以九大掌门都去救援去了。”

如果这消息确切的话，那太可怕了，“武圣门”居然向中原武林最高权威少林寺挑战，这可是明目张胆的要图霸武林了。

“独臂神丐”急问道：

“他们是怎样得到这个消息的？”

华山弟子马上答道：

“那天俘虏了攻打武林大会的几个‘武圣门’的人，才得知的。”

刘雪柔在一旁说道：

“会不会是‘武圣门’的魔头用的苦肉计，放烟雾弹，然后再各个击破！”

“独臂神丐”点头道：

“我老叫化子也是这样想的。看来‘武圣门’的魔头不但武功高强，而且个个阴邪毒辣，歹毒无比！”

那名华山弟子听了说道：

“这消息非常确切，因为后来有少林那边的飞鸽传书！”

“独臂神丐”问道：

“他们几时下山的？”

华山弟子答道：

“前天下山，他们下山匆忙，只把小的一个人留下来看山。”

“不戒酒僧”喝道：

“留下你一个脓包没骨气的看山，我看是留你害羞。”

华山弟子缩了缩脖子，不敢说话。

“独臂神丐”微一思索说道：

“我们大家都是武林一脉，现在‘武圣门’威胁到中原武林，应该发挥自己力量的时候。我老叫化子提议，不如我们赶到少林，去斗一斗‘武圣门'的魔头。"

定性师太淡淡地说道：

"去就去，说那么多废话干什么。"

说着，径自前走。

"独臂神丐"哈哈大笑道：

"没想到师太比我那好友还性急。"

"不戒酒僧"说道：

"她比我还性急？"

神情大是不服气，话未说完，人影一晃，一跃四五丈，使出浑身的解数向定性师太追了过去。

姜古庄大是好奇，心想：这"不戒酒僧"人也真是爽快，什么不好比，比性急。

五人踏着夜色，在一片黑暗之中，一路向北奔去。

众人担心少林的危机，恨不得马上赶到少林寺。

所以一路上，五人互不说话，各展绝技，争先恐后地向少林寺赶去……

在拂晓时分，东方大亮之刻，五人已到了少室峰上、少林寺外。

一路疾奔，五人皆大汗淋漓。一阵秋风吹来，感到一阵凉爽。

刘雪柔香汗细细，娇喘微微，但仍是兴致勃勃，拉着姜古庄的手，仰着雄伟的嵩山，神情肃穆。

奇怪的是偌大的少室峰，不见有一名僧人，到处静悄悄地，与华山的情景差不多，寺中寂无声息。

五人你望我，我望你，大眼瞪小眼，惊诧莫名。

"独臂神丐"挂念少林寺的安危，心中焦虑，领先大踏步地向寺中走去，姜古庄等四人跟随其后。

进得山门，走上一道石级，过前院，绕前殿，来到大雄宝殿。但见如来佛相庄严，地上和桌子都积了一层薄薄的灰尘。

"不戒酒僧"烦躁地说道：

"我们肯定被骗了！"

五人静了下来，侧耳倾听，所听到的只是庙外山风声，庙里却无半点声声息。

眼见偌大的一座少林寺竟无一个人影，心底隐隐感到一阵极大的恐惧，不知少林寺到底发生了什么事。

五人眼观四路，耳听八方，一步一步谨慎地向内走去。穿过两重院子，到了后殿，突然之间，领头的“独臂神丐”停下步子，打个手势，后面四人跟着一起止步。

“独臂神丐”向西北角一指，五人轻轻掩将过去，随即听到厢房中传来一声极短的呻吟声。

姜古庄走在第三位，拔刀在手，“独臂神丐”伸手将房门一推，身子侧在一边，以防中了他人的暗算。

房门“呀”的一声，房中又是一声低吟，姜古庄探头向房中看时，不由得大吃一惊，只见两名老者躺在地上。

侧面向外的赫然是泰山派掌门人雷传讯，只见他脸无血色，双目紧闭，似已气绝身亡。

“独臂神丐”一个箭步抢进去，四人跟着进内。

姜古庄绕过雷传讯的尸体，去看另一人时，依稀记得是青城派的掌门周实。

“独臂神丐”俯身叫道：

“周老弟，周实老弟。”

周实缓缓的张开眼来，初时神色呆痴，但随即目光闪过一丝喜色，嘴唇动了动，却发不出声音来。

“独臂神丐”俯身更低，说道：

“我是乔老三。”

周实嘴唇又动了几下，发出含糊不清的声音，“独臂神丐”只能听到“你……你……你……”眼见他伤势十分沉重，一时不知如何是好。

周实终于运了一口气，说道：

“乔大哥，‘武圣门’……”

“独臂神丐”急忙问道：

“‘武圣门’的人在哪里?”

周实缓缓摇了摇头，嘴唇翕动，说道：

“‘武圣门’……他……们……”

话还未说完，只见周实将头一偏，闭上了眼睛。“独臂神丐”大惊，伸手一探周实的鼻息，已然气绝。他心中伤痛，再回身去摸雷传迅的尸体，触手冰凉，已死去多时。不由站起身来，废然长叹道：

“看来我们已是迟来一步了。‘武圣门’的魔头已对九大门派的人下了毒手，这次可真是武林的一场浩劫。”

姜古庄将两位前辈的尸体抱了起来，放在禅床上。

一行五人走出厢房，带上房门。

秋日的阳光漏射大殿上，寺院一片冷清，别说一个僧人，就是连厨房杂工，也都不知去向。

这与往日香火不断，烟雾燎绕，钟声长鸣，人来人往的少林寺可是大相径庭。

每走一处，众人的心头便低沉一分。

定性师太寻思道：

“少林派是武林中的第一名门大派，少说也有僧侣千余多名，突然之间销声匿迹，真是令人费解。”

刘雪柔插嘴说道：

“会不会被‘武圣门’的人一网打尽，全部抓去了。”

“独臂神丐”沉吟道：

“可整个寺院似乎没有严重的打斗痕迹，那‘武圣门’的人再厉害，少林寺历来藏龙卧虎，何况还有九大门派群豪援手，想一网打尽，也是难事。”

“不戒酒僧”脱口说道：

“‘武圣门’的魔头既然敢在老虎头上拔毛，肯定是有恃无恐，因为‘天人妖僧’曾是少林掌门，再说他们要先做好周密的部署，用什么毒物，也说不一定。”

五人均觉有理，因为再找不出什么合理的解释，不由得个个垂头丧气。

这么多人到哪里去了？难道上天入地不成？

就是遭了毒手，也该看到尸体。

饶是三位武林前辈见多识广，此时也是一筹莫展。

五人默默无言，空气十分压抑。

忽听“不戒酒僧”大声叫道：

“烦死我了！早知这样，就不到这个鬼地方来。一个人影也见不到不说，连吃的东西也找不到。别的地方有酒有肉，这个鬼地方，什么都没有！”

“独臂神丐”眉头紧锁，在想着心思，姜古庄和刘雪柔两人手拉着手茫然四顾，定性师太在闭目养神。

四人谁也不理会“不戒酒僧”的满腹牢骚。

“不戒酒僧”索然无趣，把腰间的酒葫芦解下，拔开塞子，脖子一仰，哪知葫芦里早就空空如也。

好久，好久，才滴下一滴，“不戒酒僧”用舌头咂了咂嘴，说道：

“好酒！好酒！”

忽然他眼睛一亮，看到一只肥硕的老鼠一闪即过。

“不戒酒僧”哪还容得他逃脱，身子一纵，全身扑上，想抓住老鼠。

老鼠大惊，“吱”的一声窜到偏殿里面。

“不戒酒僧”紧追其后，“砰”的一声撞开偏殿大门。

但见房中空荡荡地一无所有，只有一尊菩萨的石像，面壁而立。

“不戒酒僧”不依不饶，穷追猛打，伸手去拉那石像。

可那石像少说也有万来斤，“不戒酒僧”一拉没拉动，不由大为恼火，深吸一口气，大吼一声：

“嘿！”

只听“轧轧”大响，竟把石像拉了开来。

四人站在外面，忽然听到“不戒酒僧”在里面“嘿”的一声，跟着有重物移动的大声响动，一起冲了进去。

刚到偏殿门口，就听到“不戒酒僧”大声惊叫：

“哇！快来看哪，这里有个大洞！”

姜古庄一看，贴着墙壁果然有一个大洞。

“不戒酒僧”话声一落，人已钻了进去。

“独臂神丐”急喊道：

“小心！”

但“不戒酒僧”已消失在洞口，四人正暗暗担心，忽然“不戒酒僧”在洞里哇哇大叫，复又钻了出来。

“神臂神丐”惊问道：

“你看到什么了？”

“不戒酒僧”叫道：

“看到个屁呀！里面黑咕隆咚的，什么也看不到！”

口里发着牢骚，手脚却不停，“拍”的一声拍下了一张桌腿，点亮了一根火把，复又钻入洞中。

姜古庄心想：这似乎是一条秘道，说不定里面有什么名堂，于是拉着柔儿的手，说道：

“柔儿，我俩进去看看。”

刘雪柔朝定性师太看了一眼，跟着姜古庄钻了进去。

“独臂神丐”和定性师太对望了一眼，也跟着钻了进去，定性师太走在最后。

地道甚是宽敞，五人的脚步传得远远地。

洞中霉气甚重，呼吸不畅。

五人又行了一阵，突然间“呼”的一声响，半空中一根禅杖当头直击下来。

“不戒酒僧”走到最前面，急忙后跃，重重撞在姜古庄胸前，只见一名僧人手执禅杖，迅速闪入山壁之中。

“不戒酒僧”大怒，喝道：

“操你奶奶的！贼秃驴，老子来帮你，你居然躲在这里暗算老子。”伸手往山壁上抓去，“呼”的一声响，左边山壁中又有一根禅杖击了出来。

这一杖将“不戒酒僧”的退路给封死，他无可退避，只得向前纵去，左足刚落地，右侧双有一条禅杖飞出。

洞里有微弱的亮光，姜古庄一运目看得清清楚楚，使禅杖的并非活人，乃是机关操纵的铁人，只是装置妙极，只要有人踏中地上的机括，便有禅杖击出，而且进退呼应，每一杖都是极精妙厉害之着。

姜古庄以前听刘叔给他讲江湖上各门各派之事，刘孝迈见闻广博，知道的极多，也说过少林寺的铜人。

说是少林寺有一百单八个铜人，有一百零八招精妙招数。如果哪个俗家弟子自认为学业有成，就必须先得过了这一百零八个铜人阵，方才可下山，这是少林寺相传几百年的规矩。

姜古庄眼见危急，又看了这些铜和尚的招数固然精妙，但没一招不连贯。

当即对“不戒酒僧”说道：

“前辈退后，让我来!”

说着抽出血刀，刺向两个铜和尚的手腕，“当当”两声，铜和尚立即就不动了。

于是姜古庄如法炮制，一路往后打去。

越往后面，铜和尚的招数越来越精妙，直到打完一百零八个铜人，姜古庄已是大汗淋漓。

“独臂神丐”心想：这小娃子内力如此深厚，看来武林的重任只有交给他了。

地道不住往下倾斜，越走越低。约行出三里外，地道通入一个天生的洞穴，始终没再遇到什么机关陷阱。

突然之间，前面透过来淡淡的光芒，姜古庄快步抢先，一步踏出，足下一软，竟是踏在一洼地上，同时一阵清新的寒气灌入胸间。

姜古庄四下一望，黑沉沉的夜色之中，听得淙淙的水响，原来身处在一条山溪之畔。

“独臂神丐”四下望了望，说道：

“我们已经到了少室山脚。”

顿了一顿，回头又对定性师太说道：

“这却是一件奇怪之事，少林寺众和尚都跑到哪里去了。”

定性师太说道：

“凭你叫化子的这颗脑子，就是想上三天三夜，也是不明所以。要是穷秀才和牛鼻子老道在，他俩肯定知道。”

“独臂神丐”黯然说道：

“你说得倒也是，不知他俩现在哪里？”

姜古庄心里一惊，和尚、尼姑、秀才、道士、叫化子人五人号称江湖五怪，除了“绝命魔尊”“三大世家”，下面就数“江湖五怪”，正要发问，忽见两条人影像两只大鸟飞扑而至，一边哈哈大笑。

“独臂神丐”见影闻声，喜道：

“说曹操，曹操到，刚才老尼姑还在念叨二位呢！”

凝目一看，只见来的两人，果然一个是道士装束，长眉白鬓，目如寒星，胸前垂着多绺长髯，道袍飘飘，一派仙风道骨，使人产生敬仰之心。

站在道士一侧的是一介书生，全身一袭青衫，头戴方巾，胸前长髯飘飘。

那老道目光如电，看了姜古庄一眼，说道：

“叫化子，这位是……”

“独臂神丐”哈哈一笑，道：

“这位是‘神州刀尊’姜刀风的儿子，姜古庄。”

转而对姜古庄说道：

“姜少侠，这位是虚无子，这位是‘百变秀才’文曲星。”

姜古庄上前一一行礼。

“不戒酒僧”一摸光头笑道：

“没想到我们江湖五怪在这里碰头，我和叫化子，还以为你们两个被‘武圣门’的魔头吓着了，不再出来。”

虚无子脸色一肃，说道：

“江湖兴衰，匹夫有责。何况我们江湖五怪，我和穷秀才不但比你们早出来一步，而且还探得一个重要的讯息……”

五人大惊，一齐惊问道：

“什么讯息?”

“百变秀才”文曲星说道:

“九大掌门被人俘虏了!”

“独臂神丐”哈哈大笑道:

“我还以为是什么大不了的讯息,我们来少室山,没见一个和尚,想都想得到。更何况你还说错了,青城派掌门和崆峒派掌门,被‘武圣门’的魔头杀死了。”

虚无子脸色一变,“哦”了一声,说道:

“但你们万想不到,这一切不是‘武圣门’魔头干的。”

此言一出,众人皆惊。

“不戒酒僧”叫道:

“不是‘武圣门’的魔头,会是谁干的?难道还有一个魔教不成?”

虚无子呵呵一笑道:

“和尚,你这话可算是第一次猜中。确是还有一支比‘武圣门’更为厉害的魔教,但我现在还不知道他们的一点来历。”

定性师太问道:

“那么少林寺一千多名僧侣呢?怎么偌大的一座少林寺,一个人影都没见到?”

虚无子说道:

“那些魔教中人个个武功高强,比‘武圣门’的五大杀手不知要高多少倍。少林方丈为了避免这场杀戮,甘愿束手就擒,被神秘的魔教人物掠去了。一千多名僧侣为了不使少林古寺灭绝,倾寺而出,分头去联系各路豪杰,到‘幽灵谷’报仇去了。”

姜古庄心想:这“空寺计”倒不失为保护少林的一条良策。

“独臂神丐”沉吟了一会说道:

“眼下我们该怎么办?”

文曲星说道:

“到‘幽灵谷’去!”

忽听虚无子喝道:

“慢！叫化子，十年前我就预知江湖上将有一场严重浩劫，叫你物色一名徒弟，集我们五人之力共收一徒，将他培养成智武双全的正义侠士，这个人你找到没有？”

“独臂神丐”答道：

“这件事关系到武林命脉，我老叫化子怎敢马虎，马上传令天下丐帮子弟找出这个人物，可……”

虚无子说道：

“结果怎样？”

“独臂神丐”说道：

“臭道士，你以为这件事那么容易办。这个人不但要天赋极高，骨骼非凡，而且为人还不能太过方正……”

虚无子说道：

“那就是说你到现在还没找到？”

“独臂神丐”哈哈一笑道：

“不过，踏破铁鞋无觅处，得来全不费功夫，无意中让我叫化子发现了这块良材！”

“不戒酒僧”惊问道：

“谁啊！”

“独臂神丐”说道：

“远在天边，近在眼前！”

众人的目光一齐转向姜古庄，弄得姜古庄极是不自在。

但刘雪柔却是满心欢喜。

虚无子上下打量了姜古庄一眼，点了点头道：

“嗯，不错！”

刘雪柔一推姜古庄，高兴地叫道：

“庄哥哥，四位前辈有意收你为徒，还不过去叫师父！”

这突如其来的福缘令姜古庄惊喜不已，一时反应不过来，经刘雪柔一提醒，赶忙去拜见五位师父。

五人也不推让，一齐站在那里，受了姜古庄的拜师之礼。

这时只见虚无子向另四人说道：

“现在我们必须将绝招全都教给姜古庄。”

说完五人一一施教，姜古庄已有深厚的内功根基，加上悟性奇高，到第二天正午，已将江湖五怪的武功全部习过一遍。

一行七人向“幽灵谷”走去，刚到山下集市，忽然一个卖瓜子的商贩，走到姜古庄的面前，说道：

“少侠，你可叫姜古庄?”

姜古庄大奇，心想：一个小贩怎么认得我，愕然答道：

“是我。”

那小贩伸手递给他一封信，说道：“有个人叫我送封信给你。”

姜古庄伸手接过信，说道：

“那人留下姓名没有?”

小贩答道：

“没有，他只不过给了我一点赏钱。”

姜古庄好奇地拆开信，不由得惊叫一声，里面赫然是半块羊皮。

这半块羊皮不是给谭剑锋夺去，他怎么会突然送回，姜古庄如淋了一头雾水，百思不得其解。

虚无子说道：

“庄儿，这件事想起来确是奇怪之至，但不管怎么说，我们先去找到‘绝命魔尊’的秘笈再说。”

一行七人按图索骥，幸好图上标明的地点就在嵩山附近。

在一处极为隐秘的石洞，姜古庄找出一个木匣子。

木匣子古香古色，显然经年已久。打开木匣子，里面赫然放着一幅画和一块玉佩。

姜古庄展开画，画上画着一只振翅欲飞的大雕，羽毛乌黑，是一幅水墨画。

文曲星看了一会说道：

“天下武林争来夺去，说是‘绝命魔尊’的武功秘笈，原来是一幅画，我看这画画的水平也不过如此而已。”

姜古庄心想：这一幅画和一块玉佩怎能救“夺命神尼”出洞，莫非是“绝命魔尊”欧阳前辈开了一个玩笑，可这毕竟是要找的，自己也完成了一项任务，于是就将黑雕图和寒玉佩放进怀里。

过了两日，七人就到了“幽灵谷”的“严家寨”。

严家寨的寨主严顺天，就是威震河塑的“霸王鞭”，听说江湖五怪到了，赶忙迎进山寨。

晚上严家寨灯火通明，严顺天将虚无子请到上座，自己坐在下首相陪，主宾尽欢，分析当前的局势。

忽然，人影一闪，大厅外进来一位花甲老人，来人穿着一身粗布长衫，似是寨中的喽啰。

严顺天一扬眉头，喝道：

“你在那里听什么，怎么不懂规矩……”

那老者并不答话，伸手在脸上一抹，露出了本来的面目，赫然是“回天圣手”上官慈。

这一下来得太突然了，举座皆惊！

虚无子冷冷说道：

“上官大夫乔装这么多年，现在是‘武圣门’的大盟主，突然造访，真是佩服！”

上官慈哈哈一笑道：

“江湖五怪齐聚严家寨，幸会幸会！”

姜古庄见杀父仇人来到，早就剑眉倒竖，恨不得马上将上官慈碎尸万段。

刘雪柔一拉他的衣袖，轻声说道：

“在座还有各位师父，不可妄动！”

姜古庄心生警惕，但还是怒目而视。

上官慈一脸慈祥，笑道：

“姜少侠，你可找到那幅雕图和玉佩！”

姜古庄闻言大惊，道：

“原来那半块羊皮是你送的？”

上官慈仍然一脸慈祥。这副慈祥之相，谁也不能将他与杀人不眨眼的魔头联系在一起，真是做梦也想不到。他笑道：

“不错，老夫派出五大杀手，夺回藏宝图，然后去找雕图和玉佩。可是五大杀手皆是不争气的东西，所以我只好成人之美。”

虚无子冷冷说道：

“然后你就坐收渔人之利是不是?”

上官慈和善一笑道：

“对!”

虚无子冷笑道：

“你有这个能耐吗?”

上官慈目光一掠五人，笑容满面道：

“当然，有江湖五怪在，这想法只不过是异想天开。不过，雕图、玉佩已出江湖，现在天下武林皆知。”

虚无子冷冷道：

“这是你的杰作。”

上官慈慈祥一笑道：

“所谓好事不出屋，坏事传千里。不需老夫多说，这件事就传得沸沸扬扬，竟然能传得这么快，大家都是聪明人，肯定不是什么好事！所以只要雕图和玉佩在姜少侠身上一天，就多一天凶险!”

虚无子脸色微微一变说道：

“这么说，你想借刀杀人!”

上官慈笑道：

“怎么能用这个字眼，是姜少侠自己惹火上身!”

虚无子说道：

“除了你还有谁想得到雕图和玉佩!”

上官慈笑道：

“恕难奉告，但我只给大家透个底，因为老夫发现目前最少有两股势力，比之我‘武圣门’不知要高强多少倍。”

虚无子平淡道：

“也就是说你不肯见告？”

上官慈目光一扫，看到江湖五怪已呈包抄之势，仍脸不改色心不跳，笑道：

“我想大家不这么会鲁莽吧，杀了我上官慈，对大家可是一个莫大的损失！不是我不告诉各位，这要看大家怎么谈了。”

虚无子为人虽怪，可心思缜密，闻言后心中一转，说道：

“上官兄是有所为而来？”

上官慈道：

“不错，兄弟冒险混入严家寨，就希望和大家谈谈。”

虚无子道：“在座的都不是外人，有什么话只管请说好了！”

上官慈淡淡一笑道：

“人多耳杂，兄弟只想和道兄密谈一番。”

虚无子沉吟一阵，说道：

“上官兄，贫道和这几位都是无话不谈的，如是你可以和我谈，也可以对他们说了。”

上官慈略一沉吟，说道：

“只要姜少侠交出雕图和玉佩，在下就可以将一切隐密告之各位。”

虚无子道：“咱们还不知道你告诉的内情价值如何？值不值得交换！”

上官慈道：“咱们合而两利，分则两伤……”

虚无子笑道：

“上官慈，只怕你太张狂了吧，你自信能出得了严家寨？”

上官慈笑了笑，道：

“道兄，我上官慈一生不做无把握的事。更何况我谈的事关系到整个江湖安危大局，大家都是侠义之士，江湖脊梁，眼见中原武林陷入水火之中，不会坐视不理吧！”

“不戒酒僧”喝道：

“放什么鸟屁，你也是他们中的一人！”

上官慈不愠不火说道：

“不错，但在下的‘武圣门’只不是他们一个极小的组织。”

“百变秀才”文曲星闻言心中大惊，但仍面不改色，说道：

“你出卖他们，就不怕他们报复你吗？”

上官慈道：“这就是我的事，不劳诸位费心。”

文曲星道：“如果咱们不肯交出你所要之物，那将会是怎样一个后果？”

上官慈缓缓道：

“那就是逼我和他们真正合作，对付你们了！”

姜古庄大吼一声道：

“你双手沾满鲜血，什么时候跟我们合做过？”

上官慈笑道：

“姜少侠不要冲动，只是你父母之事我无奈奉命而已。如果我上官慈存心加害各位，各位武功再高，怕也是尸骨无存了！”

虚无子沉吟了一阵，笑道：

“贫道明白——”

上官慈一怔道：

“你明白什么了！”

虚无子道：“上官兄屈居人下，为人所制，但又不愿听人摆布，是不是？”

上官慈哈哈干笑道：

“虚无子不愧为虚无子，观察入微，但只说对了一半。”

虚无子说道：“雕图和玉佩能帮助你吗？”

上官慈道：“道长很想知道吗？”

虚无子道：“至少我知道雕图和玉佩对你很重要！”

上官慈似是有意避开雕图玉佩，说道：

“道长能做主吗？”

虚无子说道：“不瞒你说，这雕图和玉佩是小徒因机缘巧合获得的，本来就是‘绝命魔尊’的东西，我们打算还给‘夺命神尼’。”

第九章　惊天奇珍

上官慈说道："如果我告诉你们'夺命神尼'已经出来了呢！"

姜古庄插话道：

"不可能的！"

上官慈平静道：

"信不信由你。姜少侠，'夺命神尼'已千真万确出来了，雕图和玉佩对她一点作用都没有！"

虚无子向姜古庄稍一示意，笑道：

"贫道不能做主，但还可以和小徒商量一下。"

上官慈抱拳道：

"恭喜道长收了一个好徒弟！"

虚无子淡淡道：

"是我们江湖五怪共同调教出来，当然其间还有'夺命神尼'和'中原剑魔'的心血。"

上官慈面色一变，突然神情变得十分冷肃，缓缓说道：

"此事重大，你们几人商量时，最好先说明白！"

虚无子道："贫道想先知道对我们有什么好处，才能说服庄儿答允交出雕图和玉佩。"

上官慈冷冷说道：

"交出雕图和玉佩对诸位而言，有百利而无一害。"

虚无子仍然心平气和地笑道：

"你可否说具体一点。"

上官慈道："各位若不与我合作，只怕都难逃杀身之祸……"

姜古庄冷哼一声，接道：

"就凭你这个大魔头！"

上官慈目光转到虚无子的脸上，神情肃然说道：

"你可是觉得胜过了'武圣门'的五杀手，就有恃无恐吗？"

虚无子深恐两人冲突起来，接口说道：

"上官兄，如果你能说出一些较具体的内情，令在下相信，我们便商量的余地。"

上官慈似是很为难，沉吟了良久，说道：

"今夜三更之前，道长，如是有胆气，就到药王庙里去看一看，到时会明白许多……"

一直坐在一旁的严家寨寨主严顺天忽然开口说道：

"可据我所知，那座药王庙是一座废弃的古庙，已经很久没有香火了。"

上官慈道："因为它太荒凉，四周古柏森森，乱坟环绕，一般的人是不会去那里的。"

虚无子道："多承指教。"

上官慈道："道长，不过我丑话说在前头，如是你遇上什么凶险，那全要凭你自己应付。就算我在场，也不能帮你。"

虚无子闻言，脸色大变，情不自禁"啊"了一声，惊道：

"这个自然……"

然后语声忽低，又接道：

"上官兄，今夜三更，你们可有什么集会？"

上官慈冷冷说道：

"道长我能说的就是这么多。不过我相信以道长的才智，定能化险为夷。明日中午我再来到时，希望道长有一个满意的答复。"

说完，不待众人答话，飞身一跃，破屋而去，望着上官慈消失的背影，姜古庄冷哼了声，说道：

"师父，你相信那魔头？"

虚无子摇摇头道：

“我们都把上官慈估计高了，其实他只是魔教中的一个小角色。”

转而长长地叹了一口气道：

“看来，问题比预料的要复杂得多了，这将是一场严重的武林浩劫，也许这只是刚刚一个开始！”

“百变秀才”文曲星接道：

“这上官慈表面上活得风光快乐，内心却埋藏着无尽的痛苦。雕图和玉佩肯定能帮助他摆脱这一痛苦，所以，他对此有着无比急切的期望。在他没有得手之前，是不会加害我们的。”

“不戒酒僧”一拍桌子吼道：

“就是想加害我们，难道怕他不成！”

严顺天问道：

“道长是否要到药王庙去瞧瞧？”

虚无子笑道：

“当然，明知山有虎，偏向虎山行。”

文曲星摇头晃脑说道：

“不入虎穴，焉得虎子！”

众人哈哈大笑。

定性师太担忧道：

“那上官慈决不是一个正派人物，虽然他是受别人的牵制，但对非正人君子，我们就不能以君子相待！”

虚无子笑道：

“这个自然，江湖五怪，遇怪更怪。不过，他目前的处境似乎十分不利，天下英豪都汇集‘幽灵谷’，大敌当前，他心里也有数。”

定性师太问道：

“那么派谁去呢？”

虚无子的眼光环视众人一眼，说道：

“就是我和庄儿去吧，人多反而坏事。”

正说着，忽闻一阵尖利的啸声传来，严顺天脸色大变，惊呼道：

“有人来了！”

姜古庄飞身一跃，冲了出去。

只见一个锦袍少年，急步如飞而来，迅如闪电，一眨眼前，人已奔行大厅之外。

姜古庄冷笑一声，喝道：

“什么人？”

喝声中，飞身而上，劈出了一掌。

锦袍少年右手一挥，硬是把一掌接下来，两人在空中对了一掌。

“砰”的一声，两人同时从空中落了下来，两人心中暗暗吃惊，因为这一掌已使两人平分秋色。

锦袍公子脚刚一站稳，抱拳微微一笑道：

“兄弟承让，佩服佩服！”

姜古庄道：“彼此彼此！”

这时，虚无子已步出大厅，哈哈一笑道：

“东方公子也赶到‘幽灵谷’，真是英雄出少年！”

锦袍少年一见虚无子，马上上前行礼，说道：

“东方岳见过道长！”

虚无子哈哈一笑道：

“东方公子太客气了，我给你们引见引见。”

说着拉过庄儿的手，说道：

“这位是东方世家的公子东方岳，东方世家是江湖上最大的世家，东方公子少年有成，造诣非凡，庄儿，你俩以后得多多亲近！”

说完，又指着姜古庄道：

“这是小徒姜古庄！”

东方岳皮肤白净，五官白净，略显腼腆，上前拉着姜古庄的手说道：

“姜大哥，今日有幸遇到大哥，我东方岳很高兴。”

两人对了一掌彼此都生敬慕之心，加上姜古庄本就是个性情中人，两人拉着手，真有点相见恨晚之感。

严顺天笑道：

“两位少侠别只顾着说话，快到屋里用茶!”

虚无子道：

“东方少侠怎么也到‘幽灵谷’?”

东方岳朗声道：

“江湖安危，我东方世家应担当一份力量。家父遣我前来，所以我就赶到严家寨，没想到在这里碰到你们。”

虚无子笑道：

“可惜庄儿和我马上就要走，没时间陪你。”

东方岳说道：

“道长哪里去?”

虚无子道：

“我俩去查证一件事……”

顿了一顿，又道：

“东方少侠来得正好，严家寨又增加了一位援手。”

东方摇说道：

“晚辈一切谨从道长吩咐。”

虚无子转头对姜古庄道：

“庄儿，咱俩此去，用智为上。我们……”

东方岳等两人说完，才说道：

“道长，需不需要我们接应你。”

虚无子摇摇头，笑道：

“用不着了，我和庄儿就算不能胜敌，也可全身而退。”

说完，虚无子观了观天色，又道：

“庄儿，咱俩该动身了。”

众人送到门外，姜古庄跟在师父身后，问道：

“师父，我俩是不是要易容一下?”

虚无子道：

“当然，为师已想好了一个方案。”

接着，虚无子低声说了一番，姜古庄连连点头称是……

药王庙的确是一座荒凉的庙宇，规模不大，只有一座大殿和两侧厢房，到处断垣残壁，香火早断，四周荒草丛生，林木高耸，黑夜中，更显得十分阴森。

二更后，荒凉的药王庙外，陡然掠入两条人影。

两人点亮香案上的油灯，开始打扫起来，左边一人低声说道：

“王老大，这座大殿，只怕有十年没打扫过，门主叫咱俩打扫，不是折磨咱俩吗？”

右边一人一拍他的头道：

“这话你也说得出口，门主叫咱俩做事，是咱俩的荣幸，怎么你还有怨言！”

左边一人伸了伸舌头，马上着手打扫，顿时积尘横飞。

两人足足花了半个时辰，才把大殿上的积尘清扫完了。

但两人已是灰头灰脸，连屁股上也都是灰尘，双手和脸上都是沾满尘埃，两人相视一望，笑了起来

突然，“咚”的一声，像是有什么东西落在大殿上。王老大喝道：

“谁？”

年纪稍小的李小二说道：

“这地方孤魂野鬼都很少来，哪里有什么人？”

王老大嘟囔道：

“那也说不一定。近来江湖上能人倍出，万事小心为上，我得出去看看。”

说着向外走去。

还没走几步，王老大突然“啊”的一声惊叫，一跤向前摔去。

两人还未叫出口，对方的手法太快了，两人还没明白怎么回事，就被点了穴道。

进来的也是两人，连忙将两个被点穴的人拖到大殿后面。

不一会儿，“王老大”、“李小二”又出现在大殿前。

两人刚一显身，夜空中突然传来上官慈的声音：

“王老大，你两人大殿扫好了没有？”

“王老大”一欠身，道：

“已打扫好了！”

随着话音，上官慈已到了大殿门口，两道冷光直视“王老大”身上，看了一会儿，似是想说什么，但还未来得及开口，几声汪汪的狗叫，大门外，一群黑衣人鱼贯而入。

这些人都是一袭黑衣，戴着面罩。

“李小二”抬头望去，心头一震，原来，当先进来的两个人赫然是天人妖僧和段千仞。尽管两人蒙了面，但“李小二”一眼就看出来了。

“李小二”望了两人一眼，立刻垂下了头。

姜古庄一抱拳道：

“‘武圣门’上官慈，恭迎左使。”

只听见汪汪两声，两只凶恶的藏犬，分别扑向王、李二人。

犬牙怒张，白森森的犬牙，“王老大”和“李小二”骇然后退一步，脸现惊恐之色。

天人妖僧和段千仞嘿嘿怪笑，突然一收右手，双双拖住恶犬，“李小二”一看，两人的手腕上拴了一条细铁链。

上官慈微微一笑道：

“这两人都是我的属下，是来打扫大殿，恭迎左使的。”

段千仞冷冷道：

“这两个人靠得住吗？”

“当然靠得住。”

“李小二”听两人对话，不由大吃一惊，从语气上听，段千仞和天人妖僧似乎比上官慈的地位高得多，不知那左使是什么来头。

段千仞看到两人一身灰土，脸下也沾满了灰尘，点了点头道：

“靠得住就好。”

说完，两人松开手中的藏犬，两条藏犬汪汪大叫，向外急窜。

接着这才转身，望着大门外，高声说道：

“请左使大驾入殿。”

话音一落，八个黑衣大汉迅疾进入殿中，镇守四角，接着四名大汉昂站大门两侧，最后才有两个大汉抬着一把虎皮大椅，昂然而进。

过了一会儿，才抬进一顶小轿，行出一个全身黑衣，身材娇小的黑衣人，一迈步，坐到椅子上。

“李小二”也不觉为之肃然，心想：这是何等来头的人物，这么大的排场？但看不到他真实的面容。

正在疑惑间，那人婉转吐出一缕清音，说道：

“哪一位是‘武圣门’的上官门主？”

“李小二”心想：“武圣门”还只是一个极小的部门，天啊，他后面还有更神秘的力量。

上官慈急忙上前，躬身道：“‘武圣门’门主上官慈见过左使。”

“李小二”见那椅上的人，一双小脚，心中一动，暗道：原来这个什么左使居然是个女人。

黑衣女人冷冷道：“上官门主，听说你办事不力！”

上官慈说道：“是的，属下无能，愿受左使惩罚！”

黑衣女人又道：“哦，能不能详细地说给我听！”

她说话的声音不仅妩媚动听，而且措词也十分客气。

上官慈仍躬着身，说道：

“属下尊主公之命，洗劫武林大会，攻打少林寺，已……”

黑衣女人打断上官慈的话，说道：

“这些主公都已知道，我要你说的是过而不是功。”

上官慈额头已见汗，道：“这……这……”

黑衣人语调依然平静道：

“上官门主，你可知道主公给你下的主要任务是什么？”

口气已然有些严厉，上官慈激灵灵地打了一个寒颤，说道：

“藏宝图我已夺得，但主公已要我还给姜古庄！”

“李小二”听了不由倒吸一口冷气，不知主公是什么人物，似乎是他们最大的首领，原来半块羊皮是他指示上官慈送给自己的。

黑衣少女说道：

“主公当然有他的深意。这件事关系到我们的生死存亡，所以主公极为重视，给你调集了五大杀手。听说姜古庄那小子取得了雕图和玉佩，现在江湖上除了本教，至少还有三股势力已参与到这件事。”

“李小二”暗想：原来天人妖僧、谭剑锋、段千仞、白小媚几人都是叫什么主公的派来的。他们消息还真灵通，我得到雕图和玉佩他们已知道。五位师父，神秘组织，不知还有哪一股势力未曾出现，这雕图和玉佩是“绝命魔尊”留下的，不知为什么那么重要，竟然关系到他们的生死存亡。

黑衣女子的口气突然一转，有些哀伤道：

“这实在也怪不得你，因为敌人太强了。不过，话是这么说，上官门主，你现在可有什么策略？”

上官慈连忙说道：

“属下无能，头脑简单，愚顽不化，想不出什么法子，还望左使指点一二。”

“李小二”听得有点肉麻，心想：这黑衣女子的身份定是极高，要不然上官慈用不着这么大拍马屁。

黑衣女子说道：

“你可别那么谦虚，既然如此，我只好代劳，不过——”

上官慈接道：

“左使运筹帷幄，决战千里，大智大勇，定有良策。请尽量吩咐属下，属下当全力以赴，万事会办得无往不利！”

黑衣女子笑道：

“你得想个法子，将‘江湖五怪’诱入我们埋伏中。”

上官慈为难道：

“那臭道士狡猾得很，只怕……”

黑衣女子点点头道：

“那就是说你已有高招了。”

上官慈迟疑道：

“如果左使有杀死他们的把握，咱们可以直接找他们挑战。”

黑衣女子叹息一声道：

“上官门主的意思是要我去向他们挑战。”

上官慈呆了一呆，道：

“属下不敢，只是……”

黑衣女子不耐烦道：

“我们就在此地埋伏，你们想法子诱他们到这里，不然……”

上官慈冷汗一冒，说道：

“属下遵命！”

接着，黑衣女子缓缓又道：

“上官门主，除了‘江湖五怪’，‘幽灵谷’附近可还有什么人？”

上官慈皱皱眉头，小心翼翼道：

“左使是不是已有明察？”

黑衣女子目光一凛，口气一变说道：

“上官门主，是我问你的话！”

上官慈诚惶诚恐道：

“是！属下无能，除了发觉‘江湖五怪’聚集严家寨，其他没有发现。”

黑衣女子说道：

“上官门主，主公一向不喜欢无能的人，我想你是应该知道的。”

上官慈听得一头冷汗，滚滚而下。

黑衣女子接着说道：

“上官门主，你可想知道？”

上官慈一抹额头上的汗水，恭敬答道：

“望左使指点属下。”

黑衣女子说道：

“除了‘江湖五怪’，至少还有两股势力潜伏在‘幽灵谷’附近。”

上官慈忽然间又出了一身冷汗，说道：

“他们可是为‘绝命魔尊’的宝物而来的？”

黑衣女子点点头说道：

“当然。”

转而又道：

“上官门主，你可知主公不容忍一个无能的人位居要职。”

上官慈说道：

“是，属下愿领责罚！”

黑衣女子叹了一口气道：

“我实在不愿责罚你，可是……”

上官慈赶忙爬在地上，叩头道：

“属下愿戴罪立功，还望左使恩典……”

黑衣女子稍一思索道：

“这样吧，明天日落之前，你把‘江湖五怪’诱入此地，然后生擒他们，我会尽力替你在主公面前开脱，或许能……”

上官慈如获大赦，说道：

“属下明白！”

黑衣女子说道：

“不是明白，而是一定要办到！”

顿了一顿，说道：

“好啦，就这么定了，你可以回去布置一下。”

上官慈忙说道：

“属下遵命，上官慈祝左使金体安康！”

说完退到殿门口，带着“王老大”和“李小二”两个仆人消失在夜色中。

三人一路急奔，一口气奔出了十几里路才停下，突然上官慈回身冷冷说道：

“我那两个仆人死了？”

“王老大”答道：

“对。”

上官慈说道：

“他们带着的两条藏犬，嗅觉灵敏得很，如果尸体藏在附近，很可能会被发觉。”

“王老大”微微一笑道：

“看来上官门主比我俩还要急。”

说着伸手一抹脸上的药水灰尘，显出虚无子的原形，姜古庄也恢复了本来面目。

上官慈目光一掠虚无子，道：

“两位都听到那左使的话了？”

虚无子道：

“听到了。”

上官慈说道：

“两位可答应与我合作？”

姜古庄冷笑一声，说道：

“合作？我恨不得马上把你毙于刀下！”

上官慈心想：师徒两人联手，我绝不是对手，心中大感震骇。

但他毕竟是常历凶险，久经大敌的人物，临危不乱，表面上还是十分镇静，说道：

“道长的意思如何？”

虚无子淡淡一笑，说道：

“这就要看上官门主了。”

上官慈怔了一怔，说道：

“看我？为什么？”

虚无子道：

“贫道想不明白，雕图、玉佩与江湖安危有什么关系？”

上官慈说道：

“道长是想知道雕图和玉佩的用途，恕难奉告。”

虚无子平静地说道：

“上官门主既然不愿告之，贫道也不勉强。但不知上官门主听命于何人？”

上官慈缓缓说道：

“能使我‘回天圣手’上官慈屈为下属的人，是什么分量，道长可以自己掂量掂量。”

姜古庄冷声说道：

“什么分量！哼！我看你只是一条哈巴狗而已！”

这正是上官慈的痛处，被姜古庄一语中的，顿时怒火万丈，气得浑身发抖。但他究竟是大奸大恶之人，无比愤怒下仍能控制情绪，仰天吁了一声，说道：

“人在江湖，身不由己！”

接着又道：

“虽说你们‘江湖五怪’神力通天，就算加上三大世家，九大门派，西域雄鹰，想和魔宫争斗，也无疑是以卵击石。”

虚无子见他对魔宫百般推崇，心中突然变得沉重，轻咳一声，说道：

“上官门主对魔宫如此推崇，想那魔宫必是一处天下闻名的所在？”

上官慈说道：

“道长身居五怪之首，以你的阅历，不知道魔宫所在？”

虚无子说道：

“上官门主过奖，贫道还真不清楚魔宫的所在？”

上官慈沉吟了一阵，说道：

“那是一片充满神秘和神奇的地方，三五个月内，可以造就一个出类拔萃的武林高手，可以把重伤奄奄一息的人立即复元，也可以使一个人在瞬间迷失自己的本性，忘记过去，忘记自己。”

虚无子呆了一呆，说道：

“真有这么神奇的地方？”

上官慈说道：

“不错，以我的震世医术，与他们相比就像小巫见大巫，那就是魔宫……但在我们，都叫它神宫！”

姜古庄忍不住说道：

“不知魔宫在哪里？”

上官慈目光一扫姜古庄，说道：

“姜少侠想去看看吗？”

姜古庄剑眉一挑，怒道：

“魔宫杀戮武林，就是龙潭虎穴，我姜古庄也要去闯一闯。”

上官慈说道：

“年轻人，自信过头了就叫自负!”

说完仰天长叹一声，言语中饱含酸楚。

虚无子察颜观色，发觉上官慈并非危言耸听，心头更见沉重，沉声说道：

“上官门主似乎在魔宫中混得并不得意?”

上官慈说道：

“不错，我上官慈在魔宫中只是一个微不足道的人物。”

虚无子低声说道：

“上官门主对魔宫，似有很深的仇恨?”

上官慈道：

“谈不上什么仇恨，魔宫使我一个手无缚鸡之力的江湖郎中，变成一个神功盖世之人，应该说感谢还来不及呢。不过，我只是想摆脱他们的控制。”

虚无子说道：

“是良心发现，还是想自立山头?”

上官慈避而不答，道：

“被别人控制就该不会是一件好事吧。”

虚无子步步紧逼道：

“雕图和玉佩可以帮助你摆脱他们的控制吗?”

上官慈淡淡一笑，道：

“道长对这事真是十分关心。”

接着望了望天色，说道：

“对于魔宫的事，我只能说这么多，如果你们想知晓更多，那就用雕图和玉佩交换。”

姜古庄怒目说道：

“要是我不答应呢?”

上官慈本能地后退一步，说道：

“不出三天，我相信你们会感到我的话绝非虚言，望诸位三思……”

话还未说完，飞跃而起，夜色中一闪不见，望着上官慈消失的背影，虚无子长长舒了一口气，说道：

“庄儿，我们走!”

话刚一出口，又马上一拉姜古庄的手，刹住身形，只见两条藏犬飞扑而至，紧接着段千仞和天人妖僧等到一行人衣袂飘飘，也到了两人跟前。

虚无子和姜古庄赶快低下头，幸好夜色如墨，段千仞一掠虚无子和姜古庄，冷冷说道：

“上官慈呢?”

虚无子一欠身，说道：

“门主发现一个可疑人影，追踪而去。我和李二功力不行，就在此等候门主。”

段千仞“嗯”了一声，手一挥，两条藏犬和一行人，痴如流星窜了出去。

直等到人犬远去，虚无子才低声说道：

“他们似乎发觉了什么可疑的事物……此地不可久留。”

两人各展身法，横渡一口水塘，才绕道回到严家寨。

严家寨大厅中灯辉煌，东方岳和“江胡四怪”都在大厅等候。

但座上已多出三位绿衫少女，一般年纪，一般身材，姜古庄似是在哪里见过，但一时半刻记不起来。

三位绿衫少女见虚无子进来，马上上前福了一福，说道：

“域外雄鹰堡三奴婢见过道长。”

虚无子哈哈一笑：

“域外雄鹰也派出了人手，真可谓消息通灵。”

顿了一顿，问道：

“你家小姐呢?”

其中一位答道：

“小姐遣我三位先来，估计很快会到!”

姜古庄这才想起，四年前，刘叔带自己远赴域外雄堡求医，堡主任秀敏还给了他一颗神丹，没想到他们也到了中土。

东方岳关心大局，立刻上前问道：

“姜大哥，你们见到什么？”

姜古庄叹了一口气道：

“咱们把上官慈看做了一个重要人物，其实，他只是魔宫里一个三流角色而已！”

东方岳一皱眉头，说道：

“这么说来，‘武圣门’背后还有一个更为厉害的组织叫——魔宫。”

虚无子黯然不语，似乎正在思索什么。

姜古庄把事情的详细经过说了一遍，全场的人个个听得目瞪口呆，半晌说不出一句话来。

良久之后，东方岳缓缓回顾了虚无子一眼，说道：

“道长，知道那魔宫所在吗？”

虚无子摇摇头，说道：

“我想不出有什么地方，能造就出这么一大批武林高手。”

东方岳皱眉沉吟了一画，说道：

“道长，我听爹说，江湖中有一座行天宫，听说在武林中甚有名望，是不是……”

虚无子说道：

“行天宫的道人们，在九大门派之外，独树一帜，有不少杰出人物，称誉武林。但百年以来，他们都闭门自守，很少在江湖上走动，近五十年来，也没听说他们扩展势力。”

东方岳说道：

“老前辈，晚辈听家父讲，还有一座朝阳宫的地方，会不会是他们所说的神宫。”

虚无子沉吟了一阵，说道：

“朝阳宫中都是一些看破红尘的读书人，他们闭关清修，不闻世事，很少和武林有什么联系。”

姜古庄插话说道：

“师父，那朝阳宫可古怪得紧。”

虚无子悠悠地说道：

“五十年前，我和你其他的四位师父到过一次朝阳宫，那地方和一般的道观相比规模颇大，景色秀美，简直可称得上巧夺天工。左边是高山仰止，飞瀑流泉；右边是个大水潭，潭中游鱼成伴，且全都是黑色。”

东方岳问道：

“那里面可有习武的地方？”

虚无子道：

“没有，但里面有一座巨大的藏书阁，藏书之数，可比得上皇家翰林院。”

姜古庄大是好奇，问道：

“都是什么书？”

虚无子说道：

“那我就不得而知了。”

接着又道：

“这次怕是我们武林正道和魔道一次最大的生死较量。”

三女子中左首一个起身来，说道：

“堡主得知中原武林这场浩劫，就亲自带我们三位急速赶来。”

姜古庄说道：

“自古以来，邪不压正，只要我们同仇敌气忾，一定能打败魔宫！”

三位少女得知姜古庄的身份，大感吃惊，左首的少女说道：

“这位就是‘中原剑魔’刘前辈带到我堡的那位姜少侠？”

姜古庄说道：

“姜某在此多谢任小姐施手相助，但不知三位姑娘怎么称呼？”

说话的少女道：

“姜少侠太客气了，我叫小红。”

说着伸手一指后面的少女介绍道：

“她俩分别叫小翠、小青。听我家堡主说姜少侠所中的摧心掌，除了合九大门派的内力，才能治愈，只怕……为此！我家小姐还一直挂念，没想到姜少侠……”

姜古庄好生感动，说道：

“小红姑娘言重了，后来我突遭奇遇，才逃过此劫，谢谢任小姐。”

正在说话间，忽见一个全身劲装的佩刀大汉喘着气，奔进大厅，严顺天一皱眉头，说道：

“什么事，这么慌张?”

他口中虽在责怪，但心中却是明白，定然发生了什么重大事故。

劲装大汉喘了一口气，说道：

“寨主，我看到了三道火花……”

严顺天大感意外，但还是平静说道：

“三道火花，有什么值得大惊小怪的?”

姜古庄霍然起身，说道：

“严寨主，连发三道火急信号，定有变故，晚辈去看看。”

说着转身向外行去，只听一阵哈哈大笑道：

“不劳姜师哥，我小叫化子来也。”

说完人影一晃，一个蓬头垢面，身着浅灰大褂的小叫化子，飘然进入大厅。

“独臂神丐”喝道：

“铁成，我叫你办的事办好没有?”

铁成从怀里掏出一瓶酒来，说道：

“师父，这可是我从西夏国偷来的千年御酒。”

说完一拔瓶塞，酒香四溢，“独臂神丐”飞身扑过，一把抓住酒瓶，一拍铁成肩头，手舞足蹈，叫道：

“铁成，这次可为师父立了大功，待会儿师父我教你两招!”

说着和“不戒酒僧”两人你一口，我一口喝了起来，不住大赞：“好酒！好酒!”

众人无不相视而笑。

虚无子突然问道：

“铁成，刚才那三道火急信花，可是你施发的。”

铁成说道：

“小侄只放了两个，另一个不知是何人施放的。”

虚无子一皱眉头道：

“什么意思？”

铁成答道：

“小侄发觉东西两面，有人影晃动，本想出手拦截，却想到一动手，就可能打破了师父的酒，心中一急，便发出两道火急信花。”

虚无子急问道：

“那第三支火急信花是谁放的？”

铁成说道：

“是从正南方的一片树林发出的。”

虚无子面容一肃道：

“这么说出来，正南方也有敌人埋伏。”

突然，“独臂神丐”满面红光道：

“臭道士，你不要埋怨我徒儿，他是怕打坏了我的酒，我叫化子出去看看是些什么兔崽子！”

说着人影一晃，已破窗而去……

“独臂神丐”喝了西夏国的贡酒，豪性大发，破窗而出，一溜烟地消失在夜色之中，众人相顾骇然，连虚无子阻拦都来不及。

铁成望着夜色，又望了望虚无子，说道：

“我去将师父找回来？”

虚无子说道：

“不行，老叫化子走了，贫道就不能不管你了。”

铁成连忙说道：

“师叔，我……”

姜古庄轻轻一扯小叫化子的衣服，铁成才把欲待出口的话，硬是咽了下去。

虚无子尽量保持镇定，但姜古庄看出他一直目光不定，眉头深锁，心头显然存有无比的纷乱。

虚无子环视了众人一眼，缓缓说道：

“庄儿，未得我的允许，任何人都不许轻易离开。”

姜古庄一欠身，说道：

“弟子遵命！”

虚无子的目光又转到严顺天夫妇脸上，一挥手，说道：

“年纪老了，不中用啦，我先去休息一下。”

严顺天一抱拳道：

“道长请便……”

目光一掠其他人，又道：

“诸位少侠，我也该休息了。”

其他“江湖四怪”也纷纷进去休息，大厅中，只余下了七个年轻的，姜古庄反觉轻松多了。

年轻人朝气蓬勃，虽没有老年那份老成持重，但坐在一起已是豪气横生。大家都是第一次见面，不仅没有一丝生分的感觉，反倒觉得相见如故。

七人正谈得热火朝天时，突然一声厉啸传了过来，一起数和，此起彼落，姜古庄脸色一变，说道：

“看来，考验我们几位小辈的时刻到了。”

话未说完，一条人影，疾如鹰隼，直冲而来。

姜古庄飞身而起，迎了上去，来人有如一只巨鸟，不但动作迅快，而且灵巧得很，他没有硬接姜古庄的掌势，凌空翻了一个筋斗，横出七八尺，才飘然落地。

是一个全身黑衣，身佩长剑的年轻人。

姜古庄身躯一转，落在黑衣人的身前，厅中的少侠都是名门之后，“刷”的一声，将来人围在核心。

黑衣人只不过二十三四岁，除了脸色略现苍白之外，长得极是英俊，目光环视了众人一眼，镇定地说道：

“哪位叫铁成？”

大家甚感愕然，铁成说道：

“是我！”

黑衣人望着他说道：

“乔老三是你什么人？”

铁成心头一震，顿时满脸大汗，说道：

“我师父怎么啦？”

黑衣人冷笑一声，说道：

“你想不想救他性命？”

铁成大惊，喝道：

“你是什么人，敢到这里来瞎讲？凭你们也能对我师父怎么样！”但语气已是大为恐慌。

黑衣人没理会铁成，转头问道：

“域外雄鹰堡的三剑女在吗？”

三剑女立刻感到了什么，小红镇定说道：

“什么事？”

黑衣人说道：

“三剑女怎么就你一个人？”

小红轻轻吁了一口气，很柔和说道：

“我是三人中的大姐，有什么事我可以做主。”

黑衣人点点头说道：

“那么还有一位任秀敏，你们认识吗？”

三剑女齐声惊呼，小红再也镇定不起来，叫道：

“我家堡主在哪里？”

黑衣人语气冷漠道：

“和乔老三一样，被我囚了起来。”

众人相顾失色，姜古庄大为震惊，接口道：

“你是谁？”

说着提气于身，准备随时出手。

黑衣人目光转注到姜古庄的脸上，反问道：

“你是谁?”

姜古庄说道:

“姜古庄!”

黑衣人冷冷说道:

“听说你武功不错?”

姜古庄笑了笑，说道:

“比起你差远了。你能将‘独臂神丐’和任秀敏堡主囚起来，世上恐怕再也找不出第二个来。”

黑衣人冷哼一声道:

“看来你是怀疑我的话。不过，我只讲一点，乔老三被我擒的时候，手里拿着一瓶西夏贡酒。”

众人闻言大惊，黑衣人又道:

“在场的都是名门少侠，我当大家面讲，决不会伤害两位，只要姜少侠答应和两位交换一下就行。”

姜古庄说道:

“怎么个交换法?”

黑衣人哈哈一笑，说道:

“很简单，这生意对你们是稳赚不赔，只要姜少侠陪我们去，我马上放了乔老三和任秀敏。”

刘雪柔闻言已是花容失色，紧紧拉着姜古庄的手，喝道:

“我们怎么相信你?!”

黑衣人说道:

“信不信由你。”

铁成已是大急，打狗棒一横，就要上前，被姜古庄伸手拦住，说道:

“师弟，不可性急!”

黑衣人哈哈大笑，道:

“对，还是姜少侠识时务。在场的任何一位，相信都能杀了我，不过，乔老三和任秀敏就会被乱刀分身!”

三剑女骇然失色，小红喝道:

“好卑鄙的手段。”

黑衣人一抱拳道：

“过奖，所以我奉劝各位不要动什么歪心思，因为有了乔老三和任秀敏两位人质在我手里，我才敢闯这龙潭虎穴，所以，还望姜少侠早作决定。”

姜古庄略一思索，笑道：

“我答应你！”

刘雪柔忙说道：

“庄哥哥，我同你一起去。”

其他五位忙说：

“我们也要去。”

黑衣人哈哈一笑，说道：

“好！人越多越好，你们一个一个地走过来，先男后女。”

铁成一挺胸，大步走了过去，黑衣人背手而立，突然喝道：

“举起手来！”

铁成无可奈何地举起双手，黑衣人突然欺身而上，五指一并，快速绝伦地点了铁成双臂的穴道。

姜古庄冷眼旁观，发现那黑衣人动作快速无比，来去如电，不禁暗暗皱了一下眉头。

黑衣人点了铁成穴道，又冷说道：

“下一位！”

东方岳哪受过这般气，年轻气盛，双目似要喷出火来，暗中运聚真气，准备出手。但见黑衣人得意大笑，右手一晃，长剑闪电般挥出，冷森森的剑尖已然抵到铁成胸前。

东方岳骇然停手，喝道：

“你要干什么？”

黑衣人厉声道：

“只要有一人想打什么主意，耍什么花招，这位小兄弟就会死在我的剑下。”说着剑尖往前递了半分。

姜古庄冷冷说道：

“杀了铁成兄弟，怕不是你的目的。”

黑衣人诡秘一笑，说道：

“当然。不过把我逼急了，什么事都会发生，这一切全在你姜少侠！”

姜古庄淡淡一笑，举着手走了过去，黑衣人左手长剑，仍然抵在铁成胸前，右手暴长，点了姜古庄三处穴道。

黑衣人收回长剑，目光转到东方岳脸上，说道：

“该轮到东方公子！”

东方岳说道：

“老子不吃你这一套，要想带老子走，必须先胜了我！”

说完摆了一个剑式。

黑衣人不理会他，长剑一转，抵在姜古庄胸前，说道：

“东方公子，所谓人在屋檐下不得不低头，放下你的臭架子，这里不是东方堡，别做出对不起朋友的事。”

姜古庄叹息一声说道：

“东方兄弟，此事与你无关，你用不着卷到这里面来。”

东方岳忽然傲然道：

“姜大哥，你这是什么话，未免太小看我东方岳，我今天豁出去了。”

说着举起双手，走了过去。

接着刘雪柔、小红、小翠、小青一一被黑衣人点了穴道。

黑衣人仰天大笑一声，说道：

“委屈七位了，尤其是这位东方公子。”

东方岳怒目而视，冷哼一声，并不答话。

姜古庄淡淡一笑，说道：

“现在你该心满意足了吧，应该告诉我们你的名字！”

黑衣人得意说道：

“虚伪公子，你们听说了吧？”

姜古庄怔了一怔，说道：

“虚伪公子？”

说着转头向其他六人看了看，六人相顾摇了摇头。

虚伪公子微微一笑道：

“你觉得这名字很奇怪，是吗？”

姜古庄说道：

“虚伪公子，果然人如其名，佩服佩服！”

虚伪公子不以为耻，反以为荣，笑道：

“多谢姜少侠夸奖！”

姜古庄问道：

“虚伪公子是神宫的人？”

虚伪公子脸色微微一变说道：

“姜少侠，一个人知道太多不好。好，咱们该上路了！”

说着用剑尖抵着姜古庄的咽喉，带着七人出了严家寨，一口气行了五六里路，除了双臂无法动弹之外，其他部位都能活动自如，但姜古庄、东方岳都是身负盖世神功的一代少侠，却不能冲破被封穴道。

东方岳低声说道：

“姜大哥，这点穴的手法可奇怪得紧！”

声音虽低，但那虚伪公子听得清清楚楚，冷冷接道：

“这是我们独门点穴手法，天下绝无仅有。所以你们就算内功了得，也是惘然！”

言语之中，甚是得意，顿了一顿，拉着又道：

“你们穴道被点，我不会让大家受苦的，特地为你们准备了一辆马车。”

但听他呼啸一声，不远处的深草丛中，突然冲出一辆大马车。

那马车隐在草丛中，经过伪装，如果不留心，很难被发现。

虚伪公子笑道：

“起先我只以为只能请到姜少侠一人，没想到大家以义气为重，一下子来了七人，只有委屈各位挤一挤。”

姜古庄回目一顾，只见那赶车的大汉，生相十分怪异，一头乱发，胡须密布，几乎遮住了五官，只露出一双精光闪闪的眼睛，一看就知道是个内功深厚的高手。

七人挤在车厢里，那赶车大汉长鞭暴响，马车向前飞驰。

虚伪公子在一旁纵马说道：

“我提醒大家一下，那帘门上有剧毒，沾手就中，亦无解法。”

七人一听，不由心里一凛，他外号叫虚伪公子，你也不知他说的话是真是假，但谁不敢再动手掀开那车门帘。

四厢里一片漆黑，看不清各自脸上的表情，七人默不作声。

姜古庄闭上双目，运气解穴，大约过了一顿饭的工夫，终于以浑厚的神功内力冲破了虚伪公子给封三处穴道。

虚伪公子的点穴手法是一种十分奇特的点穴手法，可他绝对没想到姜古庄已服了“夺命神尼”炼的千婴神元，身上聚集了三甲子的功力。

东方岳是闻名天下的东方世家的公子，一身功力自得真传，已是惊世骇俗。但和姜古庄相比，却不能相提并论。所以不能自身冲开被封穴道，寂坐之间，突然感到一股奇强的内力直透百汇和命门，真气立刻冲破被封穴道，本能地长长吁了一口气。

如法炮制，姜古庄帮助余下的五人一一解开穴道。

东方世家原以武功广博闻名于世，但东方岳却不能自身解穴，不由对姜古庄又暗中多了一份敬佩。

姜古庄以传音入密的方法对六人说道：

“咱们这次被人控制，目的是救出任小姐和乔老前辈，现在大家穴道已解，千万不要被对方发觉。”

东方岳心中更是感到骇异，要知道传音入密本身就需用高深的内力，但也只能以一对一的方式说话。而姜古庄却分明用“咱们”和“大家”的字眼，显然是对六人一齐说的，这是何等的内力！

正要说话，只听见姜古庄一缕细线的声音钻入耳朵，说道：

“东方世家中很少受人侮辱。待会儿，咱们可能会受到更厉害的侮辱，望东方兄多多忍耐！”

东方岳微微一笑，说道：

“东方岳听姜大哥的！”

这时车外忽然传来赶车的大汉“吁”的一声，马车突然停下。

虚伪公子的声音在外说道：

“大家在车中的表现，令我非常满意，但希望大家捧场捧到底。现在给大家七条布带，各人把自己的双眼蒙起来，一定要封得严密。如果哪一位要什么小聪明，别怪我挖了他的眼珠子！”

说着递进了七条黑布带。

过了一会儿，虚伪公子又道：

“先女后男，自行举起手，走出来！”

七人依言走了下去，不一会儿，感觉中已进入一座房子中。

虚伪公子说道：

“好，委屈各位了，现在到了你们该到的地方，可以解下黑布条。”

姜古庄只觉得眼前一亮，游目四顾，发现七人已在一间很宽敞的大厅里，厅中金壁辉煌，布置极为豪华，到处安着珍珠玛瑙这类的东西，熠熠发亮。比皇宫之内还要富丽堂皇，真不知这是一处什么地方。

铁成大声叫道：

“我要见我师父！”

虚伪公子微微一笑，说道：

“好！我先带你去见乔老三！”

铁成是“独臂神丐”一手带大，师徒情深，一直担心师父的安危，嚷着要见师父。没想到虚伪公子满口答应，反而有点惊咤。

姜古庄说道：

“我和铁成一起去见师父！”

虚伪公子摇摇头说道：

“抱歉。该轮到姜少侠，自然会让你去的，希望姜少侠遵守这个游戏规则！”

说着带着忐忑不安的铁成，直向一处厅角行去，只见他举手在厅角的石壁上，轻叩几下，突然，光滑完整的石壁开启了一座门洞。

虚伪公子带着铁成，进入那门洞，门洞马上关闭。姜古庄站起身子，快步跟了过去，依法敲了两下，但门洞没开。

突然，一声冷厉的声音，从大厅的一角传了过来：

“你们不要到处乱动，这座大厅里，机关重重，受害的反而是你们自己！”

姜古庄茫然四顾，找不到那声音的来源，喝道：

“什么人？”

冷厉的声音道：

“管理这宅子的人！”

姜古庄叹了一口气，用传音入密的功夫对五人说道：

“目前的情况，我们只能以不变应万变，看对方出什么招式，大家千万要冷静，不可乱来！”

五人都不约而同地点了点头。

“嚯”的一声，六人连忙回头，只见暗门开启，虚伪公子缓步而出，面含微笑，目光一掠六人，道：

“哪位先去看任大小姐？”

小红站起身来说道：

“我去！”

虚伪公子突然脸色一肃，冷哼道：

“这地方机关甚多，步步凶险，姑娘最好能紧跟本公子身后。”

小红微微一笑，道：

“当然！”

说着紧跟在虚伪公子的身后，虚伪公子一言不发，带着小红走进另一扇洞门。

姜古庄四顾一眼，低声说道：

“我们一举一动，都在敌人的监视之中，所以我们只能小声交谈，那虚伪公子似是在有计划地分解我们！”

刘雪柔紧张道：

“他们会不会杀害铁成和小红？”

姜古庄肃然说道：

“不会。”

话虽这么说，但他此时心里一点底也没有。可若是自己此时不稳定，女孩子一急起来，就砸锅了。所以这句话实则是安慰大家，以稳定军心。

小翠焦急说道：

“我们该怎么办呢？”

姜古庄说道：

“走一步说一步。目前主动权操纵在别人手里，我们只能见机行事。”

顿了一顿，又道：

“幸好，我们穴道已解，那虚伪公子还没发觉，我们耐心一点，相信一定有反击的机会！”

东方岳说道：

“他们将我们一个个的分开，我们怎么反击？”

姜古庄沉吟一阵，将四人聚拢，悄声说出了自己的想法，四人点头称是，这时虚伪公子已大步而去。

小翠微笑道：

“我家小姐怎样？”

虚伪公子狡黠一笑道：

“我看你们一点也不担心，是不是已有什么奇招制胜？”

姜古庄淡淡说道：

“苦中作乐，我们还有什么办法，既来之，则安之嘛！”

虚伪公子说道：

“好！大丈夫能屈能伸，姜少侠有度量，比起那东方世家公子猴急猴急的境界可高得多。”

东方岳勃然大怒，霍然起身，似要发作，但姜古庄一把拉住。

虚伪公子笑道：

“东方公子，我可是实话实说，你想存心和我较量，但现在还为时过早！”

说着不理东方岳，转向小翠道：

“你家小姐很好，你师姐小红已和他见面了，姑娘是不是也去看看她？”

小翠笑道：

“不啦，师姐去了就一样，我等她回来再去。”

姜古庄说道：

“你对我们戏耍的也该够了，人为刀俎，我为鱼肉，但也不能太过分了。你打算如何处置我们，可以打开窗户说亮话，何必要做得这么神秘兮兮呢？”

虚伪公子道：

“条件很简单，只要姜少侠答应归依在本公子座下，我担保放了任大小姐和乔帮主。”

姜古庄说道：

“假如我答应你，你会不会相信呢？”

虚伪公子大感意外说道：

“只要姜少侠答应，其他的一切就不用姜少侠操心了。”

姜古庄说道：

“好！我愿意试试！”

虚伪公子突然提高声音，说道：

“请执礼法师！”

姜古庄游目四顾，只见另一处厅角，开启了一道门洞，缓缓行出一个发须如雪的老者，无法看出他的年龄，寿眉盖目，身躯高大，像传说中的南极仙翁。白发老者身后，跟着一个紫衫少女，手里托着一个木盒。

虚伪公子对老者似是极为敬重，微微一笑说道：

“有劳法师！”

白发老者说道：

“这是我应该做的……”

语气一顿，又道：

“哪一位要入本门。”

虚伪公子目光一掠姜古庄，说道：

“姜少侠请出来吧。”

姜古庄仔细观察老者和少女，他俩从出来到说话没看一眼众人，似乎大家都不存在，脸上也没任何表情，心里大感纳闷，只好缓缓走出。

长眉老者依然低眉垂目，缓缓说道：

“你要加入本门？”

姜古庄笑道：

“我并未完全答应。”

长眉老者一点表情也没有，说道：

“什么意思？”

虚伪公子一愕道：

“姜古庄你怎么出尔反尔，刚才不是你答应的吗？”

姜古庄说道：

“我只是说试试而已！”

长眉老者摇摇头，说道：

“公子！别人还没完全同意，本府就不能执行入门之礼了！”

虚伪公子对老者一抱拳，说道：

“有劳法师回驾，等我说服他们，再请法师出手。”

长眉老者微一颔首，转身而去，紫衫少女双手捧着木盒，紧跟在老者后面，虚伪公子直待两人消失在厅角门洞之后，才缓缓回过头望着姜古庄，说道：

“姜少侠，高明啊！我几乎上了你的大当。”

姜古庄一直注意老者，几乎和虚伪公子同时转过脸，四目相对，姜古庄平静道：

“公子太高估了我姜古庄！”

虚伪公子冷哼一声，说道：

“我确实看走眼了，想必你已自行解开穴道。”

“道”字将落，虚伪公子突然欺身跨步，一掌拍向姜古庄的前胸。

事先无半点征兆，出手如电光火石一般，姜古庄身子微侧，缓缓一转，让过了虚伪公子一掌。

但虚伪公子双掌连环劈出，一掌快过一掌，一口气攻出了十八招。

姜古庄未还一招，只凭仗着快速奇妙的步法，避开了虚伪公子的十八掌。

虚伪公子突然收住掌势，双目中大是恐惧，说道：

“你怎么不还手！”

姜古庄笑道：

“该出手时就出手，现在还不到时候！”

虚伪公子突然抽出腰间的长剑，说道：

“姜少侠身法高明得很，但不知剑上造诣如何？”

姜古庄说道：

“我用刀。不过，在和公子比斗之前，希望和公子来赌一把。”

虚伪公子一惊，说道：

“怎么个赌法？”

语气中竟是对赌博极感兴趣。

姜古庄说道：

“如果我输了，我答应加入你门下，毫无怨言。”

虚伪公子说道：

“你说话可算数？”

姜古庄哈哈大笑道：

“我的外号可不叫虚伪公子，大丈夫一言既出，驷马难追，哪有不算数的！”

虚伪公子大叫道：

“好，本公子一生无别的嗜好，就是好赌。咱俩一言为定，要是我输了，就带几位去见乔老三和任大小姐。”

说着“刷”的一剑，便向姜古庄刺了过去，这一招出手既稳且劲。

姜古庄一闪身，剑锋从他右臂之侧刺过，相距不过四寸。

姜古庄大惊，血刀出鞘，待虚伪公子的第二剑刺来，举刀还击。

虚伪公子剑尖一点，长剑横挥过去，一招“长河落日”。

姜古庄见他来势甚凶，闪身又避开。虚伪公子一招未曾使老，第二招“镜旭快目”剑尖直刺姜古庄双目，姜古庄忙提足后跃。虚伪公子跟着第三剑又已刺出，姜古庄举刀一撞，“当”的一声，两人倏然分开。

虚伪公子长剑圈转，飞身扑上，银星点点，剑尖连刺七个方位。

就在眼花缭乱之际，姜古庄一声清啸，一招龙飞凤舞，血刀上挑，已指住了虚伪公子的前胸。

虚伪公子大骇，因为他根本没看清姜古庄是怎样使出这一刀的，不由得脸色大变，长剑下垂，颓然说道：

“我输了。”

姜古庄笑了笑，回刀入鞘，说道：

“多谢，承让！”

虚伪公子脸色极是难看，说道：

“是我败了，当然要履行诺言。”

众人见他说的真诚，心里反而不大平静，心想：一个人自号虚伪公子，知道他哪句话是真，哪句话是假，都感有意外之意。

虚伪公子不在乎他人的诧异，转身向前走去，一面说道：

“我替各位带路。”

只见他举手在大厅的壁角轻叩几下，好好的壁角，突然又洞开一道门户，虚伪公子一欠身，说道：

“五位请！”

姜古庄心想：难道大厅都是空的不成，但还是举步而入。

一路行走，是一条很窄的甬道，但转了两道弯后，地势突然空旷，好一个大厅。

严格地说来，这不算一间大厅，因为，这是一间很奇怪的建筑，整个大厅成一个半月形，而且到处都是门窗。

半月形大厅的布置更为考究，红毯铺地，琉璃灯，太师椅，八仙桌，且香气四溢。众人不由暗暗称奇，想不到竟有这么一个神奇的所在。

姜古庄不知道这是什么地方，但却根据马车行走的时间，相信此地离“幽灵谷”不会太远。

奇怪的是，半月形的大厅里一个人影也不见，静悄悄的。

正在惊讶疑惑间，虚伪公子举步走到一房门前，伸手一推，五人跟着进入。

里面赫然出现一间厢房，这是一间布置得很幽静的小室，里面充满脂粉味，倒像一个少女的闺房，十分整洁。可一个头发花白，面如孩童，脏衣破鞋的老叫化子盘腿坐在小榻上，真是不伦不类。

在“独臂神丐”一侧，居然坐着一位妙龄紫衫少女。

众人看到这个场景，无不感到意外，是一个极不和谐画面。

虚伪公子轻轻咳了一声，说道：

“你先出去！”

紫衫少女打量了姜古庄一眼，缓步退了出去。

虚伪公子淡淡一笑，说道：

“乔帮主，你睁开眼睛看看，什么人来了！”

“独臂神丐”仍然紧闭双目，说道：

“我不用睁开眼睛，就知道你是什么人。”

姜古庄上前说道：

“师父，庄儿来了。”

“独臂神丐”霍然睁开双眼，两道目光盯在姜古庄的脸上，说道：

“庄儿，你怎么来了？”

姜古庄说道：

“铁师弟也来了，师父没见过?”

“独臂神丐”说道：

“见过了。没出息的东西，见到我老叫化子就一把鼻涕，一把眼泪地哭起来，没有一点大丈夫气概。”

姜古庄心想：铁成师弟性情中人，见你困在这里，怎么不哭?你还好，反说人家不丈夫，但口中说道：

“师父，他们没对你怎样吧?”

“独臂神丐”冷哼一声，说道：

“没对我怎样，我岂肯坐在这里任他们摆布。”

姜古庄望了虚伪公子一眼，说道：

“师父，你伤在何处?”

“独臂神丐”一生豪情冲天，竟然忍不住叹了一口气，说道：

“唉，腿上被人点了穴道。”

姜古庄心想：凭师父盖世神功，一般的人点穴是根本奈何不了他。这说明点穴手法绝对是厉害至极，一个内家高手若真气无法提聚，使与普通人没有什么区别了。

第十章　六合神指

姜古庄回顾虚伪公子说道：

“你是怎样害我师父的？”

虚伪公子笑道：

“姜少侠找错人了，伤乔帮主另有其人，你太抬举我了，我是不能施这种六合神指的！”

姜古庄一惊，从虚伪公子的话来讲，伤师父的不是他，六合神指倒听人说过，是一种极其深奥的武功，但虚伪公子在场，又不便问。

虚伪公子在一旁冷眼旁观，接道：

“几位想不想看一看任大小姐。”

姜古庄对“独臂神丐”一眨眼睛，说道：

“师父，你多保重，我们去了。”

“独臂神丐”一愣，接着大声说道：

“你们回去告诉臭道士，要他放上一百二十个心，老叫化子就算是被点天灯，挫骨扬灰，也不会告诉他们想知道的事情！”

姜古庄笑道：

“知道了！”

说着看了“独臂神丐”一眼，紧随虚伪公子，出了室门，姜古庄说道：

“公子，我有一句忠告！”

虚伪公子一愣，说道：

“姜少侠请讲！”

姜古庄缓缓说道：

“我师父一生义薄云天，生平不喜女色，所以我建议，最好能换一个男人照顾我师父。”

虚伪公子一阵尴尬道：

“姜少侠会错意了，这里我做不了主，我只是奉命行事！”

正说着，只见虚伪公子又推开一房门，转了一个圈子，又向另一条甬道走去，这地方虽不大，建筑都是一般规模，七弯八转，走了一会儿，虚伪公子突然停下脚步，推开一扇门，说道：

“到了！”

姜古庄心想：这虚伪公子一切都是奉命行事，不知他和“回天圣手”上官慈是什么关系，于是问道：

“公子可认得‘回天圣手’上官慈？”

虚伪公子一愣，转而笑道：

“恕难奉告！”

小翠已在两人一问一答之间，抢步进去，只见任秀敏秀眉瑶鼻，十分俏美，但却微微颦起柳眉，似乎有无限的心事。在她的一侧，坐着一个紫衣英俊少年。

东方岳从没想到“域外神鹰堡”的堡主，竟是如此美艳，不由惊呼一声，马上感到自己失态，接着又干咳一声。

任秀敏听到声响有异，微睁凤眼，微微一惊，说道：

“小翠、小青，你们也来了！”

小翠和小青快步奔过去，早就眼圈发红，呜咽道：

“小姐，你……”

任秀敏目光后越，问道：

“这两位是……”

小翠答道：

“哦！这位是三年前到我堡求医的姜少侠。”

任秀敏俊脸微露意外之色，说道：

“姜少侠，你那‘摧心掌’已治愈，真是一个奇迹，我为你感到高兴。”

姜古庄一阵感动，说道：

“多谢任小姐。”

任秀敏见刘雪柔在一旁噘着小嘴，淡淡一笑，说道：

“想必这位美如仙子的姑娘就是姜兄以前所提的雪柔吧？”

刘雪柔俏脸一红，睨了一眼姜古庄，说道：

“见过任小姐。小姐可别损我，和小姐比起来，我雪柔可无地自容了。”话是这么说，但刘雪柔心里已是甜美如蜜。

任秀敏答道：

“别这么小姐小姐的叫，多生分。你就叫我敏姐，我称你为柔妹，多好！”

刘雪柔忙叫道：

“敏姐，认识你我很高兴！”

任秀敏莞尔一笑道：

“柔妹，我也一样！”

姜古庄见两人初次见面就这么姐啊妹啊的，心里大为诧异，心想女孩子的确奇怪，只听过英雄惜英雄，哪有美女惜美女的，但心里很高兴。

小翠说道：

“这位是东方世家的公子东方岳。”

任秀敏望了一眼东方岳，说道：

“名门之后，人中之龙，我任秀敏今天在这里有幸碰到东方公子，真是欣喜！”

东方岳听她这么一讲，忽露儿女之态，忸怩道：

“任小姐言重了。”

任秀敏正要说话，突然那一侧的紫衣少年，叹了一口气，说道：

“姐姐，喝不喝一杯莲子糖。”

任秀敏马上脸上一寒，柳眉一紧，说道：

“谁是你姐姐，你走开，我一看到你就觉得恶心！”

紫衣少年一点也不生气，微微一笑道：

“只要姐姐肯说话，不管怎样难听，都不要紧!”

任秀敏冷哼一声，不再理他，虚伪公子目注紫衣少年，说道：

“你先下去。”

紫衣少年对虚伪公子一欠身，走了出去。

姜古庄望着紫衣少年的步态，惊道：

“这人是男还是女的!”

几位少女听了“扑哧”一笑。

虚伪公子却哈哈一笑，说道：

“他是缺少一点男子汉气概，但是我们费了不少苦心训练出来的专业人才，带一点柔媚，嘴巴甜的男人，有时更容易讨女人欢心，对不对?”

任秀敏杏目圆睁，叱道：

“恶心!”

虚伪公子笑道：

“任大小姐不要生气嘛。如果不合任大小姐的胃口，我马上给你换一个阳刚之气、高大威猛的过来。”

小翠和小青马上抽出长剑，说道：

“你敢羞辱我家小姐!”

虚伪公子摇摇手，后退一步，笑道：

“本公子知趣，你们慢慢聊，我还有要事要办，不打扰你们。”

说着带上房门，走了出去。

姜古庄知道，这座古怪的建筑，似乎是一座地下宫殿，像迷宫一样，没有虚伪公子带路是不能走出去的。

虚伪公子刚刚出去不久，任秀敏突然说道：

“小翠，快杀了我!”

小翠和小青听了都是一怔，刘雪柔在一旁说道：

“姐姐你是不是被六合阳神指伤了?”

任秀敏点点头，说道：

“姐姐不但被废了武功，而且几处主要穴道被封，不仅不能和人家动手，连寻死的能力也没有，所以……”

刘雪柔忙安慰道：

“姐姐，乔老前辈也和姐姐的情况一样，我们这次……”

任秀敏道：

“柔妹，那不同，乔老前辈毕竟是个男的……”说着眼光不与人正视。

姜古庄听了心头大震，突然想到那紫衫少女和俊男。

难道这是他们的手段之一，以一个女孩子的身份，如非是情形急恶万分，决不肯说出这样的话来，想到这里，姜古庄不由安慰任秀敏道：

“任堡主，我们这次来，就是为了救你和师父出去的！你千万不要灰心。”

任秀敏眼睛一亮，说道：

“你们想把我俩带走？”

姜古庄坚毅地点点头，说道：

“对，要不是心怀此意，我们决不会被他们抓来，既然来了，我们就是想尽办法，也要闯出去！”

东方岳不觉担扰道：

“姜兄，这地方这般诡秘，就怕硬闯会弄巧成拙，反而……”

姜古庄说道：

“形势逼人，由不得多虑……”

忽然低下声说道：

“情况已是万分危急，我们必须当机立断，虚伪公子一进来，我们就立刻制住他，迫他带我们出去！”

接着又吩咐道：

“大家尽量保持镇定，敌人狡猾得很，不能让他有所警惕，东方兄你守在门口……”

姜古庄刚一吩咐完，室外便响起了脚步声。

门刚一推开，虚伪公子突然欺进，一指向姜古庄胸前点去。

这下大出众人意料之外，没想到虚伪公子抢了个先机，四位少女不由一声惊呼。

可更令人惊奇的，是姜古庄竟能在这突变中将身子向后倒仰，虚伪公子一招落空，冷哼一声，疾向门外退去。

姜古庄在一瞬间马上挺身上前，一掌拍去。

虚伪公子只觉得身后一股掌力拍了过来，内夹排山倒海之劲，但隔得近，空间小，又不能闪避，不得不挺身硬接了一掌，“砰”的一声大震，虚伪公子退了两步。

步子还未站稳，身子一侧，突然向外冲去，东方岳拦在门口，欺身而上，迅速点了虚伪公子身上的两处大穴。

这几下只是在一眨眼间的工夫完成的，虚伪公子扑倒在地，东方岳还不解恨，赶上去踩了两脚。

虚伪公子反而笑道：

“东方公子，你这人怎么这般鸡肠狗肚，踩我两脚，心里就舒服了？这般没肚量，怎么能在江湖上混。姜少侠，我智不如人，我既落你手，你有什么条件尽管提出来。”

东方岳年纪轻，用意本是如此，被虚伪公子挖苦一通，恨不得扑上去咬他两口。姜古庄一碰他胳膊，说道：

“我要你将我们平安地送出去，包括乔帮主和任大小姐！”

虚伪公子说道：

“你以为现在就可以威胁我？”

姜古庄笑道：

“这不叫威胁，这叫以其人之道还治其人之身！”

虚伪公子答道：

“要是我不答应呢？”

姜古庄说道：

“一个人可以说上一千句谎言，但他只能死一次。公子是个聪明人，不会不明白这个道理的！”

虚伪公子哈哈一笑道：

“佩服！佩服！所谓愿赌服输，姜少侠，我答应你！”

姜古庄回头说道：

“任堡主，我们走！”

任秀敏叹了一口气道：

“我已不能走动！”

刘雪柔说道：

“姐姐我来背你！”

虚伪公子说道：

“慢，我还没提条件呢。”

姜古庄微一沉吟，说道：

“好吧，说说你的条件。”

虚伪公子说道：

“姜少侠，我把你们送出去，你打算如何对付我？”

姜古庄笑道：

“大丈夫恩怨分明，只要我们能平安离开此地，我担保公子无事。”

转而，又道：

“不过，要委屈公子一下！”

同时，已解下虚伪公子身上的腰带，捆在虚伪公子的颈上，然后牵在自己手上，说道：

“好啦，条件也谈了，你带我们出去。”

不一会儿，一行七人已到大厅，大厅里静悄悄的，虚伪公子提高声音喊道：

“放了乔帮主、铁成、小红三人！”

没人回应，也无人现身，但片刻后，三人各由一道门洞，缓步走出。

虚伪公子哈哈一笑，说道：

“姜少侠，我这做法够明快吧，输了要认，栽了要服，你现在可以带他们走了！”

事情的变化，确出姜古庄的意料之外，想不到虚伪公子作风倒蛮磊落。

姜古庄口气缓和道：

“做箩要封口，送佛送到西，还得麻烦公子送我们一程。”

虚伪公子说道：

“想不到姜少侠少年老成，我低估你了。”说着举步前行。

群豪随着虚伪公子身后，穿过一条极窄的地道，地道很长，足足走了一顿饭的工夫，才到尽头。

登上石阶，推开一个石门，立刻就有一阵光亮透入。

群女欢呼雀跃，重见天日，外面已是夕阳西斜。

姜古庄留心周围的环境，四周一片古柏森森，已然站在山腰，不由大为吃惊，那神奇的宫殿差不多占据了整座山。

虚伪公子说道：

“姜少侠，你现在可以安全离开这里，我相信姜少侠的为人！”

姜古庄笑了笑，解下腰带，伸手在虚伪公子身上拍了七掌。

虚伪公子一运气，觉得穴道已解，说道：

“多谢。不过，这只是第一回合。”

说着突然一带石门，人也缩了回去。那石门之上，种着野草，合闭后，与山坡浑然一体，竟然看不出任何破绽。

出人意料的顺利，一行人未出一点差错，回到了严家寨。

严顺天快步迎了出来，大概他心中疑问太多，一时之间，竟不知该问什么好，所以笑了笑，什么也没说。

接着“江湖四怪”齐走了出来，任秀敏和各人见了面。

“不戒酒僧”叫道：

“老叫化子，喝了你徒弟的两杯猫尿，就出去发酒疯，栽了吧？”

“独臂神丐”怪眼一翻，说道：

“我怎么栽了？只不过心里高兴中了别人的圈套。”

众人一愣，心想：心里高兴怎么中了别人的圈套。

“独臂神丐”接着说道：

“我独自一人出了严家寨，碰到了任大小姐，正准备回来，忽然听到有人喊救命，和任堡主跑过去一看，见一名壮汉正在强暴一名少女。我大喝一声，去教训那小子，哪知中了那黑衣女人的暗算，她武功奇高，突然用六合神指点了我和任堡主的穴道。”

虚无子惊道：

“黑衣少女？六合神指？”

接着又道：

“肯定又是魔宫那位左使，庄儿你将事情的经过讲一下！”

姜古庄就把前因后果说了一遍，众人听后默然无语。文曲星说道：

“虚伪公子，从没听说有这么一个人，看来这魔宫势力甚是不可低估。”

虚无子沉吟道：

“而且这些人来的突然，根本没一个熟悉的面孔，行事非常诡秘，所以我们要提高警惕。”

说着目光转注到姜古庄身上，说道：

“庄儿，你去查点一下寨中的壮丁人数，编排防守，层层上报。”

姜古庄说道：

“弟子明白！”转身向外速去。

可一连两天，没有一点风吹草动，不但姜古庄觉得奇怪，就是虚无子等阅历丰富的前辈人物，也是大惑不解。

第二天黄昏时，大家聚集在大厅里，七嘴八舌地讨论这件事，忽然“不戒酒僧”叫道：

“‘百变秀才’哪里去了？”

众人这才发觉，“百变秀才”从昨天就没露面，不知到哪里去了，大家心里一阵紧张。突然，大厅外传来文曲星的声音，说道：

“好消息，好消息，我秀才出门查到了一个好消息。”

“独臂神丐”说道：

“人家秀才不出，能知天下事，你还要出门查看，看来你这秀才比别人差多了，有什么好消息快说出来！”

人影一闪，文曲星已飘然入厅，说道：

“我东行三十里，明查暗访，才打听到，今天中午对方所有人都撤离了‘幽灵谷’。”

“不戒酒僧”说道：

“为什么？”

“百变秀才”喝了一口茶说道：

“我秀才闯了大半辈子的江湖，见的怪事多了，可从未见过这样的怪事，你问我，我问谁？”

“不戒酒僧”气愤愤地说道：

“我什么时候问过你？”

定性师太笑道：

“都老大不小的，还这么爱斗嘴。我看魔宫的人是不是怕了，干脆一走了之。”

虚无子摇了摇头说道：

“怕没这么简单。”

“独臂神丐”说道：

“铁成，你去找丐帮子弟打听一下，这一切是怎么回事！”

铁成领命而出。

众人心想：这主意不错，天下事没有什么能瞒得过丐帮子弟的，于是大家坐在大厅里等待着铁成回来。

天色已渐渐黑了，姜古庄不由担心起来，后悔刚才怎么没和铁成一块去，说道：

“师父，我出去看看！”

这时，突然一阵衣袂飘风之声传了进来，叫道：

“姜师哥，不用了。”

说完，铁成满头大汗进入大厅，“独臂神丐”责备道：

“什么事这么慌张，查到没有？”

铁成一抹脸上的汗水，说道：

“帮中弟子说，这是一桩极为奇怪的事，那班神秘的人物不知来自何处，但今天突然用许多担架，上面蒙着白布，将人抬走！”

众人相顾愕然，“不戒酒僧”说道：

“小叫化子，这是真的？”

铁成说道：

“千真万确，这是本帮三位长老亲口给我讲的。”

“独臂神丐”沉吟了一阵，说道：

“我亲自去看看！”

说着，独臂一振，人已经跃出大厅，一闪就消失在夜色之中。

铁成一呆，神情沮丧，大感委屈，说道：

“本来……我还有话未说完，可师父他了发火，我……”

虚无子安慰道：

“你又不是不知道师父这脾气，你想说什么？”

铁成道：

“小叫化子打听到消息后，自己也不相信，所以就到各处查看一下，果然四周无人。但我在‘幽灵谷’有一个发现！”

虚无子问道：

“什么发现？”

铁成说道：

“在几处隐秘的地方，看到了很多血迹。”

姜古庄急问道：

“是人血吗？”

铁成说道：

“是的。我仔细看过，他们似乎故意掩饰了上面的血迹。”

姜古庄恍然大悟道：

“这么说来，他们是受到了什么伤害，才很快撤走的！”

铁成说道：

“可什么人有这么大的能耐？”

众人把眼光投向虚无子，虚无子双眉紧锁，过了一会儿说道：

“这事的确让我费解。听上官慈讲魔宫中人个个武功了得，能够在无声无息中，击退这些强敌的人，肯定不同凡响。除非是‘夺命神尼’已出来了，可她是不可能出来的……”

略一思索道：

“庄儿你和铁成一起去找老叫化子，要他赶快回来。”

姜古庄低声道：

“铁师弟，我俩走。”

两人奔出严家寨，姜古庄才停下脚步，笑道：

“铁师弟，如何才能找到师父？”

铁成道：

“如果师父留下了暗记，我就可以按照暗记找到他，如果没留下暗记，我俩只好碰碰运气了。”

铁成一面答话，一面游目四顾，突然间身子一掠到一棵大树下。

姜古庄快步追了过去，低声问道：

“铁成，你发现什么？”

铁成紧张道：

“师父像是和人家已交上手了。”

姜古庄心中大惊，忙向铁成说道：

“师父有险，那咱俩快赶去！”

两人一提气，直向正南方疾驰而去，铁成的追踪术极是高明，一路风驰电掣，追到一座小山岗，才停了下来。在一处十字路上稍一犹豫，立即又往一条小路上掠去。

姜古庄也不多问，紧追在铁成后面。

大约行了几里路，小径通到一座茅草的农舍前，忽然断绝。

这是一间孤立的茅房，背靠小山，竹篱环绕，左边是一片翠竹，右边是一大片草丛，两扇木门紧紧关闭。

虽是竹篱茅舍小院，但却有一种肃静清雅的感觉。

姜古庄低声说道：

“铁成，师父在里面吗？”

铁成仔细查看四周一番，说道：

“应该在里面。”

姜古庄说道：

“为什么不进去？”

铁成警觉说道：

“师兄，你不觉得情形有点古怪吗？”

姜古庄看了那茅舍一眼，果然觉得那草木花树之上都泛起了一种浓浓的杀机。

正在疑惑间，只听一个清冷的声响，由茅舍中传了出来：

“两位请进吧！”

姜古庄一迈步，走到篱门口，低声道：

“铁成，你跟在我后面。”

铁成还未来得及回答，茅舍的木门已大开，一个青衣小童，走了出来，打开了篱门，说道：

“两位，敝主人在厅中恭候……”

姜古庄暗叹一口气，和铁成走进了茅舍，只见一个身着土黄衣服黄巾蒙面的人端坐在木椅上。

姜古庄游目四顾，竟然不见师父乔老三，不禁呆了呆。

只听那蒙面人缓缓说道：

“朋友可是姜古庄？”

姜古庄一愣，心想：他怎么知道我的名字，口中却问道：

“你是谁？”

蒙面人说道：

“至于我是谁，姜少侠就不必知道了！”

姜古庄说道：“我师父现在何处？”

蒙面人说道：“我可以告诉两位，乔帮主虽落我手，但毫发未损。”

姜古庄说道：“我俩可不可以见他？”

蒙面人道：“当然可以，但我们先谈谈别的事。”

姜古庄黯然不语，蒙面人又道：

“姜少侠肯定知道，一群魔宫的高手，聚在‘幽灵谷’准备围攻严家寨。但今天忽然全部撤退，不知为什么？”

姜古庄一愣，说道：

“定是前辈的杰作。”

蒙面人也不否认，说道：

“魔宫高手如云，撤走了一批，会来更强的一批！”

姜古庄说道：

“前辈的意思是……”

蒙面人突然笑道：

“我们虽然伤了魔宫不少人，但他们无法找到我们，这笔账，只有记到你们头上。”

姜古庄说道：

“前辈拔刀相助，不惜和魔宫人结仇，想必是……”

姜古庄实在想不出蒙面人的来路，只有试探着问。

蒙面人接道：

“一则是魔宫人行为太嚣张，我看不过眼；二来是咱们挟恩求报，想和姜少侠谈一件事。”

姜古庄说道：“你怎么知道我一定要来？”

蒙面人说道：“当今天下，年轻后辈没有超过你的，舍姜少侠其谁！”

姜古庄说道：“前辈言重了。但明人不说暗话，你要和我谈什么事？”

蒙面人缓缓说道：

“‘绝命魔尊’所留的宝物可在姜少侠手里？”

姜古庄心里一惊，说道：

“前辈是指雕图和玉佩！”

蒙面人淡淡说道：

“当然！”

姜古庄略一沉吟，说道：

“在我手里。不过不在身边，它已被我藏在别处。”

蒙面人语调变急，说道：

“如果我答应帮助你们，抵挡魔宫下一批攻袭，以交换雕图玉佩，不知姜少侠意下如何？”

姜古庄说道：“对不起，我不能做主！”

蒙面人说道：“谁能做主？”

姜古庄道：“‘绝命魔尊’与‘夺命神尼’。”

蒙面人道：“姜少侠的意思是根本没诚意！那就请回吧。”

姜古庄道："前辈下逐客令？"

蒙面人道："话不投机半句多，交易难成，我们无话可说！"

姜古庄一抱拳说道：

"如此，晚辈两人告辞了！"

说着一拉铁成向外走去。

铁成欲言又止，两人一口气奔回岔道，才缓下脚步，铁成低声道：

"师哥，师父他……"

姜古庄接道：

"如果我猜得不错的话，我俩回到严家寨等他吧！"

铁成道："师兄的意思是，师父他老人家已经脱险了？"

姜古庄道："铁师弟，目前的形势很诡异，我心中有太多的疑问，这些疑问，不是我俩能悟解的。"

铁成说道："我看师父在门口留下的记号，他老人家可能仍在茅房里。"

姜古庄叹一口气说道：

"铁成，你自幼在江湖中打滚，见多识广，你可知道刚才我俩见到的人是谁？"

铁成道："他蒙着面，我如何认得出来！"

姜古庄说道：

"但有两点可以肯定。第一，他蒙面不以真面目示人，肯定是怕我认出来，有可能是我们熟悉之人；第二，能以一人力退魔宫高手，这一身修为实在惊人，肯定是武林中地位极高的前辈！"

铁成说道：

"庄师哥，那也不一定。他会不会是奉命不以真面目示人，或是别有目的？"

姜古庄说道：

"对，铁师弟，你说的很有道理。他很有可能是奉命行事，故意装神秘让我们猜测。"

铁成接道：

“可这么厉害的人物，天下谁又能指挥他？”

姜古庄道：

“人外有人，天外有天。”

接着又道：

“江湖上九大门派自从在华山力斗‘绝命魔尊’，九派掌门人全死，欧阳石坠下思过崖事，江湖上出现了少有的一段太平，但平静得有些异常。”

铁成忽然说道：

“我现在才知道，师父及五位师伯为什么要将浑身的绝技传给你！”

姜古庄好奇地问道：

“你说为什么？”

铁成答道：

“一方面是你资质天成，骨骼清奇；一方面是你承受的越多，肩负的就越重。师父他们早就预料到江湖有一场暴风雨，所以将所有的希望寄托在师哥身上。”

姜古庄听得心里沉甸甸的。

两人谈话间，已回到了严家寨。

果然，“独臂神丐”已然回来。姜古庄详细述说了全部经过，他说得十分仔细，任何一个细微末节，都说得清清楚楚。

“独臂神丐”听了点点头，沉思道：

“原来是他俩！”

姜古庄说道：

“师父知道他是谁？”

“独臂神丐”说道：

“一个穿着和你俩所见的人一样，而我所见的那个背着长剑。”

姜古庄奇道：

“那就是说，我们所见的是两个人，只是他们兵刃不同。”

“独臂神丐”说道：

“对，我和那背剑的对过掌，彼此平分秋色。但他却借这一掌之力，闪了出去。我追了了一阵，竟然给追丢了，就返回来了。”

文曲星沉吟一阵，说道：

“一个佩刀，一个带剑，武功又这么高，又不肯以真面目示人，肯定怕给我们认出来，很可能是归隐已久的四海刀魔和五岳剑神。”

“独臂神丐”一拍大腿，叫道：

“不错不错，肯定是他们俩个，要不然谁还能接我一掌。”

虚无子说道：

“当年‘绝命魔尊’纵横江湖、天下无敌的时候，五岳剑神和四海刀魔隐居起来。几十年来，已经在江湖上销声匿迹，怎么这次又重出江湖呢？”

姜古庄说道：

“师父，会不会是两位的传人？”

虚无子说道：

“庄儿，你有什么看法尽管说出来！”

姜古庄说道：

“五岳剑神和四海刀魔隐居江湖几十年，又重出江湖，我想肯定是受人所逼，而且是为雕图和玉佩。所以我想‘绝命魔尊’留下的雕图玉佩，关系着一件有关武林存亡的无上至宝。”

虚无子赞道：

“庄儿，你现在越来越有长进了！”

“独臂神丐”说道：

“五岳剑神和四海刀魔的武功已是登峰造极，谁还能使他俩听命？”

虚无子道：“这就是问题的关键！”

“独臂神丐”说道：

“不如我们来个将计就计，就以雕图和玉佩做饵，诱他们来此，然后生擒，逼问出来！”

虚无子沉吟一阵，说道：

“办法不错，但我觉得魔宫才是我们主要敌人！”

文曲星说道：

“我倒想出一个一石二鸟的办法！”

“不戒酒僧”叫道：

“什么二鸟三鸟的，有屁快放！”

文曲星低声说出了他的想法，大家哄然叫好。决定了对付强敌的大计，严家寨开始加强布置。

二更时，严家寨中先后涌入了许多夜行人。

出人意外的是，整座大寨竟然全无防备，不见一个喽啰。

前院后院，所有的地方，都是一片黑暗，只有大厅中灯火通明。

而且，灯火辉煌，照得大厅如同白昼。

大厅中的桌椅不见，只有正中放着一张桌子，上面摆满酒菜，姜古庄和东方岳，对坐对饮。

桌子的一侧，放着一个木匣子，古色古香。

姜古庄放下手中酒杯，望了大厅门儿一眼，说道：

“朋友既然来了，就过来喝杯水酒吧！”

一个黑衣蒙面大汉应声跨入，腰里挂着一柄弯刀。

黑衣人冷笑一声，答非所问道：

“看来，你们早有准备？”

姜古庄说道：

“不错，我俩恭候多时了！”

黑衣蒙面人前行两步，目光流盼，突然眼睛一亮，说道：

“木匣里是什么东西？”

姜古庄说道：

“是你们要的东西！”

黑衣蒙面人一惊，说道：

“雕图和玉佩！”

姜古庄笑道：

“木匣子里就是你所说的两件东西！”

黑衣蒙面人喃喃说道：

“木匣子？对，应该是这木匣子！”

说着，身子突然一欺，右手暴张，向木匣子抓去。

姜古庄早有防备，敌动我先动，血刀出鞘，向黑衣蒙面人伸来的右手斩去。

黑衣蒙面人大惊，连忙全身急退，双目中暴射出浓重杀机，突然人刀合一，侧身攻向东方岳。

刀出如电，快速至极。

东方岳斜斜向旁侧闪，同时右手长剑递出，刺向黑衣蒙面人右腕。

姜古庄血刀“刷”的一声，劈向黑衣蒙面人的后背。

黑衣蒙面人霍然转身，一刀寒光，直袭而下。

但所使的刀法太快，看上去不见刀势，只有一圈圈寒光。

姜古庄吸了一口气，不退反进，血刀直指黑衣蒙面人的前胸。

两人见招拆招，令人目不暇接。

黑衣蒙面人的武功内力的确至臻化境，以姜古庄和东方岳这样的身手夹击，还不见败象。

忽然间，灯火一暗，大厅中又多了两人，左边是虚伪公子，右边的人年约五旬，额宽腰窄，一脸杀气，全身散发出一股冷森之气。

虚伪公子一见姜古庄，哈哈一笑道：

“姜少侠，我们又碰面了！”

姜古庄说道：

“你俩也是为雕图和玉佩而来的吧？”

这时，站在虚伪公子一侧的冷面人说道：

“老二，别多说，我们动手吧！”

说着两人欺步上前。

眼看刚要接近桌子，黑衣蒙面人突然大喝一声，放弃与己交手的东方岳，反手“刷”的一刀拦住了两人。

虚伪公子和冷面人连忙后退，黑衣蒙面人长刀挥动，连斩三刀，步步紧逼。

冷面人一声冷笑，连挡三剑，只听“当当当”三响。

虚伪公子在旁边叫道：

“蒙面老头，我看你是疯了，咱们自相惨杀，不正中了人家圈套！”

黑衣蒙面人“哦”了一声，果然停下手来。

虚伪公子见他心动，连忙又说道：

“咱们应该先合作得到木匣子！”

黑衣蒙面人问道：

“怎么个合作法?”

虚伪公子说道：

“只要你对付右边那个，我师兄无情公子，对付左边那个。”

姜古庄心想：无情公子，这名字叫得好，怪不得那么冷漠。

冷眼旁观，见两人竟然说成了合作的事，心中大为感慨。

黑衣蒙面人说道：

“好!”

话音一落，黑衣蒙面人转身向离近自己的东方岳劈了过去。

同时无情公子的长剑也向姜古庄当胸刺去，姜古庄后退两步，无情公子长剑连挥，幻起一片剑影，猛攻而至。

姜古庄血刀红光大盛，叮叮当当，挡住了无情公子的一轮猛攻。

无情公子的长剑招数奇幻绝伦，忽地聚成一片白芒，忽而化作点点流星，但不管他多么机巧多变，总是与姜古庄的身子有一点微妙之差，伤不到姜古庄分毫。

黑衣蒙面人和东方岳缠斗在一起，蒙面人功力深厚，弯刀展开，有如巨流排空，方圆一丈之内，都是刺骨刀光。

而东方岳长剑以轻盈柔韧见长，再加上东方世家武功驳杂，几乎采集了天下名门武学，两人动手不足一百招，东方岳没用真正一招剑法。

黑衣蒙面人愈打愈惊心，只觉得这小子一身所学驳杂万端，忽一招“举火撩天”疾劈两刀，迫退了东方岳，喝道：

“不打了!”

东方岳也讨不到便宜，闻言愕然一怔，收住了长剑。

黑衣蒙面人说道：

“小子，你是东方世家什么人!”

东方岳说道：

“我叫东方岳。”

黑衣蒙面人一惊，说道：

“原来是东方世家的公子，怪不得武学那么驳杂！”

东主岳笑了笑，说道：

“过奖，前辈是……”

黑衣蒙面人答道：

“高祥。”

东方岳连忙抱拳说道：

“四海刀魔高祥，失敬失敬！”

高祥嘿嘿一笑道：

“东方少侠见识不少！”

忽然低声说道：

“老夫向你打听一人，有一位南宫姑娘，东方少侠可认识否？”

东方岳说道：

“是南宫倾城？”

突然听到虚伪公子冷声说道：

“阁下身为四海刀魔，辈高位尊，大丈夫言出如山，怎么不打了。”

高祥说道：

“抱歉得很，老夫知道他是东方世家的人，就不用再打。”

虚伪公子转眼望去，只见姜古庄和无情公子，正斗得难解难分，远远望去，只见人影滚动，寒光如幕，无法分清敌我。

心中一想，大喝道：

“师兄别打了！”

无情公子和姜古庄也拼斗了百招以上，无情公子生性极傲，原来也没把这年轻的后辈放在眼里。

哪知道对方不但招数奇绝，而且内功已超出自己，渐渐觉得心凉，才觉得遇到了前所未有的劲敌。

正感骑虎难下之际，听到了虚伪公子的呼叫，立即一收长剑，跃在一边，愕然望着虚伪公子。

虚伪公子叫道：

“四海刀魔高祥出卖了本宫！”

无情公子回头看去，只见黑衣蒙面人正和东方岳低声交谈，并且谈得十分欢畅，投机。

虚伪公子一招呼道：

“走！”

身形刚一飘动，只听见一阵哈哈大笑传入耳际，说道：

“走，两个兔崽子，想走就走哇！”

无情公子连遇强敌，傲气挫了不少，喝道：

“谁？”

人影一闪，高大的身影几乎堵住了厅门，正是“独臂神丐”乔老三。

无情公子不认识“独臂神丐”，眉头一皱，身子一侧，向前冲去，一面冷冷笑道：

“断了一条膀子，有多大能耐！”

喝声中，突然一挥右掌，劈了过去。

“独臂神丐”左手一扬，毫不相让，硬接下这一掌。

“砰”的一声，无情公子双肩微晃，仍然无法稳住身躯，向后退了五步，脸色大变。

虚伪公子赶忙上前扶住，说道：

“师兄，你没事吧？”

无情公子只觉得胸间真气如翻江倒海，一时间说不出话来。

虚伪公子突然抽出腰间长剑，冷笑一声：

“师兄，我们闯出去！”

两人艺出同门，双剑合璧，攻守有方，果真威力倍增。

“独臂神丐”大喝一声，铁掌如猛虎雄爪，一股呼啸的掌风，随手而出。

两公子双剑合手，一连抢攻数十招，仍未将乔帮主逼退一步。

“独臂神丐”双足着地，有如钉子钉在地上一般，双手施出了刚猛内力，硬是把两人的攻势化解，令其难越雷池一步。

虚伪公子也觉形势不对，“独臂神丐”威风八面，单只肉掌上即变化万端，两人无法突围出去。

但事实上，“独臂神丐”也有苦难言，他面对的两大强手剑招不但奇幻莫测，而且配合得丝丝入扣，天衣无缝。他心中明白，只要稍有闪失，就会被两人攻了进来。

姜古庄已看出了师父的处境，大喝一声，突然欺身而上，血刀指向无情公子的背心。

无情公子突然感到身后凉风乍起，身躯急转，长剑斜刺“当”的一声，挡开了姜古庄的血刀。接着暴喝一声，撇下“独臂神丐”，长剑如点点流星直攻姜古庄。

姜古庄血刀圈转，守中有攻，不但把无情公子的长剑一一化解，而且，反击之势来得更快。

“独臂神丐”骤然之间减了一个大敌，精神大振，一声长啸，掌风呼啸，攻势愈见凌厉。

场上马上形势逆转，独自面对江湖五怪之一，虚伪公子顿被迫得手慌脚乱，左支右绌。

“独臂神丐”练的是刚猛一路，攻势凶猛霸道，掌声中隐隐有雷吼之声。

虚伪公子全力而攻，一招快似一招，长剑幻作一道道白光。但整个剑势，在“独臂神丐”刚猛的掌风之下，迫得摇摆不定，失去准头。

忽然间，“独臂神丐”大喝一声：

“撒手！”

跟着“当”的一声，虚伪公子长剑落地，目瞪口呆。

“独臂神丐”潜运内劲，伸手凌空一抓，虚伪公子掉在地上的长剑，忽然间飞了起来，落入他的手里。

寒光一闪，冷森的剑尖已然指到虚伪公子咽喉上。

剑尖点中肌肤，一股寒意，直袭心头。

“独臂神丐”喝道：

“放老实点，老夫要问你话！”

虚伪公子脸色铁青，再没有以前的潇洒气度，垂手而立。

“独臂神丐”问道：

“你是不是魔宫中的人?”

虚伪公子点了点头。

“独臂神丐”上次脚踏西瓜皮，一时大意，失手被擒，一直怀恨在心，踢了一脚，喝道：

“你是哑巴，怎么不答理?”

虚伪公子只好答道：

“是的。”

“魔宫在什么地方?”

虚伪公子答道：

“‘忘魂谷’。”

“独臂神丐”说道：

“我老叫化子行踪遍及天下，怎么不知道‘忘魂谷’这个地方?”

第十一章　冲穴大法

虚伪公子说道：

“‘忘魂谷’终年被苍松绿叶所掩盖，外人根本不知道。”

“独辟神丐”又问道：

“魔宫有多少人?”

虚伪公子叹了一口气，默然不作回答。“独臂神丐”怪眼一翻，长剑往前一送，虚伪公子咽喉见血，只好说道：

“神宫像我这般身手的人，至少有一百多人。我们神宫能够在极短的时间内，创出第一流的高手……”

“独臂神丐”大奇道：

“用什么方法?”

虚伪公子答道：

“一种药物，和震开生死玄关的冲穴法。”

“独臂神丐”实不知世间还有什么手法能够冲开生死玄关，但又羞于向虚伪公子问，冷笑一声，道：

“旁门左道!”

虚伪公子说道：

“如果正正经经地练习，又如何能速成?像我在一年前还是个手无缚鸡之力的书生。”

众人听了大惊，要知道虚伪公子和无情公子的武功已和姜古庄差不多。在一年的功夫，武功就得到这出神入化的境界，简直叫人匪夷所思。

“独臂神丐”喝道：

“详细告诉我老叫化子，‘忘魂谷’是什么一个地方？”

虚伪公子道：

“是峰中的一道绝谷，上为云雾封锁，下为浓密枝叶笼罩的原始森林中。”

“独臂神丐”说道：

“那林中不产吃的东西，你们吃的东西，都要从外面运进去？”

虚伪公子眨子眨眼睛，说道：

“是的。”

“独臂神丐”说道：

“里面住了多少人？”

虚伪公子答道：

“一千多人。”

沉默了一阵，“独臂神丐”突然说道：

“可惜得很，你所透露的消息，不值抵你一条命。”

虚伪公子叹口气道：

“我这人什么都不怕，就是怕死。但既然你一定要杀我，我也是没办法。”

说着闭上了眼睛。

这一下，反使“独臂神丐”大感意外，一时间，呆了一呆。

就在一怔之间，虚伪公子的身上突然冒出一股白烟。

“独臂神丐”首当其中，吸入胸中不少，但觉一股异香扑鼻，马上翻身栽倒。

“独臂神丐”刚一倒地，只见厅门一暗，“百变秀才”文曲星挡在厅门口，说道：

“好狡猾的杂毛，但你走不了！”

虚伪公子伸手抓住向下倒去的“独臂神丐”，说道：

“我现在不走啦！”

左手抓紧，右手抓住长剑，长剑倒卷，抵在“独臂神丐”身上。

文曲星怔了一怔，笑道：

“你放下老叫化子，可以走了。”

虚伪公子马上又恢复了玩世不恭的神态，说道：

“我知道，你们这些侠义人物，‘义’字当头，只有我控制乔帮主的生死，我和师兄的安全才有保障。”

文曲星说道：

“如果我们突然出手，也许你没有加害死叫化子的机会！”

虚伪公子笑道：

“我自信自己武功还不弱，出手也够快，劝大家不要冒这个险！”

说着环视了众人一眼，又道：

“我想把他带出严家寨，就放了他。”

文曲星说道：

“你会守约吗？”

虚伪公子说道：

“但目前除了此法，你们别无选择。”

文曲星说道：

“好！我信得过你，你们走吧。”

姜古庄在一旁叫道：

“师父你……”

文曲星摇摇头，示意他别说。姜古庄只好咽下了后面的话，狐疑地望着虚伪公子掳着师父走了出去。

无情公子手拿长剑断后。

一行人若即若离紧跟其后，走出了严家寨，虚伪公子将“独臂神丐”一推，突然纵身而去。

文曲星高声喝道：

“把解药留下！”

虚伪公子的话远远传来：

“那只是我们神宫中一般的迷晕药，他已无大碍！”

姜古庄飞身跃起，直向虚伪公子追去。

文曲星喊道：

“庄儿，回来！”

姜古庄停下脚步，说道：

“师父，让他去吗？”

文曲星微微一笑，说道：

“如若不放他走，臭道士又如何找到他的藏身之处。”

姜古庄大奇道：

“大师父已追过去了！”

文曲星点了点头，说道：

“我们早就料到这一招。”

“独臂神丐”突然一伸懒腰，说道：

“惭愧，我老叫化子又上当了。”

文曲星笑道：

“不多不多。多乎哉不多也，一而再，再而三，还有第三次机会呢！”

“独臂神丐”怪眼一翻，说道：

“你酸秀才别幸灾乐祸！”

文曲星拉着“独臂神丐”的手，笑道：

“本书生也是关心你嘛。走，快回去，寨里还有两位在等我们呢？”

“独臂神丐”一愣，茫然道：

“哪两位？”

文曲星道：“回去看看不就知道了！”

一行人刚进大厅，文曲星目光一转，望着站在大厅里的蒙面人说道：

“可是四海刀魔高祥？”

蒙面人突然伸手取下黑纱，说道：“不错，正是老夫！”

“独臂神丐”这才恍然大悟，说道：

“四海刀魔、五岳剑神向来焦不离孟，孟不离焦，形影不离。高兄既然来了，想必那冯兄就在附近吧！”

话音刚落，只听一声冷笑传了过来：

“不错，冯不敬在这里！”

人影一晃，一个身着灰袍的老者，长须飘飘，方面大耳，背插长剑，稳稳地落在大厅中央。

文曲星说道：

“两位既然以真面目示人，彼此坦诚相见，大家好好谈谈。”

高祥说道：

“不敬，秀才说得不错，我们都是神交已久，就打开窗户说亮话吧！”

冯不敬长剑一横，冷冷说道：

“这要看彼此的诚意！”

想了一会高祥缓缓说道：

“还是长话短说吧，我们帮严家寨退了一次强敌，我们要一个报偿！”

“独臂神丐”哈哈一笑，道：

“原来是两位的杰作。好！你们要什么报偿。”

冯不敬冷冷说道：

“雕图和玉佩！”

文曲星沉吟道：

“你们是说‘绝命魔尊’的雕图和玉佩？这……”

冯不敬冷冷地打断文曲星的话，说道：

“酸秀才别来这一套……”

说着，目光转向姜古庄，说道：

“姜少侠，我们已见过面，雕图和玉佩在你手里，对吗？”

姜古庄朗声道：

“不错，在我手里。但前辈可不可以先告诉在下，你们急于得到雕图和玉佩，有什么用途？”

冯不敬望了一眼高祥，抓了抓后脑说道：

“这个，这个嘛，我也不太清楚。”

姜古庄冷笑一声道：

“前辈连雕图和玉佩的用途都不知道，又要它干什么？”

冯不敬一愣，勃然大怒道：

“你娃儿是什么意思？只要你给我就行，有用无用，那是我冯某人的事！”

“独臂神丐”也怒道：

“冯不敬，你口气咄咄逼人，难道我们怕你不成！”

冯不警闻方双肩耸动，虎目生光，似想动手，但又忍住，怒道：

“老叫化子，难道我怕你不成！”

两人就像好斗的公鸡，彼此怒睁双目。

姜古庄心里大感奇怪，心想：此人有五岳剑神之称，应该是临危不乱、不急不躁、不愠不火的老前辈，加上这么一大把年纪，怎么还这么大火气。

文曲星一挥手，对两人说道：

“冯兄，能请你俩出山，要取的东西，定然价值不低！”

冯不敬瞪了老叫化子一眼，说道：

“当然！”

姜古庄在一旁说道：

“晚辈斗胆插一句，两位前辈是受人所托吧？”

高祥面上一红，说道：

“不，是受人所迫！”

这话一出，在场的无人大吃一惊，因为以四海刀魔、五岳剑神这样的身份，说自己受人所迫，出口确是不易。

文曲星微微一怔，说道：

“谁有这么大能耐？”

高祥刚开始是硬气说出的，一经说出口，人反而感到了轻松许多，干脆头一扬，道：

“南宫倾城！”

众人又是一惊，文曲星奇道：

“你是说南宫世家的大小姐，南宫倾城！”

东方岳惊呼道：

“我表姐？”

大家都知道东方世家和南宫世家世代联姻，渊远流长。

姜古庄说道：

“东方兄弟，你那表姐你可见过？武功肯定很高！”

东方岳说道：

“南宫倾城虽是我表姐，只记得小时候，看见过她，现在已忘记了，不知她的情况。”

文曲星察颜观色，已看出那四海刀魔和五岳剑神受到极大的威胁。以他俩在江湖上的名头，竟肯受一个小丫头的威胁，肯定是关系到两人的生命，还有可能是比死更严重的威胁！

东方岳突然说道：

“文老前辈，我答允两位前辈，前往会晤表姐。”

文曲星说道：

“东方少侠仗义执言，豪情万丈，令我文某人佩服！”

姜古庄说道：

“东方兄弟，我愿陪你一块去！”

东方岳微微点头道：

“有劳姜大哥了！”

高祥抬头望了望天色，说道：

“天已将亮了，我和南宫姑娘约好在天亮时分相见，现在该动身了。”

“独臂神丐”说道：

“据说三大世家，性情最古怪的就是南宫世家？”

文曲星笑了笑，说道：

“我知道，不过，东方少侠同去，南宫世家的人不管如何古怪，也不会伤害东方世家的人！”

转而又叮嘱道：

“庄儿，遇事要多留个心眼。”

姜古庄说道：

“弟子明白！”

东方岳、姜古庄紧随着高祥和冯不敬，离开了严家寨。

这时，天色刚刚放亮，路上还无行人，四人放腿飞奔，一口气奔了十余里路才停下。

呈现在姜古庄面前是一座环境幽静的瓦舍，孤零零地立在一片竹林旁边。

姜古庄发现瓦舍的前后左右五丈之内，都打扫得极为干净，门口放着两盆花。高祥和冯不敬一看到花，面上一喜，说道：

“南宫姑娘在里面！”

姜古庄心想：原来两盆花还能起这个作用。

高祥缓步行到大门前面，举手叩动门环。

片刻过后，木门开了。

却未见开门人。

高祥神态很恭谨地走了进去。

小门突然关上了。

等了约一刻工夫之后，木门重又打开，高祥快步走了出来，说道：

“进来吧。”

一行人寂然无声进去，进门就是大厅，大厅的中央摆着太师椅，但空荡荡的没人。

太师椅的两侧，却站着两名绿衫少女。

这形势给人一种莫测高深的奇诡之感。

高祥和冯不敬，大约认识这两位少女，突然向旁边闪开。

东方岳打量两个绿衫少女一眼，说道：

“我表姐呢？”

直到东方岳开口说话，左边的少女才回过头来，望了东方岳一眼，说道：

“你是……”

东方岳说道：

“我叫东方岳，来自东方世家。”

左边的少女微微一笑，说道：

“原来是东方公子。”

少女露齿一笑，姜古庄沉重的心顿时感到暖和多了。

东方岳说道：“有劳姑娘通报一下。”

左边少女说道："东方公子稍候。"

说着，转身进了里屋。

片刻过后，那绿衫少女又快步行了出来，说道：

"小姐请东方公子入室相见。"

东方岳微微一怔道：

"就我一个人？"

绿衫少女口气坚定道：

"对，就你一个人。"

姜古庄说道：

"东方兄弟，我在外面等你，你就进去吧！"

姜古庄回头一看，只见高祥和冯不敬两人低眉顺目，规规矩矩地站在一侧，不由暗忖道：四海刀魔和五岳剑神是何等人物，但想不到竟然对南宫姑娘如此畏惧。

东方岳进入里屋，大约一刻工夫，又回到姜古庄身边低声道：

"姜大哥，表姐叫你进去。"

姜古庄平时和大魔头血战时，也没有这份紧张，心里有一种压力，问道：

"真的要进去吗？"

东方岳说道：

"南宫倾城再怎么说也是我表姐，你跟我进来吧，不要紧！"

说着带着姜古庄走进了里屋。

里屋不大不小，但收拾得整洁干净，中间有一道布帘，将房间一分为二，外面放着一张木桌茶几，两把竹椅，茶几上放着一杯茶，还冒着热气。

姜古庄环目四顾，正要惊问，因为不见一个人，只听见一个清脆的声音，隔着垂帘传了出来：

"两位请坐！"

姜古庄心想：干吗搞得这么神秘兮兮，还隔着一层布，于是便坐在竹椅上，可心里挺别扭的。

那清脆的声音又道：

“姜少侠，听说你与岳弟以兄弟相称，那我也不客套了。我想问问姜少侠，关于雕图和玉佩的事！”

姜古庄说道：

“‘绝命魔尊’的宝物都在我手里。”

又听清脆的声音说道：

“好！这样，我俩可不可以谈一笔交易？”

两人之间，隔着一道布帘，姜古庄无法看到南宫倾城的神情容貌，不知她能不能看到自己，所以说话也不带一点表情，说道：

“不知姑娘怎么个谈法，我姜古庄不是做生意的料！”

南宫倾城说道：

“姜少侠太自谦了。这生意直来直去，一个愿打，一个愿挨，你把宝物给我，我给你价钱。”

姜古庄呆了一呆，说道：

“姑娘的意思是买我的东西？”

南宫倾城道：

“对！”

姜古庄说道：

“可这两件东西我也是受人所托，准备在这几天物归原主，所以对不起……”

里面传来一声轻柔的叹息：

“那真是一件遗憾的事……”

这叹息声入耳特别好听，让人心弦一动，姜古庄听了差点要改口，只听南宫倾城又接着说道：

“东方表弟，能不能帮我劝劝姜少侠卖给我。”

东方岳好生为难，说道：

“表姐要买这东西，不知有什么用途？”

南宫倾城缓缓说道：

“这是姑妈的意思。至于拿来做什么，表姐也不知道。但她老人家不计代价要得到这两件东西，自然有她的用心。”

东方岳迟疑说道：

“这……不是强人所难。”

南宫倾城说道：

“当然，这是一件很遗憾的事，我做表姐的不会勉强你。”

突然，南宫倾城说道：

“表弟，你不肯帮我的忙，也不会帮别人对付我吧？”

东方岳一愣道：

“表姐的意思是……”

南宫倾城道：

“我是说，表姐如果和这位姜少侠冲突起来，你是帮谁？”

这问题大出东方岳意料，说道：

“这……这……”

南宫倾城接道：

“我明白了，你一定觉得表姐是个女流之辈，在外面受人欺侮，你如不能替她出面，心中十分不安，是不是？”

东方岳一下子云里雾里，长长吁了一口气，说道：

“我不是这个意思，何况……”

南宫倾城打断他的话道：

“那也没关系，我俩虽是表姐弟，但我没权利硬要叫你帮我。”

一直是南宫倾城掌握说话的主动权，东方岳一时语塞，怔在那里半天说不出话来。

姜古庄坐在一旁一直没说话，心中暗想：这南宫倾城说话声音倒甜美，人也可能长得美，要不然叫什么倾城？肯定是说她长得倾城，倾国的意思，但说起话来怎么这么霸道。于是说道：

“南宫姑娘，你不必为难东方兄弟，你有什么话，就当面锣，对面鼓，我喜欢干脆！”

南宫姑娘清脆地笑了笑，说道：

“姜少侠果真爽快，好吧，我就要你手里的宝物！”

姜古庄说道：

“我已说过，不论你出什么高价，我也不会卖给你的。这是我做人的起码原则，开弓没有回头箭！”

南宫倾城说道：

“好，有个性。但我也要提醒姜少侠不要太固执了，因为一个固执的人不会给自己带来好处的！”

姜古庄说道：

“南宫姑娘，如果我们换一个话题，我还想谈得下去！”

东方岳见两人越说越僵，心里一直惴惴不安。

南宫倾城说道：

“姜少侠生气了？姜少侠，劝酒的方法有两种，一是敬酒，一是罚酒，我正在敬姜少侠的酒！”

姜古庄哈哈一笑道：

“姑娘，酒的质量同时也分两种，一种是好酒，一种是苦酒，姑娘敬的酒太苦涩，我只好拒绝了！”

南宫倾城说道：

“不吃敬酒，那只好吃罚酒！”

姜古庄笑道：

“但我不习惯吃罚酒！”

南宫倾城说道：

“姜少侠是一个自我感觉良好的人？”

姜古庄心里一惊，心想：这女孩不简单，听她说话的口气，已然凌驾于别人之上，有一种先声夺人之气，说道：

“可以这么说。”

南宫倾城脆笑一声，说道：

“自信过头就等于自负。”

她的声音很奇怪，和姜古庄说话，婉转娇甜，十分动人，但同时话中又充满了凌厉杀机。

东方岳在一旁不安地道：

“表姐，你这不是强买强卖吗？”

南宫倾城说道：

“表弟，你替四海刀魔和五岳剑神求情，我做表姐的一口答应。但这件事我是做定了，你就当还表姐一个人情。”

口气坚决，不容一丝余地，转而口气一缓，说道：

“表弟你也很为难，表姐再让一步，只要姜少侠能说出那宝物的用途，我也就算了。”

姜古庄苦笑一下，说道：

“这雕图和玉佩是‘绝命神尼’给的藏宝图，说是能帮助她逃出石洞，其他的我一无所知。”

东方岳说道：

“希望表姐能看在我的份上，雕图和玉佩的事谈到此为止，至少请表姐此刻能放小弟一马！”

南宫倾城咯咯一笑道：

“好！但你也得答应我一件事！”

东方岳一惊道：

“什么事？”

南宫倾城说道：

“从今后，希望表弟不要再卷入这场是非之中。”

东方岳回顾了姜古庄一眼，沉吟不语。

南宫倾城又道：

“表弟，有一件事，表姐不得不跟你说明，我们南宫世家对这两件宝物志在必得！”

东方岳说道：

“表姐，我能不能见见姑妈？”

南宫倾城说道：

“姑妈很想念你，希望你随时去看她。”

东方岳又道：

“我们表姐弟就不能见面吗？”

南宫倾城说道：

“表弟谅解，咱俩会有见面的时候，但不是现在。”

东方岳只想马上离开这里，说道：

“那我俩就告辞了！”

南宫倾城说道：

“好走。”

姜古庄与东方岳一回到严家庄，虚无子急急问道：

“你俩见到了南宫姑娘吗？”

东方岳说道：

“没有。”

众人一愣，东方岳马上接着说道：

“我俩没看到她的容貌！”

于是就把所见到的情形详细说了出来。

话刚一说完，只见一名喽啰急步来到大厅上，对严顺天说道：

“寨主，有位南宫姑娘求见！”

众人一惊，姜古庄不由说道：“好快。”

虚无子说道：

“请进来！”喽啰领命而去。

接着又道：

“目前的处境，我们要尽量不和南宫世家发生冲突！”

一阵脚步声响，四海刀魔高祥、五岳剑神冯不敬走了进来，两人脸上微现愧疚之色，进门之后，目光望着地下，不敢和众人相视。

虚无子笑道：

“转眼再逢，两位可好啊？”

冯不敬脸上铁青，没有答话，高祥却勉强一点头道：

“山不转路转，想不到这么快，我们又见面了。”

接着两位佩脸的绿衫少女款款而进，众人等了一刻工夫，仍不见南宫姑娘现身。

虚无子好修养，笑道：

“南宫姑娘可来了？”

大厅外，飘过南宫倾城的声音，清脆悦耳地说道：

“小女子自幼怕见生人，各位前辈见谅，我们隔着一壁谈吧！”

“独臂神丐”冷哼一声道：

“好大的架子！”

文曲星不愠不火，说道：

“姑娘找上门，不知为了什么？”

南宫倾城说道：

“目的很简单，我来取雕图和玉佩。”

这本是一件不合情理的事，但在她的口中说出，却是婉转有致。

“独臂神丐”沉不住气说道：

“你想要就要，若是我们不交出来呢？”

南宫倾城平静道：

“那真是抱歉，除了硬抢，看来是别无它法！”

“独臂神丐”胡子一扬说道：

“怎么样，别人怕你，我老叫化子可不怕你！”

高祥和冯不敬头更低了。

南宫倾城笑道：

“乔帮主火气还是这么旺。道长，晚辈提个建议。”

虚无子说道：

“好吧，你划个道儿！”

南宫倾城说道：

“第一个办法文明些，我们单打独斗决胜负；第二个办法，就是大家一哄而上，拼杀一番。”

虚无子一愣，说道：

“大家都是武林同道，我们江湖五怪和南宫世家交情不浅，何必要自相残杀呢？”

南宫倾城说道：

“那前辈是同意第一个方法了，是三战两胜，或是五战三胜。”

文曲星说道：

“我看不用限数，直到一方无人可战时，那一方输。”

南宫姑娘咯咯一笑道：

“那也好！追风、追月你俩分别出战一二阵。”

只见左首绿衣少女横剑走了出来，剑尖斜指，说道：

“小女子追风，哪一个出来赐教？”

文曲星道：

“庄儿，你去会会追风姑娘。”

姜古庄上前说道：

“姑娘先请。”

追风也不答话，长剑疾刺，姜古庄一闪身，膝未弯曲，脚未移动，刹间退了八尺。

追风娇躯一转，人已欺到姜古庄身前，长剑上撩，同时左手已点向姜古庄胸前，双手两式，攻向两个不同方位。

行家一出手，就知有没有。只此一招，姜古庄已感到这位姑娘，年纪虽轻，但一身武学，已是非同小可。尤其招术奇幻，不可轻敌。当下一招“龙在九天”，血刀未出刀鞘，便已迎向绿衣少女的长剑。

这一招，看似平平实实，但出手凝重，由内向外，一下子把追风的攻势，完全封住。

追风一声冷笑，娇身突然一转，长剑缩回，人也欺到姜古庄的身后。

姜古庄只见绿影一花，追风已到身后，紧跟着一股暗劲，直袭后背，心想：好诡异的身法，但已是来不及转身迎敌，情急之下，一吸真气，身子平地飞了起来。

追风如影随形，追着姜古庄的身子，一阵疾刺。

无奈，姜古庄血刀出鞘，“当当当”一阵急响，竟在空中连破三剑。

幸好姜古庄所学甚杂，先是父亲“神州刀尊”，义父“中原剑魔”，接下来是“夺命神尼”、“江湖五怪”，遂双肩晃动，连变了七种身法，才把追风摆脱。

追风也是大骇，心想：我这“捕风捉影”的身法得自南宫世家真传，从未失过手，却被姜古庄化解，不由一声娇喝，圈了一个剑花，带着破空之声，向姜古庄肋下刺去。

姜古庄一招“龙行天下”血刀不退反进，指向追风的命门。

追风大惊，因为这正是她的破绽所在，身子一闪，像一阵风，避开了姜古庄的刀势。

姜古庄哪容得她喘息，血刀闪出一道红光，暴风骤雨地向追风招乎过去，分斩追风上身五处大穴。

追风一声惊呼，娇躯连晃，后跃而起，接连五个翻转……

姜古庄心想：一个随从就有这般身手，那南宫倾城就不用说了，心里一想，就没追上去。

追风的身子在空中，突然一伸柳腰，闪电一般扑了回来。

姜古庄没想到她身法这般怪异，连忙身子后仰，“当”的一声，一股凉风掠面而过。

姜古庄长啸一声，刀法一变，血刀如落叶缤纷，铺天盖地向追风逼去，只见大厅里红光大盛，触目惊心，而且卷起刀风阵阵。

在目不暇接的强猛刀势下，追风被罩在血光之中。

眼看追风就要落败，她整个身躯突然收缩起来，双手握剑，在头顶结成一个“大”字，直向那密密刀光中，像钻子一般身躯转动，钻了过去。

“独臂神丐”眉头一皱，说道：

“这是什么武功?”

虚无子凝神说道：

“好像是传说于江湖之上的‘钻天剑法’。”

姜古庄未见过这般古怪武功，人向一侧横去。

但听得“叶”的一声，姜古庄感觉到一股强厉的劲道，猛钻过来，力道之强，竟然刺破了护体的无罡神功。

同时感到自己小臂一阵麻疼，衣袖撕开，小臂被划了一道小小的血痕。

姜古庄一时大意，被敌所伤，忙回身一掌拍了过去。这一掌聚了他八成功力，追风忍不住惨叫一声，身子直飞出去，“哇”的一声，吐出一口鲜血，摔落在地。

追月疾窜过去，扶起追风，追风咬着牙，说道：

“姐姐，我为你丢脸了！”

南宫倾城像亲眼看见一样，说道：

“追风，胜败乃兵家常事，不要太委屈自己。幸好姜少侠手下留情，只用了八成功力。追月，拿一瓶万应丹给她服下，自己调息一下就没事了。”

姜古庄心里大震，心想她怎么知道我只用了八成功力，不由呆在那里。

追月说道：

“姐姐，我来第二阵！”

南宫倾城声音传了过来，说道：

“不用了，你照看好追风，我要亲自出手！”

后半句话还未出口，一个黄色的影子一闪，大厅上，出现了一个全身鹅黄衣衫的少女，娇好的身材，可惜脸上戴着一副黄丝巾所制的面具，只露出两只墨如寒星的眼睛，向姜古庄扫了一眼，说道：

“还是姜少侠出战吗？”

声音还是那么甜美动听，说来不愠不火。

姜古庄第一次看到南宫倾城的身影，想不通她为何这般神秘，说道：

“姑娘的意思是非动手不可吗？”

南宫倾城说道：

“除非你交出宝物来！”

姜古庄不由有点火了，说道：

“这宝物又不是你的！”

南宫倾城突然笑了笑道：

“姜少侠，你怎知不是我南宫世家的东西，只不过……”

话锋一转，突然说道：

“你们人多，我们人少，我想改变约定，就是以这一局为输赢，如果我胜了，姜少侠你就交出宝物；如果我输了，转身就走！”

姜古庄豪气一生，仰天哈哈大笑道：

“你不觉得这样不公平吗？”

南宫倾城目光流转，“咯咯”笑道：

“好！如果我输了，我南宫倾城愿以清白女儿之身，永远追随姜少侠！”

此语一出，众人大哗。哪有这样说话，一个女孩家说出这样的话，要是姜古庄反唇相讥，她脸往哪里搁哟，不要当场气个半死才怪！

但姜古庄是个性情中人，反而他俊脸通红，怔怔地说不出话来。

南宫倾城也不待他答话，身形一闪，突然分出五六个黄色的身影。

姜古庄只觉得香风扑面，一愣之间，南宫倾城已逼到跟前。

姜古庄一提气，身子在空中一连打了几个转身。

没有人看出南宫倾城使的是什么身法，只觉得大厅中到处都是她的身影，十来个南宫倾城闪动，而每一个又是那么虚幻，令人捉摸不定。

姜古庄一面满场游走，一面留心南宫倾城的身法，突然飞身而起，一掌拍去。

他的掌势和南宫倾城的掌势不大相同，南宫倾城的掌势虚无缥缈，有如落英，毫无目的，变化万千。

姜古庄的掌势如群山聚顶，浊浪排空，卷起一阵狂飚。

南宫倾城突然停下身子，肃立不动。姜古庄大惊，心想：我这式掌法，暗劲蕴于掌心之中，击中人后才内劲外吐，就算你铜墙铁壁，也无法受得了我这一击，你这不是自找死吗？

但此时收掌已来不及。谁知掌力快近身时，南宫倾城身子微微一侧，姜古庄只感到自己浑厚的掌力如击在一条滑溜溜的泥鳅身上，被滑到一边。

南宫倾城左手五指一翻，疾向姜古庄手腕扣去。

姜古庄右脚连忙侧移半步，身子忽然向右滑去，一招“龙腾四海”，血刀幻出十八道刀光，劈向南宫倾城。

这是南宫倾城一个极大的破绽，转身已来不及了，姜古庄的血刀眼看就要将她手腕砍落。

心想：我和她无冤无仇，何必出手这么狠毒？心念一动，收住了刀势。

谁知南宫倾城一个弯腰大插柳，右手疾出，快如闪电，点了姜古庄的穴道。

这一下变化太突然，“当”的一声，血刀坠地。

南宫倾城身子一掠，站在一边，说道：

“姜少侠，得罪了！”

刘雪柔气得满脸通红，叫道：

“要不是庄哥哥让你，你早就死了！这种话亏你说得出口！”

南宫倾城望了刘雪柔一眼，笑道：

“这位小妹对姜少侠可情深得很，可姜少侠愿对我怜香惜玉，你又着哪门子急！”

刘雪柔哪里见过脸皮这样厚的女孩，气得说不出话来。

南宫倾城不理刘雪柔，转头说道：

“姜少侠，不服气吗？”

姜古庄从怀里掏出雕图和玉佩递了过去，说道：

“输就输，赢就赢，有什么服不服的！”

南宫倾城也是微微一惊，似乎大感诧异，语调柔和道：

“多谢姜少侠！”

突然满眼含泪，接过雕图和玉佩，转过身去，说道：

“小女子告辞了。”

身子一掠，带着四人飘然而去。

刘雪柔娇躯一扭，就要追出去，虚无子拦住她说道：

“柔儿，让她去吧。”

刘雪柔说道：

“师伯，庄哥哥的东西，怎么能让她拿走！”

虚无子意味深长地说道：

“南宫世家保管和你庄哥哥保管没什么两样，从前洁身自好、不管江湖风雨的南宫世家，只怕这次也要身不由己了。”

“独臂神丐”怪眼一翻，说道：

“臭道士，你这叫借刀杀人！”

虚无子哈哈大笑道：

“老叫化子，说你是要饭的一点不假，嘴里没一句好词，这叫策略！何况我们也不是刻意安排，是南宫世家的人找上门来的！”

姜古庄和东方岳这才明白，为什么“江湖五怪”没有出手，只要五人出手，别说是南宫倾城，就是“绝命魔尊”欧阳石也难以全身而退。

文曲星说道：

“我们现在虽不知‘绝命魔尊’所留之物的作用，但它一定极为重要，南宫世家、上官慈和魔宫里的人肯定知道这件事。”

虚无子又眉紧锁，说道：

“这雕图和玉佩是互不相关的两件东西，不知什么事，会将这两件物品联系在一起？”

定性师太突然说道：

“我听说南宫世家本来世居南阳府，五十年前，突然举家迁到湖北大洪山。”

虚无子连忙问道：

“老尼姑，你有什么看法？”

定性师太说道：

“我想，这两件东西原来就是南宫世家的，只不过后来被‘绝命魔尊’得到而已。”

虚无子大叫道：

“有道理，有道理！”

“不戒酒僧”不解道：

“就算是他南宫世家的，为什么他们早不来，晚不来，偏偏等庄儿取到手，才找上门来，似乎专门拣便宜似的！”

文曲星笑道：

“要找到雕图和玉佩，必须得到‘绝命魔尊’的两块羊皮。南宫世家不是没有寻过，只是谁也不知道‘夺命神尼’被困的地方，要不是庄儿机缘巧合，恐怕永远会成为一个秘密。”

姜古庄说道：

“一旦南宫世家和魔宫的人起了冲突，我们是坐收渔人之利，还是帮助南宫世家？”

虚无子望了东方岳一眼，说道：

“东方公子的意见呢？”

东方岳明白虚无子的心意，不卑不亢说道：

“不管哪一方，我们要以江湖大局为重。”

虚无子说道：

“东方少侠，说得好，我们大家应该齐心合力，维护武林公理与正义，一个真正胸怀侠义的武林中人，根本就不存在私人的恩怨！”

东方岳知道虚无子这番话与其是勉励大家，倒不如说是告诫自己，说道：

“我们方法不妨激烈一些，但心意对天可表！”

转而突然说道：

“各位前辈，我先告辞了！”

虚无子怔了怔，问道：

“东方少侠到哪里去？”

东方岳说道：“去追我表姐。”

虚无子说道：“去追南宫姑娘，这……”

东方岳坦然一笑道：

“老前辈不要误会，我追上表姐，要把前辈刚才的这番仁义精神告诉她。”

文曲星在一旁接道：

“东方少侠，一路小心！”

东方岳一抱拳，向正南方疾电而去。

目睹东方岳背影消失后，定性师太叹了口气，忧心忡忡地说道：

“臭道士，这样是不是有点……”

话虽未说完，但众人都听得出来话意，因为大家都有同样的担心。

虚无子哈哈大笑道：

“我看大家不要担心，东方少侠的人品，我老道士不会看错的。”

“独臂神丐”说道：

“这段时间发生的事太多，我们最好要提防一点。”

姜古庄说道：

“那我去接应一下东方兄弟吧。”

虚无子沉吟了一下，说道：

“那样也好，快去快回！”

姜古庄欠身而起，道：

“弟子遵命！”

话声一落，人影一晃，就不见了。

众人的目光还未收回，只见人影一闪，大厅内又多了一个人，定眼望去，却是多日未露面的上官慈。

“回天圣手”上官慈悠闲立在大厅前端，说道：

“雕图和玉佩的事大家商量的怎么样？”

文曲星说道：“不巧得很，上官门主晚来一步，刚才被南宫姑娘拿去。”

上官慈怒道：“是自愿奉献的？”

文曲星道：“不，经过一场搏杀之后，我们输了，才……”

上官慈说道：

“这么说，你们已是败在南宫世家人手里？”

文曲星说道：“说起来，这是一件很丢脸的事，不过，事实上我们确是输了，被迫交出了两件物品。”

上官慈大为意外，说道：

“你们就这样交出来了？”

文曲星道：“想起来蛮复杂的，可经过就这么简单！”

上官慈冷冷道：

“这么说来，无论我付出什么代价，都无法找回来。”

文曲星笑道：“上官门主是个明白人，南宫世家的势力你也知道，确是如此。”

上官慈叹了一口气，说道：

“我交出半块羊皮，帮助你们找到‘绝命魔尊’的宝藏，蛮以为……没想到你们却出卖了我！”